Nouvelle vie pour une infirmière

*

La pédiatre et l'urgentiste

DEANNE ANDERS

Nouvelle vie pour une infirmière

Traduction française de
ELISA MARTREUIL

BLANCHE

HARLEQUIN

Collection : Blanche

Titre original :
FLORIDA FLING WITH THE SINGLE DAD

HARPERCOLLINS FRANCE
83-85, boulevard Vincent-Auriol, 75646 PARIS CEDEX 13
Service Lectrices — Tél. : 01 45 82 47 47 - www.harlequin.fr
ISBN 978-2-2804-7377-4 — ISSN 0223-5056

Composé et édité par HarperCollins France.
Imprimé en juin 2022 par CPI Black Print (Barcelone)
en utilisant 100% d'électricité renouvelable.
Dépôt légal : juillet 2022.

FSC www.fsc.org MIXTE Papier issu de sources responsables FSC® C159065

Pour limiter l'empreinte environnementale de ses livres, HarperCollins France s'engage à n'utiliser que du papier fabriqué à partir de bois provenant de forêts gérées durablement et de manière responsable.

1.

Katie McGee hésita un instant avant de frapper à la porte « personnel navigant » du petit bâtiment en préfabriqué situé en bordure de l'héliport qui hébergeait l'hélicoptère bleu et or de Heli-Care, l'entreprise d'évacuation médicale d'urgence. Était-elle prête ? Non, absolument pas. Avait-elle le choix ? Pas plus, car elle avait promis à Alex de lui rendre service et elle tenait toujours parole.

Bien sûr, elle aurait pu refuser. Cela avait été sa première intention d'ailleurs. En effet, elle avait d'abord cru à une nouvelle ruse d'Alex pour l'attirer à Key West. Mais comment aurait-elle douté de la réalité de son désarroi en entendant sa voix au téléphone ? De toute évidence, quelque chose de grave se tramait et Alex avait réellement besoin d'elle. Voilà pourquoi aujourd'hui, après quatre jours de route, elle se trouvait pour deux mois sur l'île où son ami avait fini par poser ses bagages.

Et elle devait se réjouir d'être ici pour lui donner un coup de main quand elle songeait qu'en ce moment même, elle aurait pu encore lutter contre la mort sur un lit d'hôpital

Katie avait survécu. Et à présent, elle allait prouver à tous les sceptiques, dont sa famille et ses collègues, que la fusillade n'avait affecté ni ses compétences ni sa capacité à reprendre son métier d'infirmière navigante.

Alors, pourquoi cette nervosité ? Parce que, pour la première fois de sa vie, elle se trouvait toute seule loin de sa tribu ?

Personne ne venant lui ouvrir, elle poussa la porte. Une odeur de pop-corn brûlé lui emplit les narines. Donc, tout le monde ne dormait pas.

Elle s'avança dans la grande pièce et découvrit sans surprise un immense canapé et, sur le mur du fond, l'inévitable écran géant censé motiver le personnel en le divertissant.

Sans surprise non plus, elle ne rencontra personne dans la pièce. Les astreintes durant en général vingt-quatre heures, les membres de l'équipe allaient souvent faire un petit somme dans une chambre entre deux interventions.

Elle espérait que le responsable serait disponible ce matin pour lui préciser les modalités de son affectation et ainsi la libérer pour le reste de la journée. Après son long voyage en voiture depuis New York, elle avait hâte de déballer ses valises dans la location qu'Alex lui avait dénichée et de se délasser sous une bonne douche.

Se laissant guider par une odeur âcre, elle franchit une porte et déboucha dans une petite cuisine. Un homme vidait dans une poubelle un sac en papier roussi, de toute évidence la source de l'odeur qui envahissait la pièce. Repérant une fenêtre au-dessus de l'évier, elle se précipita pour l'ouvrir, sans y parvenir. Deux mains vigoureuses se joignirent aux siennes et, grâce à ces efforts conjugués, la lourde vitre se leva. Des yeux vert clair tachetés d'or se tournèrent vers elle. Comme ensorcelée, elle demeura clouée sur place, encerclée par les bras de l'homme.

— Bonjour, dit-il. Katie, je suppose ?

Il était si près d'elle qu'elle put à loisir étudier ses traits bien sculptés et la barbe de trois jours savamment entretenue qui lui ombrait les joues. Des boucles châtain clair encadraient un visage de magazine. C'étaient surtout ses yeux qui fascinaient Katie. Des yeux qui semblaient la transpercer.

Mais la chaleur du corps de l'homme derrière elle – un inconnu ! – brusquement associée à un danger dans son esprit, déclencha un accès de panique incontrôlable et malheureusement familier. Un frisson la parcourut tout entière et sa respiration devint difficile.

Quand ces crises d'angoisse cesseraient-elles ? Elle ne risquait rien, pourtant. Cet homme ne représentait aucune menace.

Quoique…

Captive de ce regard vert envoûtant, elle redoutait d'être

percée à jour par cet inconnu s'il l'approchait de trop près. Et puis, comment aurait-elle ignoré le frémissement sensuel qui l'avait saisie juste avant que son instinct de survie ne prenne le dessus ?

Incontestablement, cet homme était susceptible de troubler la tranquillité d'esprit à laquelle elle avait aspiré en venant sur cette petite île.

Comme s'il prenait brusquement conscience de leur trop grande proximité, l'homme se recula. Katie redressa alors les épaules et s'obligea à respirer calmement, soucieuse de la première impression qu'elle donnerait à un nouveau collègue.

« Ne montre jamais tes points faibles », lui avait seriné son père.

— Désolée. Je ne voulais pas vous déranger. Oui, je suis Katie McGee. Je suis venue pour ma prise de fonction.

Elle aurait voulu sourire mais réussit à peine à tenir debout en attendant que son corps comprenne qu'il ne courait aucun danger. Elle avait vécu tant de fois ces crises qu'elle savait quasiment à la seconde près combien de temps son cœur mettrait à reprendre un rythme normal et son ventre à se dénouer. Elle récupérait un peu plus vite depuis un mois, signe qu'elle était en voie de guérison. Avec un peu de chance, ces deux mois dans un contexte moins oppressant que celui de New York l'aideraient à surmonter l'angoisse qui s'emparait d'elle dans les situations imprévisibles.

— Oh ! Excuse-moi, dit l'homme en s'essuyant dans un torchon avant de tendre la main à Katie. Je m'appelle Dylan. Dylan Maddox. Infirmier navigant, directeur adjoint et, depuis quatre jours, remplaçant du chef du personnel navigant de Key West. Désolé pour l'odeur. J'oublie toujours de mettre le minuteur. Au fait, tout le monde se tutoie ici.

Katie s'éloigna de la fenêtre et inspecta la cuisine du regard. Elle regrettait qu'Alex ne lui ait pas donné davantage de détails sur l'homme qui serait son patron ici. Mais il avait été tellement pressé le jour où il l'avait appelée à son secours, qu'elle avait juste eu le temps de lui poser quelques questions de base sur le fonctionnement du service à Key West.

Elle serra enfin la main que Dylan lui tendait. Une main chaude, une poigne ferme.

— Enchantée, Dylan. Je n'en reviens toujours pas qu'Alex soit parti comme ça. Il a un problème ?

— Franchement, je n'en sais rien. Il avait l'air assez perturbé.

— Bizarre qu'il ait tout plaqué de cette façon, vu sa conscience professionnelle.

Une qualité qu'elle partageait avec lui. Mais elle n'avait pas vu son ami depuis un an. Peut-être le rythme de vie plus nonchalant de l'île l'avait-il influencé.

— Viens avec moi au bureau. Il m'a laissé ton dossier.

Il la conduisit le long d'un couloir et en profita pour lui présenter le bâtiment.

— Il y a quatre petites chambres individuelles avec deux salles de bain communes, dit-il tandis qu'ils passaient devant plusieurs portes closes. Et tu as déjà vu la cuisine et le salon.

Il ouvrit la porte au bout du couloir sur une pièce meublée d'un petit bureau et, derrière, d'une haute bibliothèque.

— Alex a insisté pour que je te transmette ses chaleureux remerciements pour avoir accepté de venir. Entre moi qui dois désormais assumer les responsabilités administratives et certains membres de l'équipe qui partent en congé d'été, nous avons besoin de renfort.

— Nous avons toujours été de grands amis, Alex et moi. Et puis, je ne suis pas à plaindre. Je vais passer huit semaines sous le soleil de Floride. Mes collègues de New York m'envient.

Elle n'ajouta pas que cette mission tombait à pic car elle lui permettait de prendre un peu de distance avec sa famille qui faisait pression pour qu'elle cesse les vols.

— J'aimerais être sûre qu'il va bien.

Pour autant qu'elle sache – Alex était très réservé sur sa vie privée – il n'avait pas d'autre famille que sa mère. Or, celle-ci était une célèbre actrice de Broadway et s'il lui était arrivé quelque chose, les médias n'auraient certainement pas manqué de s'emparer de la nouvelle.

— Il ne m'a pas vraiment expliqué la raison de son départ précipité, mais il m'a promis qu'il appellerait dès qu'il le pourrait.

Dylan se mit alors à feuilleter un dossier sur son bureau.

— Apparemment, tous les documents pour ton autorisation d'exercer en Floride sont là, ainsi que tes diplômes. Et il y en a une collection, dis donc !

— Je m'investis beaucoup dans mon métier.

Côté compétences, elle ne craignait aucun de ses nouveaux collègues.

— C'est ce que je vois, commenta Dylan en se calant dans le fauteuil en face d'elle.

Il l'observa alors avec une telle intensité qu'elle se sentit comme un insecte sous un microscope. Sur le point de se rebiffer, elle se ravisa, jugeant préférable de ne pas entrer en conflit avec l'homme dont elle dépendrait jusqu'au retour d'Alex.

Elle se mit plutôt elle-même à étudier ce Dylan. Si sa taille n'avait rien d'exceptionnel, sa musculature en revanche était impressionnante. Ses cheveux châtain clair étaient entrelacés de mèches blondes, certainement décolorées par le soleil de Floride. À New York, il aurait gagné des millions comme mannequin. Ce qu'elle s'abstiendrait naturellement de lui dire ! Inutile de flatter l'égo, souvent déjà surdimensionné, des hommes aussi beaux. Elle savait de quoi elle parlait, elle qui avait grandi avec quatre frères au physique d'Apollon.

— Écoute, Katie, dit-il en se rasseyant après être allé fermer la porte. Je vais être franc avec toi. Lorsque Alex m'a parlé de faire appel à une étrangère, je ne lui ai pas caché mes réserves. Nous nous serrons les coudes dans l'équipe et notre efficacité vient de ce que nous travaillons ensemble depuis longtemps. Je connais tous les points forts et les points faibles de mes collègues et réciproquement. Nous veillons les uns sur les autres à chacune de nos interventions. Le fait d'ignorer comment l'un d'entre nous va se comporter sur le terrain nous met tous en danger.

Drôle de façon de lui souhaiter la bienvenue ! En tout cas, pour le moment, elle se sentait tout sauf bien venue. Au point qu'elle envisagea un instant de prendre ses cliques et ses claques et de repartir à New York dans la vieille jeep qu'elle avait empruntée à son frère pour descendre. Seulement, elle avait besoin de ces huit semaines loin des siens pour reprendre définitivement pied après l'épreuve de ces derniers mois. Elle releva le menton. Les McGee ne lâchaient pas prise tant que leur devoir n'était pas accompli.

— Mais à la lecture de ton dossier, je comprends pourquoi Alex souhaitait ta présence ici. Et ta venue est une belle preuve d'amitié de ta part. C'est un bon début pour notre collaboration.

— Alex t'a parlé de ce qui m'est arrivé ?

La fusillade avait été couverte par tous les médias nationaux. Et des chaînes d'informations devaient exister, même dans la mangrove.

— Oui. Et il était vraiment content que tu te sois rétablie aussi rapidement. Ce genre d'expérience peut changer quelqu'un à vie.

— Et les autres ? Ils sont au courant ?

— S'ils le sont, ce n'est pas de mon fait. Une chose est sûre, c'est qu'ils apprécieront d'avoir du renfort.

— Je serai ravie de me rendre utile, déclara-t-elle d'une voix qu'elle espéra suffisamment assurée pour cacher son angoisse. Je peux commencer demain, si tu veux.

Le travail lui tenait lieu de filet de sécurité, car là au moins, elle se sentait à la hauteur.

Une alarme stridente et persistante leur vrilla soudain les oreilles. Dylan se dressa sur ses pieds, son téléphone portable déjà à la main. Avant même qu'il ne sorte du bureau, Katie entendit les portes s'ouvrir dans le couloir.

— Faites attention à vous, lança Dylan aux trois silhouettes en combinaison de vol bleu marine qui couraient vers la sortie.

— Comme d'habitude ! répondit un des hommes.

— Quel est le problème ? demanda Katie en rejoignant Dylan sur le seuil de la pièce.

La voix du régulateur s'échappait des radios des membres de l'équipe et, sous l'effet d'une décharge d'adrénaline, le cœur de Katie se mit à battre la chamade.

— Un piéton renversé par un scooter dans le quartier

historique. Blessure à la tête. La zone étant trop urbanisée pour permettre un atterrissage, les urgentistes vont amener la victime en ambulance à l'aéroport. De là, nous la convoierons en hélicoptère à Miami où un neurochirurgien la prendra en charge.

Avant de venir à Key West, Katie avait étudié la couverture médicale de l'archipel et avait constaté que l'hôpital local était dépourvu de certaines spécialités ; d'où l'importance de disposer d'un hélicoptère pour les évacuations sanitaires.

— Comme je te le disais, je peux commencer demain, répéta-t-elle.

Le téléphone du bureau sonna et Dylan rentra décrocher. Il mit son interlocuteur en attente, le temps de tendre une grande enveloppe à Katie et de lui dire :

— Tu trouveras à l'intérieur le code d'entrée de ta maison et un plan pour t'y rendre. Installe-toi et nous verrons le reste ensuite. Je t'appellerai dans la journée pour ta prise de fonction.

Il tapa alors quelque chose sur son portable et aussitôt celui de Katie se mit à sonner.

— Mon numéro en cas de besoin, expliqua-t-il.

— Merci, dit-elle avant de prendre congé.

À l'extérieur, la même atmosphère chargée d'humidité qu'à Miami l'assaillit. Vite ! Une bonne douche dans sa nouvelle demeure.

Elle sortit le plan de l'enveloppe et découvrit avec un étonnement amusé un dessin enfantin réalisé avec des crayons de couleur. Les maisons étaient représentées sous forme de carrés, les habitants sous forme de bonshommes bâtons, le tout surmonté d'un « Bienvenue à Key West » écrit à la main en lettres capitales rouges. Heureusement, quelqu'un avait pris la précaution d'inscrire à l'encre le nom des rues, les numéros des habitations ainsi que la fonction de certains bâtiments. Par précaution malgré tout, elle entra l'adresse dans le GPS de son téléphone. Au retour d'Alex, elle lui demanderait le nom de l'artiste auteur de ce plan extraordinaire… en espérant que ce ne soit pas lui !

— Elle est gentille ? demanda la petite Violet à Dylan alors qu'ils montaient les marches de la location de Katie.

— Oui, elle a l'air, mais ce n'est pas une raison pour la mitrailler de questions. Elle vient de New York en voiture. Alors, après cette longue route, elle doit être trop fatiguée pour avoir envie de bavarder. Laissons-lui quelques jours pour se poser avant de la soumettre à ton interrogatoire, d'accord ?

Tout en parlant, Dylan, chargé d'un panier de fruits et de fromages, ébouriffa affectueusement les cheveux de sa fille de sa main libre. Il n'en revenait toujours pas que cette géniale fillette de huit ans soit son enfant. N'ayant appris son existence qu'un an plus tôt, il faisait encore ses armes dans la paternité. Leur relation connaissait des hauts et des bas mais, dans l'ensemble, ils s'entendaient bien. Dylan n'avait qu'une seule crainte : que Lily, la mère de Violet, ne débarque un jour et anéantisse tous les efforts qu'il avait déployés pour offrir à la gamine une vie stable. À la perspective que sa mère l'emmène de nouveau par monts et par vaux avec elle sans qu'il sache où elles se trouvaient… Non, il ne voulait pas y penser.

— C'est quoi « quelques jours » ? Deux ?

— Écoute, ma chérie, si tu tiens deux jours sans rendre cette pauvre femme folle avec tes questions, ce sera un miracle.

La porte devant eux s'ouvrit alors sur la « pauvre femme » et Dylan demeura un instant muet de stupeur devant cette apparition, très différente de la femme impeccable et un peu austère qu'il avait rencontrée quelques heures plus tôt. Ses cheveux blond foncé lui tombaient maintenant sur les épaules et elle était vêtue d'un vieux T-shirt des Mets et d'un short troué. Cette femme-là, il s'imaginait facilement passer du temps avec elle.

D'où lui venait cette pensée incongrue ? Il n'avait ni le loisir ni l'envie de passer du temps avec qui que ce soit d'autre que sa fille.

— Ah ! Bonjour ! dit Katie en clignant des yeux sous le soleil.

Elle était échevelée et pieds nus. L'avaient-ils réveillée ? Il se reprocha aussitôt sa visite précipitée qui ne laissait pas le temps à Katie de souffler. Mais il avait voulu racheter son manque de courtoisie du matin et lui prouver qu'elle était bienvenue dans l'équipe, aussi temporaire que soit son affectation.

— Nous aurions dû attendre demain, mais Violet était impatiente de te rencontrer, s'excusa-t-il avec un sourire attendri à sa fille qui observait attentivement la nouvelle locataire. Je voulais juste t'apporter ce panier. Nous ne te dérangerons pas plus longtemps. Nous allons te laisser vaquer à tes occupations. Ou te reposer. Bref, te laisser tranquille.

Voilà qu'il se mettait à parler pour ne rien dire ! Que lui arrivait-il donc ? Certes cette femme aux yeux émeraude tout ensommeillés était incroyablement sexy, mais il ne la connaissait pas. Elle n'était qu'une collègue remplaçante et elle devait le rester.

Katie posa le panier par terre et tendit la main à Violet.

— Bonjour, Violet. Je m'appelle Katie. Je suis ravie de faire ta connaissance.

— Moi aussi, mais je n'ai pas le droit de te poser de questions avant au moins deux jours, répondit la petite avec un sourire propre à damner un saint.

— Ah bon ? Et pourquoi ?

— Papa dit que tu as fait un long voyage et que tu es fatiguée. C'est vrai ? Tu es fatiguée ?

À la moue déterminée de sa fille, Dylan comprit qu'il serait vain de vouloir l'arrêter maintenant.

Katie leva la tête vers lui avec un sourire avant de s'adresser de nouveau à Violet.

Je crois que je suis en état de répondre à quelques questions. Entrez donc tous les deux !

— On peut, papa ?

Violet le suppliait du regard. Le jour où elle s'apercevrait qu'il était quasiment incapable de lui refuser quoi que ce soit, malheur à lui ! songea-t-il.

— Tu es sûre que nous ne te dérangeons pas ? s'inquiéta-t-il non sans une certaine hypocrisie car il était venu avec la vague intention de discuter travail avec elle sans attendre le lendemain.

— Oui, absolument. J'ai quasiment rangé toutes mes affaires.

Elle voulut ramasser le panier, mais il la devança.

— La maison te plaît ? demanda-t-il en entrant.

— Énormément ! Alex m'avait dit qu'il avait trouvé exactement ce qu'il me fallait, mais je ne m'attendais pas à quelque chose d'aussi génial.

Elle qui paraissait à moitié endormie une minute plus tôt, débordait à présent d'un enthousiasme qui, sans qu'il sache pourquoi, ravit littéralement Dylan.

— Venez voir le panorama à l'arrière, dit-elle en les menant jusqu'à deux grandes baies coulissantes. Et on accède au bord de l'eau par un petit chemin. C'est dingue !

— Nous aussi nous apprécions cette vue, dit Dylan avec un clin d'œil complice à sa fille.

— Vous êtes déjà venus ici ?

— Mon amie Janna a habité ici quelques semaines, mais elle a dû rentrer chez elle avec ses parents, répondit Violet qui désapprouvait visiblement la décision des parents de Janna.

— C'est comme ça qu'Alex a entendu parler de cette maison ? demanda Katie à Dylan.

— Si on veut, oui. Il m'a demandé si je connaissais une maison à louer et je lui ai dit que celle-ci était libre. Je ne l'ai mise sur le marché que depuis deux mois.

— Comment ça ? Tu veux dire qu'elle t'appartient ?

— Oui. Je pensais qu'Alex te l'avait dit.

Encore une information qu'Alex avait omis de lui donner, comme celle sur la durée de son absence.

— Et nous sommes voisins, ajouta Violet en bousculant son père pour sortir sur la petite terrasse. C'est notre maison, là, à côté. Tu la vois ? Elle est plus grande que la tienne. Elle est jolie, hein ?

— Oui, très jolie. J'aime beaucoup ce vert.

Puis, se tournant vers Dylan :

— Alors, tu n'as pas jugé bon de me prévenir que nous serions voisins et que tu serais mon propriétaire ?

— Je croyais vraiment qu'Alex t'en avait informée. Ça ne lui ressemble pas d'oublier de mentionner ce genre de choses.

Ce qui augmentait l'inquiétude de Katie pour Alex.

— Dylan… Je veux dire papa… a bien voulu que je l'aide pour choisir les couleurs. Et il m'a acheté une ceinture à outils comme la sienne, mais en rose. Tu aimes le rose ?

— Oui, beaucoup, assura Katie avant de lever de nouveau la tête vers Dylan. C'est toi qui as construit cette maison ?

— C'est nous deux, répondit Violet avant son père. Pour la mettre en location et rembourser notre propre maison avant que papa soit tout ridé.

— Violet, va donc voir si tu ne trouves pas des coquillages pour Katie au bord de l'eau. Je suis sûr qu'elle aimerait en rapporter à New York.

Il attendit que sa fille se soit suffisamment éloignée pour s'excuser.

— Elle s'emballe un peu quand elle rencontre de nouvelles personnes.

— Elle est adorable. J'aimerais bien avoir un peu de sa vitalité.

Elle repoussa quelques mèches de cheveux de son visage, des efforts aussitôt anéantis par la brise du golfe.

— Tu veux boire un verre d'eau ? proposa-t-elle. Je n'ai malheureusement rien d'autre à t'offrir pour le moment. J'aurais dû m'arrêter à la supérette en chemin, mais j'avais hâte d'arriver. J'étais crevée. Je crois que ni moi ni la jeep n'aurions pu aller plus loin.

— Ne t'inquiète pas. Je n'ai pas soif. J'ai été étonné quand Alex m'a appris que tu venais en voiture. Un pareil voyage en effraierait plus d'un.

— Cela me paraissait une bonne occasion pour respirer et m'aérer l'esprit. Cela dit, je suis contente d'avoir quelques semaines devant moi avant de penser au trajet de retour. Je n'aurais jamais cru qu'on se fatiguait autant à rester assis pendant douze heures !

— Je suis désolé que nous ayons été interrompus ce matin. Même si je pensais qu'Alex t'avait expliqué que tu me louais la maison à moi, j'aurais dû t'en parler au lieu de simplement te balancer une enveloppe avec le code d'accès et un plan.

— Ce n'est pas grave. Tu as été bousculé ce matin. Comment s'est passée l'intervention ?

Elle s'assit dans un des fauteuils en osier et Dylan s'étonna de voir cette New Yorkaise en T-shirt et short élimés aussi à l'aise sur la terrasse de sa petite maison. Il connaissait cette femme depuis quelques heures à peine et pourtant elle attisait déjà sa curiosité.

À moins tout simplement qu'il ne voie en elle une personne fragile que son instinct protecteur poussait à entourer d'attention ? Il savait par Alex et par le dossier de Katie que cette dernière avait connu une période difficile dont elle ne s'était pas encore complètement remise. Personne ne sortait indemne de l'épreuve qu'elle avait traversée.

Quoi qu'il en soit, il ne devait pas oublier que la dernière fois qu'une femme avait autant suscité son intérêt, l'histoire s'était mal terminée. En dehors de Violet, qui valait largement les souffrances qu'il avait endurées à cause de sa mère.

— La victime souffrait d'une blessure à la tête, mais son pronostic vital n'était plus engagé quand il a été remis au service de traumatologie à Miami. Nous téléphonerons à l'hôpital demain pour prendre des nouvelles, conclut-il en s'asseyant dans le fauteuil en face de Katie.

— Les accidents de voiture ne doivent pas être fréquents. Sur le chemin tout à l'heure, je n'ai guère vu que des piétons et des cyclistes.

— C'est vrai, mais quand ils ont trop bu, de nombreux touristes décident de rentrer à vélo voire à scooter alors qu'ils n'en ont pas fait depuis des années. Heureusement, ils s'en tirent en général avec des égratignures ou un bras cassé et peuvent être pris en charge par l'hôpital local. Il y a malgré tout suffisamment de blessés graves pour que nous soyons obligés de faire de nombreux vols jusqu'au continent. Et puis, nous avons aussi notre lot d'accidents de bateaux et de noyades.

— Très différent de l'ambiance de New York.

Katie était tournée vers le petit rideau d'arbres entre la maison et l'eau, mais Dylan sentait qu'elle pensait à autre chose. À la nuit de la fusillade qui, selon Alex, lui avait coûté plusieurs semaines d'hospitalisation ?

— Tu sais, je ne voudrais pas qu'après notre entretien un peu froid de ce matin tu croies que nous voyons d'un mauvais œil ta présence parmi nous. Tout le monde se réjouira de l'aide que tu vas apporter. Et vu les éloges d'Alex à ton égard, tu es indiscutablement à ta place ici.

— Je comprends vos réticences. À New York aussi mes collègues doutaient de mes capacités à reprendre mon poste après le traumatisme que j'avais subi. Mais je leur ai prouvé le contraire.

— Je sais. Selon Alex, tu les as fort impressionnés.

Il n'ajouta pas qu'Alex lui-même avait exprimé quelques inquiétudes, sans pouvoir préciser ce qui le dérangeait.

— Tu serais d'accord pour qu'on commence ton adaptation demain matin ?

— Regarde les deux coquillages que j'ai trouvés pour toi, Katie, les interrompit Violet en montant sur la terrasse.

— Ils sont magnifiques, dit Katie en les prenant des mains de la fillette.

— Tu veux venir voir ma collection à la maison ? proposa Violet.

— Laissons plutôt Katie se poser, suggéra Dylan en entraînant sa fille.

— Mais… voulut protester Violet.

— Qu'est-ce que je t'ai dit au sujet de nos voisins ? demanda Dylan en caressant la chevelure bouclée de sa fille, la seule caractéristique qu'elle avait héritée de lui.

— Ils n'ont pas nécessairement envie de compagnie, récita Violet. Nous devons respecter leur intimité.

— À quelle heure dans ton bureau demain ? demanda Katie alors qu'ils arrivaient à la porte.

— Le changement d'équipe est à 7 heures. Si nous ne sommes pas appelés en intervention, je t'emmènerai survoler l'archipel pour que tu te repères. Ensuite, nous verrons ton emploi du temps.

— Très bien. À demain, alors.

Puis elle ajouta à l'adresse de Violet qui sautillait sur le trottoir :

— Tu pourras venir m'aider à ramasser des coquillages un de ces jours ?

La gamine bondit de joie à cette proposition et Dylan eut droit pendant tout leur trajet de retour à une description détaillée des coquillages qu'elle espérait trouver pour sa nouvelle amie.

2.

Le moral de Katie s'élevait en même temps que l'hélicoptère dans le ciel. Elle réalisait enfin le rêve de voler de nouveau auquel elle avait dû renoncer jusque-là à cause de sa blessure. Tout lui avait manqué : la cabine exiguë, les sacoches bourrées de matériel médical, le décollage et l'ascension rapide. Elle n'avait jamais pu accepter l'idée de cesser définitivement son activité d'infirmière navigante qui était aussi vitale pour elle que de respirer et qui ne représentait pas seulement son métier mais son identité. Voilà pourquoi elle s'était démenée pour retourner dans les airs le plus vite possible.

Elle regarda soudain au-dessous elle et demeura pantoise devant ce qui s'offrait à sa vue. Key West, entourée d'une étendue infinie d'eau, était plus grande que ce qu'elle avait imaginé et elle avait l'impression de survoler un quartier de New York. Et les arbres ! Où qu'elle porte son regard, elle voyait des arbres en fleurs de toutes les couleurs, certains vraisemblablement centenaires à en juger par leur taille. Un spectacle totalement inconnu chez elle.

— Roy, tu peux te diriger vers le sud et ensuite remonter vers le nord au-dessus de la Highway 1, s'il te plaît ? demanda Dylan au pilote.

— C'est la route par laquelle je suis arrivée, qui relie les îles entre elles et au continent, c'est ça ? La seule qui existe pour accéder à Key West et en partir ?

— Oui, mais la voiture n'est pas le seul moyen de transport ici. Les gens se déplacent beaucoup par mer. Les bateaux de croisière font aussi escale ici. Nous sommes parfois amenés à transporter un des passagers à Miami, mais la plupart du temps il ne s'agit que de problèmes bénins qui peuvent être traités à l'hôpital ici. En fait, l'essentiel de notre activité consiste à transférer les cas graves de l'hôpital local à celui de Miami qui dispose du matériel et des services nécessaires.

Alors qu'ils suivaient la route vers le continent, la radio de Dylan et de Roy grésilla. Katie entendit le régulateur indiquer la localisation exacte d'un accident de voiture.

— Bien reçu, répondit Roy. Nous sommes déjà en vol. Arrivée prévue dans cinq minutes.

— Nous y allons ? demanda Katie. Je croyais que nous effectuions un simple vol de reconnaissance de l'archipel.

— L'équipe de Marathon, qui est déjà sur place, a demandé des renforts. Ce qui signifie qu'il y a probablement plus de deux blessés à transporter à Miami. Tu as bien dit que tu étais prête. Il y a un problème ?

— Non, aucun, mentit-elle.

Elle s'agaçait de se sentir comme une apprentie sous l'œil de son maître de stage alors qu'elle avait exécuté ce genre de mission des centaines de fois. Pourquoi doutait-elle donc de ses compétences quand, quelques minutes plus tôt seulement, elle aspirait à reprendre son activité ?

— Je passe sur le canal 3 pour les instructions d'atterrissage, annonça Roy.

Elle écouta Roy prendre contact avec les pompiers, qui avaient interrompu la circulation sur la Highway 1 pour permettre à l'hélicoptère de se poser en toute sécurité. Comme ils approchaient, elle vit une file de voitures arrêtées sur près de deux kilomètres dans les deux sens. Nul doute que le fait de devoir ainsi bloquer la seule route d'accès à l'archipel mettait une pression supplémentaire aux secouristes.

— Ici l'hélicoptère médical de Key West, dit Roy dans la radio. Attendons les consignes pour atterrir.

Katie vit alors un autre appareil décoller direction le nord et leur libérer ainsi la place.

Au même moment, une voix dit dans la radio :

— Ici la brigade de pompiers de Conch Key. C'est toi, Roy ?

— Oui, Jones. Quelle est la situation en bas ? Le régulateur nous a seulement parlé d'un accident de voiture. Nous pouvons atterrir ?

— Oui, l'aire est dégagée, mais c'est l'horreur ici, répondit Jones. Caravane en portefeuille de l'autre côté du terre-plein central. Le conducteur et le passager du second véhicule sont en route pour le service de traumatologie de Miami. Les collègues s'occupent d'un passager coincé dans la voiture qui tractait la caravane. Plus vite vous serez là, mieux ce sera.

Le ventre de Katie se serra comme ils amorçaient l'approche finale et elle se força à respirer profondément. Elle s'aperçut alors que Dylan l'observait.

— Tout va bien. Juste un peu nerveuse. Nouvel environnement, nouveau tout.

Sa confiance avait peut-être pris un bon coup dans l'aile mais physiquement, elle était en forme et prête à travailler. Il fallait simplement qu'elle se le rappelle de temps en temps.

Dès que les patins touchèrent le sol, Dylan et Katie sautèrent de l'appareil avec leurs sacoches de matériel et suivirent au pas de course Jones vers le lieu de l'accident. Des morceaux de tôle de ce qui avait été une caravane étaient éparpillés au milieu de la chaussée, à côté de la carcasse d'une petite voiture dont l'état laissait craindre le pire pour quiconque s'était trouvé à l'intérieur.

Un peu plus loin, Katie aperçut une camionnette renversée sur le côté contre un arbre. Une ambulance était garée à proximité. Visiblement, la victime était toujours prisonnière du véhicule.

— Quel est le problème ? demanda Dylan.

— Les urgentistes ont d'abord porté secours aux occupants de la voiture car ils étaient inconscients. L'homme de la camionnette, lui, pouvait répondre à leurs questions.

Katie suivit Dylan vers la camionnette où les pompiers s'activaient avec des pinces de désincarcération. À en juger par leur expression, les choses ne se présentaient pas bien.

— Comment va notre blessé ? demanda Dylan en jetant un coup d'œil dans la cabine du véhicule. Vous n'avez pas pu le sortir par la fenêtre ?

— Vu la façon dont le toit a été enfoncé, c'était plus rapide de découper la tôle pour entrer, répondit l'homme le plus proche de la camionnette.

— Ça y est, nous y sommes, annonça un pompier avant de se reculer pour laisser Dylan approcher de l'ouverture.

Katie lâcha la civière et se saisit de leur sacoche. Un homme d'une cinquantaine d'années était toujours retenu par sa ceinture de sécurité sur le siège du conducteur.

— Ils ont dit qu'il parlait, non ? observa-t-elle en sortant une minerve de la sacoche.

— C'était encore vrai il y a deux minutes, dit le pompier qui les avait rejoints.

— Vous pourriez apporter ici la planche dorsale et la civière, s'il vous plaît ? lui demanda Katie.

— Son pouls bat mais sa respiration est faible, annonça Dylan. Il faut l'intuber, mais impossible avant de l'avoir sorti de là.

Après avoir posé la minerve autour du cou du blessé, Dylan laissa les pompiers le transférer sur la civière.

Dès que la victime eut été sanglée sur la planche, Katie tendit à Dylan une sonde endotrachéale et un laryngoscope, puis prépara le matériel de perfusion. On aurait dit que ces deux-là travaillaient ensemble depuis des années.

Quand Katie eut trouvé une grosse veine dans le pli du coude de l'homme, elle désinfecta et piqua. C'est alors qu'elle prit conscience de la présence dans son dos, tout près d'elle, de plusieurs hommes.

Ce n'était vraiment pas le moment ! s'affola Katie qui sentait une crise d'angoisse la gagner.

Elle amorça le goutte-à-goutte et suspendit à la potence la poche de sérum. Puis elle se retourna et décocha aux pompiers et secouristes un regard qui aurait fait trembler ses grands frères dans leurs bottes de policiers. Mais bien sûr, ces accros à l'adrénaline n'eurent pas le bon sens de s'écarter.

— Un problème ? s'enquit Dylan tout en introduisant la sonde dans la trachée de leur patient.

— Non, je maîtrise, assura-t-elle en reliant le blessé au

moniteur portable qui indiqua un rythme cardiaque élevé de cent-vingt.

Les hommes derrière elle se rapprochèrent encore.

— Hé ! Reculez, s'il vous plaît, ordonna-t-elle.

Et comme ils n'obtempéraient pas, elle répéta avec colère :

— Reculez, je vous dis ! Vous êtes sourds ?

Alors qu'elle se retournait vers son patient, lui parvint un mélange de rires et de protestations. Et tandis qu'avec Dylan elle transportait au pas de charge la victime vers l'hélicoptère, elle entendit un des hommes faire remarquer qu'elle devait débuter dans le métier.

— Ne fais pas attention à eux, lui conseilla Dylan. C'est juste de la curiosité parce que tu es nouvelle. C'est un des inconvénients de vivre sur une petite île. Ne t'inquiète pas, ça ne va pas durer.

— J'ai géré. Pas de souci.

Là-dessus, elle s'obligea à oublier les commentaires désagréables. Elle jugeait plus important de maintenir ce blessé en vie le temps au moins de l'amener au centre de traumatologie le plus proche que de faire bonne impression sur une bande de secouristes machos.

L'hélicoptère avait à peine décollé que Dylan transmettait par radio à l'hôpital de Miami un compte rendu de la situation.

— Je n'entends des bruits de respiration que du côté droit et son taux d'oxygène est à quatre-vingt-cinq, dit Katie quand Dylan eut raccroché.

— À cause d'un pneumothorax ou de l'intubation, à ton avis ?

La testait-il ? Vu l'ampleur des blessures, la possibilité d'un pneumothorax ne pouvait être écartée mais, sans radio pour confirmer l'une ou l'autre hypothèse, elle aurait volontiers commencé par replacer la sonde trachéale. Oserait-elle suggérer à son patron qu'il n'avait peut-être pas bien effectué son geste médical ? Mais s'ils devaient travailler ensemble, la franchise entre eux était de rigueur. C'était un principe que son père avait inculqué à tous ses enfants : toujours établir un climat de confiance entre collègues.

— Instinctivement, je pencherais pour le pneumo mais

comme il reste une demi-heure de vol avant Miami, je suggère de refaire quand même l'intubation.

Dylan haussa un sourcil et la pénétra de son regard vert.

— Je vais replacer la sonde endotrachéale au cas où il y aurait un problème à ce niveau, déclara-t-elle avec davantage d'assurance qu'elle n'en éprouvait.

Sans attendre l'assentiment de Dylan, elle retira en un tournemain le tube inséré par son chef et en installa un neuf. Elle en vérifia le bon positionnement avec son stéthoscope puis écouta la poitrine de l'homme.

— Toujours pas de bruit du côté gauche, conclut-elle.

— Pour le moment, sa saturation oxygène n'a pas diminué et sa pression artérielle est stable. À mon avis, on peut en rester là jusqu'à ce que le centre de traumatologie lui pose un drain thoracique. Tu es d'accord ?

— Oui. Le mieux qu'on puisse faire pour ce monsieur est de le remettre entre les mains d'un chirurgien. Sa pression artérielle tient pour l'instant, mais son ventre est dur. Il y a une hémorragie interne quelque part.

Sur ces mots, elle augmenta le débit de la perfusion pour essayer de compenser la perte de sang. Elle fouilla ensuite les poches du patient et finit par trouver un portefeuille qu'elle tendit à Dylan.

— L'hôpital en aura besoin. Son téléphone doit être resté dans la camionnette. Peut-être qu'un des policiers le trouvera et préviendra sa famille.

— Heure probable d'arrivée, dans quinze minutes, annonça Roy dans le casque. L'hélicoptère de l'équipe de Marathon sera reparti d'ici là. Nous prendrons sa place. Et après, retour à la maison, n'est-ce pas chef ? Je pense que Katie s'est bien imprégnée de l'ambiance locale maintenant.

— Absolument, Roy, confirma Dylan. Nous confions notre blessé à l'hôpital et hop ! Maison, mer et plage.

Il se tourna vers Katie avec un sourire qui la laissa coite. Un vrai charmeur quand il le décidait !

— À vos ordres, chef, répondit-elle en souriant en retour.

Katie entendit une voix masculine demander :

— Alors, chef, comment elle s'en est sortie la débutante ? Vous êtes partis en intervention ensemble si j'ai bien compris ?

Katie s'arrêta à la porte du bureau en se demandant si la voix appartenait à l'un des deux hommes qu'elle avait rencontrés le matin. Sa curiosité l'emportant sur sa bonne éducation, elle attendit la réponse de Dylan.

— Et d'une, ce n'est pas une débutante. Elle a autant d'années d'expérience que toi. Et de deux, arrête de me donner du « chef ».

Certes, Dylan n'avait pas chanté ses louanges. Il avait cependant fait savoir à son interlocuteur qu'elle était une infirmière expérimentée.

— On m'a quand rapporté qu'elle s'était laissé décontenancer comme une bleue.

Katie commençait à bouillonner intérieurement. Qui était cet homme ? Casey ? Non, car lui avait terminé son service le matin.

— Nous avons besoin de quelqu'un de fiable, pas d'une citadine qui ne comprend rien à nos pratiques locales, poursuivit l'homme.

— J'ai entendu dire qu'à New York elle avait reçu la balle destinée à son patient alors qu'elle tentait de le protéger, intervint une femme. Pour moi, on peut compter sur quelqu'un comme ça.

Katie crut reconnaître la voix de Summer, une petite blonde fluette qu'elle avait tout de suite trouvée sympathique. Cela dit, elle aurait préféré que son histoire à New York ne se répande pas comme une traînée de poudre parmi ses nouveaux collègues qui, comme beaucoup de gens, adoraient jaser.

— Et moi, j'ai entendu dire qu'elle a été prise d'une crise d'angoisse lors de sa première mission à New York après la fusillade, rétorqua l'homme. Ce n'est guère rassurant. Tu sais comme moi que nous comptons trop les uns sur les autres ici pour accepter un maillon faible. De toute façon, nous ne pouvons pas nous permettre de nous mettre à dos les pompiers et les urgentistes. Notre sécurité dépend d'eux.

— Il me semble, Max, que tu as prêté une oreille trop attentive à des ragots qui ne te concernent ni personnellement ni professionnellement. J'ai entendu ce que tu dis, mais je peux t'assurer qu'elle a toutes les autorisations requises pour travailler ici et qu'elle a été parfaite aujourd'hui. Je n'hésiterai pas une seconde à partir de nouveau en intervention avec elle. Et puis, Katie étant nouvelle à Key West, les gars auraient dû la laisser tranquille, non ?

Voyant la porte s'ouvrir, Katie se précipita vers la cuisine. Il ne manquerait plus qu'aux remarques mortifiantes de ce Max s'ajoute la honte d'être surprise en train d'écouter aux portes !

Le plus judicieux serait de prétendre qu'elle n'avait rien entendu, réfléchit Katie. Mais était-ce vraiment la bonne solution ? Si ses collègues se méfiaient d'elle dès le premier jour, quel avenir pouvait-elle espérer ici ?

Cela dit, Dylan n'avait-il pas déclaré qu'il était prêt à la prendre comme coéquipier ? Quelle meilleure marque de confiance pouvait-elle demander ?

Depuis le jour où elle avait vu un hélicoptère décoller du toit de l'hôpital où elle débutait comme infirmière, elle n'avait eu de cesse de devenir navigante. Et pendant trois ans, elle s'était entièrement concentrée sur cet objectif, suivant cours sur cours, accumulant des diplômes et de l'expérience dans des unités de soins intensifs. Son père s'était vanté auprès de tous ses copains policiers des exploits de sa fille qui parcourait le ciel de New York pour sauver des vies. C'est d'ailleurs cette fierté paternelle qui l'avait soutenue pendant sa rééducation et l'avait motivée pour recouvrer l'endurance physique nécessaire pour reprendre le travail.

Alex savait tout cela. Il savait qu'elle ferait son travail correctement, envers et contre tout. Mais Dylan ? Lui ne la connaissait pas.

— Dis-moi, la fit sursauter ce dernier, je croyais que tu devais venir compléter la paperasse.

— Désolée, je suis passée prendre de l'eau, répondit-elle en lui montrant la bouteille comme preuve avant de le suivre dans le bureau.

— Qu'as-tu entendu, exactement ? demanda-t-il en fermant la porte.

Évidemment. Elle aurait dû se douter que Dylan ne se voilerait pas la face. Comme elle avait rendez-vous avec lui à cette heure-là, il avait deviné qu'elle avait certainement surpris la conversation et, plutôt que de faire comme si de rien n'était, il avait préféré affronter le problème.

— Suffisamment.

Suffisamment pour avoir compris qu'elle partait du mauvais pied. Elle avait décidé de faire profil bas et de travailler d'arrache-pied pendant les deux mois de son détachement. Malheureusement, dès son premier vol, elle avait attiré sur elle une attention dont elle se serait volontiers dispensée.

— Tu souhaites en parler ? demanda Dylan.

— Pas vraiment.

Qu'aurait-elle dit ? Qu'elle perdait ses moyens lorsque quelqu'un approchait dans son dos ? L'infirmière qu'on recherchait dans une équipe !

— Pourquoi, Katie ? Crains-tu que quelqu'un ne décèle un défaut dans ton armure ? Nous avons tous nos failles, tu sais. Prends Max, par exemple. Il rend ses tripes chaque fois qu'il voit un patient vomir. Alors, il emporte toujours un petit sac en plastique. C'est sa solution pour gérer son problème.

Cet homme avait-il vraiment détecté la peur qui la minait ? Détecterait-il aussi son extrême fragilité ? Elle avait pourtant réussi à garder pour elle ses angoisses et à les cacher même à sa famille de policiers. Alors, comment Dylan parvenait-il à lire en elle aussi facilement ? Elle avait cru que l'absence d'Alex sur place lui éviterait d'être démasquée. Mais c'était sans compter Dylan.

— Écoute, ces derniers mois ont été durs pour moi. Mais je suis sûre d'une chose : rien de ce qui m'est arrivé ne vient entraver ma pratique professionnelle. Je suis toujours aussi investie auprès de mes patients.

Quand elle était sortie du bloc opératoire, son père l'avait secouée en lui disant qu'elle ne pouvait pas passer sa vie à se lamenter sur son sort. Si elle voulait montrer à ce lâche qui avait tiré sur elle qu'il n'avait pas gagné, elle devait se lever et retourner au travail.

Et elle avait suivi ce conseil. Malheureusement, cela ne s'était pas avéré aussi facile que M. McGee l'avait laissé entendre car, si elle avait guéri en surface, en profondeur quelque chose continuait à résister. Mais hors de question qu'elle l'avoue à Dylan !

— Alex m'a expliqué qu'un voyou prêt à tout pour achever sa cible t'a tiré dessus alors que tu t'interposais entre les deux. Ton patient est mort sous toi, apparemment. Je peine à croire qu'après cette expérience tu as réellement récupéré à cent pour cent, comme Alex semble le penser.

Dylan n'avait pas quitté Katie des yeux.

— Comment ça ? J'ai suivi à la lettre toutes les prescriptions des médecins. J'ai bossé comme une dingue en rééducation.

Elle détourna la tête, de peur de lire dans ses yeux la pitié qu'elle avait trop souvent vue chez les collègues qui lui avaient rendu visite à l'hôpital.

— Je ne remets pas en cause ta capacité à assurer ton travail ici. Je n'ai rien à te reprocher sur l'intervention d'aujourd'hui.

Il repoussa les boucles qui lui tombaient sur les yeux.

— Écoute, Katie, je comprends que c'est difficile d'admettre que tu as besoin d'aide. C'est difficile pour tout le monde. Je veux seulement que tu saches que si tu ressens le besoin de parler à quelqu'un, je suis là.

— Quoi ? Tu me proposes d'être mon thérapeute ? Sache que je suis allée à toutes les séances de suivi psychologique requises après une expérience traumatique. Ce doit être mentionné quelque part dans mon dossier.

Elle se sentait si vulnérable devant cet homme qui en savait tellement sur elle qu'elle en devenait agressive. Mais d'abord, que savait-il réellement ? Qui pouvait se targuer de savoir ce qu'elle vivait ?

— T'est-il déjà arrivé de devoir t'asseoir en face d'un inconnu et de te mettre à nu en lui révélant tous tes sentiments intimes et tes faiblesses ?

Elle avait posé la question tout en croyant connaître d'avance la réponse. Inimaginable que ce gros dur avoue le moindre point faible.

— Eh bien oui, figure-toi. Au début de ma carrière, après une intervention particulièrement éprouvante, j'ai souffert d'insomnie. Je suis allé consulter un ami psychologue qui avait ouvert un cabinet à Islamorada.

— Et ça t'a aidé ? Ça a changé quelque chose ?

— Tout n'a pas été miraculeusement réparé, mais le fait d'admettre devant quelqu'un que ce dont j'avais été témoin m'avait affecté et qu'on m'assure que ma réaction était normale voire saine, m'a aidé, oui. Quelque temps après, nous avons tous pris l'habitude de débriefer après nos interventions. Et je crois que nous nous en sommes très bien trouvés.

— Mais c'est différent. Ton ami n'était pas là pour décider si tu étais apte à travailler ou pas. Ton avenir professionnel ne dépendait pas de lui.

Un peu exagéré, non ? réfléchit-elle.

— Je dis seulement que si tu veux parler à quelqu'un, je suis là pour toi comme je le suis pour n'importe qui dans l'équipe. Je peux aussi te mettre en relation avec mon ami à Islamorada, si tu préfères. C'est quelqu'un de bien.

Là-dessus, Dylan se leva et lui tendit une chemise.

— Tiens. Le dossier à compléter. Tu pourras me l'apporter à la maison, si tu veux. Je t'envoie par mail d'ici la fin de la journée ton emploi du temps.

— Merci, dit-elle en commençant à partir.

Elle savait qu'elle aurait dû dire autre chose et lui savoir gré de sa sollicitude. Comme elle n'était là que pour deux mois, il aurait pu se contenter de vérifier qu'elle assurait son service. Certes. Mais elle n'en trouvait pas la proposition de Dylan plus facile à digérer.

— Au fait, Katie, ne prête pas attention à Max. Il peut paraître grognon, mais il ne te laissera jamais tomber sur le terrain.

Elle se retourna et soutint le regard de Dylan quand il ajouta :

— Personne ici ne te laissera tomber.

3.

Au moment où Katie entrait chez elle, son téléphone sonna.

Probablement sa psy, songea-t-elle encore sous le coup de sa conversation avec Dylan.

La malheureuse n'avait rien demandé. On lui avait confié Katie en lui demandant de faire le point avec elle une fois par mois. Ce dont Katie se serait accommodée si la thérapeute – fort gentille au demeurant – s'était abstenue de lui poser autant de questions.

Voyant que l'appel venait du plus jeune de ses frères, elle décrocha.

— Salut, Mikey.

— Salut. Pourquoi n'as-tu pas donné de nouvelles aux autres ? Matt se ronge les sangs. Il s'inquiète pour sa jeep.

— Je suis contente de voir que ce n'est pas pour moi qu'il s'inquiète, plaisanta Katie.

Posant le dossier qu'elle devait remplir sur la table basse, elle alla ouvrir les rideaux des portes-fenêtres sur le petit paradis qui s'étendait à l'arrière de chez elle. Le refuge idéal pour échapper à ses soucis.

— Tu sais bien que tout le monde se tracasse pour toi, surtout maintenant que tu es à plus de deux mille kilomètres. Tu es sûre que tu ne veux pas rentrer ?

Mikey lui avait posé la même question chaque jour qu'avait duré son voyage depuis New York. Bien sûr, ses frères l'aimaient et ne reculeraient devant rien pour elle. Mais pourquoi ne comprenaient-ils pas qu'elle avait besoin de prendre un peu de distance pour le moment ?

— Katie ? Tu m'entends ? Tu n'as pas de problèmes ?

— Pardon ! Je rentre d'un entretien avec mon chef et j'ai l'esprit un peu ailleurs.

Elle prit une bouteille d'eau dans le réfrigérateur et ouvrit la porte de derrière.

— Tu as pu voir ton ami Alex ?

— Non, il n'est pas encore revenu. Une urgence familiale apparemment. Mais j'ai participé à une intervention en hélicoptère aujourd'hui.

Elle sortit sur la terrasse et respira à fond. L'air était chargé d'une humidité à laquelle elle pensait ne jamais pouvoir s'habituer mais que la brise marine rendait malgré tout supportable.

— Alors ? Ça a été ?

Impossible de raconter à son frère qu'elle s'était énervée contre les autres intervenants car il comprendrait instantanément que quelque chose ne tournait pas rond chez elle. Les McGee étaient connus pour leur patience et elle-même était de toute la fratrie celle qui sortait le moins facilement de ses gonds. Guère le choix avec quatre frères !

— Oui, très bien. C'était formidable. Si tu voyais comme c'est beau ici ! La mer est d'un bleu extraordinaire et où que tu regardes il y a des arbres en fleurs. Et puis on ne court pas sans arrêt ici.

Elle vit alors quelque chose bouger dans les buissons tout proches et recula par réflexe vers les portes-fenêtres. Un long bec jaune pointa dans le feuillage avant de disparaître. Un oiseau ? Elle descendit les marches de la terrasse et s'engagea dans le chemin que Violet avait emprunté pour se rendre au bord de l'eau.

— Tant mieux, pour toi. J'espère quand même que tu ne vas pas trop y prendre goût. Nous avons besoin de toi à New York. Et ta psychologue, tu continues à lui parler ?

Encore ! D'abord Dylan, maintenant son frère ! Personne ne comprenait donc comme il était difficile de se mettre à nu devant une inconnue, alors qu'elle ne demandait qu'à travailler et à oublier la fusillade, bref à ce que l'incident de New York ne détermine pas sa vie.

Elle s'arrêta net et retint sa respiration. Un grand oiseau blanc aux longues pattes grêles se tenait à moins de deux mètres d'elle. Était-il dangereux ? La poursuivrait-il si elle se sauvait vers la maison ?

Avant qu'elle ne décide de la conduite à tenir, l'animal déploya des ailes d'une envergure impressionnante. En deux battements il s'éleva dans les airs, laissant Katie clouée sur place, bouche bée, à le regarder s'éloigner et disparaître.

La voix de son frère la ramena sur terre.

— Oh Mikey ! Si tu avais vu ! Il y avait un oiseau… Vraiment très grand… Plus d'un mètre de haut. D'une beauté ! Blanc et…

Elle s'interrompit, soudain saisie d'une envie qui avait disparu depuis… depuis le jour où sa vie avait basculé.

— Je vais devoir te quitter. Je te rappellerai plus tard.

Là-dessus, elle raccrocha et courut vers la maison en essayant d'imprimer l'image de l'oiseau dans son esprit.

Munie de son bloc à dessin et de ses crayons, dénichés dans un carton qu'elle n'avait pas encore défait, elle alla s'asseoir dans un des fauteuils en osier de la terrasse et tira devant elle une petite table sur laquelle poser son matériel. Elle se mit alors à l'œuvre. En quelques minutes, l'image d'un bel oiseau puissant commença à prendre forme. Comme la lumière du jour déclinait, elle composa l'arrière-plan de mémoire avec les différents arbres en fleurs qu'elle avait commencé à remarquer.

Quel plaisir elle avait tiré de ces quelques heures ! prit-elle conscience une fois son dessin achevé. Elle ne se rappelait pas à quand remontait la dernière fois où elle s'était détendue aussi complètement et aussi longtemps. Elle avait l'impression d'avoir trouvé son coin de paradis. Dommage que ce ne soit que pour quelques semaines, mais elle allait en profiter. En tout cas elle ne s'était pas trompée : il lui suffirait d'un peu de sérénité et de calme pour que sa vie reprenne bien vite un cours normal.

Alors qu'elle rentrait dans la maison, elle aperçut le dossier qu'elle devait rendre à Dylan et, avant de ranger son matériel de dessin, s'assit pour le compléter.

Une fois sa tâche accomplie, elle consulta son téléphone.

Évidemment, son frère avait essayé de la joindre à plusieurs reprises après qu'elle lui avait raccroché au nez. Il devait penser qu'elle avait perdu la tête. Aussi, pour le rassurer, décida-t-elle de lui envoyer une photo de son dessin avant d'aller se coucher. Il était le seul de la famille à avoir compris le rôle important que tenait l'art dans sa vie.

Ce n'est qu'après avoir sonné à la porte de Dylan qu'elle prit conscience de l'heure tardive. Pourquoi n'avait-elle pas pensé à lui écrire un texto ? Il lui avait donné son numéro précisément pour ce genre de situation.

Elle tourna les talons et commençait à descendre les marches du perron quand elle entendit la porte s'ouvrir.

Debout sur le seuil de sa maison, Dylan regardait avec sidération un spectacle inédit jusque-là : une Katie souriante. Il en éprouva un émoi inattendu.

— Je suis vraiment désolée. J'étais venue t'apporter mon dossier. J'avais prévu de le faire plus tôt mais je me suis lancée dans autre chose et j'ai perdu la notion du temps. Je pourrais en accuser l'oiseau, mais je suis la seule en tort.

— Quel oiseau ? s'étonna Dylan en prenant la chemise que lui tendait Katie.

Malgré une certaine incohérence dans les propos de Katie, il ne voulait pas qu'elle s'arrête de parler. Elle était si différente ce soir. Aurait-il devant lui la véritable Katie McGee, celle que son ami Alex lui avait décrite comme gaie et amusante, à l'opposé de la femme de tout à l'heure ?

— J'étais à l'arrière de ma maison quand un grand oiseau blanc a surgi. Ce n'était pas une cigogne. Elles sont plus massives. Il était grand, avec des pattes noires et de larges ailes.

— Ce doit être un héron blanc. On en voit beaucoup dans le coin. Une réserve naturelle a été créée pour eux dans l'archipel.

— Un héron blanc ? Je croyais qu'il n'y en avait que des bleus.

— Ils sont magnifiques, tu ne trouves pas ? ajouta-t-elle, le visage illuminé par un autre sourire.

— Oui, c'est vrai.

Les yeux de Katie étincelaient comme ceux de Violet lorsqu'elle faisait une découverte et Dylan fut soudain pris de l'envie de lui montrer toutes les merveilles de l'île.

À ce moment, tel un courant d'air, Violet dévala les marches pour rejoindre Katie.

— Katie ! Tu tiens quoi dans ta main ?

L'arrivée de sa fille calma instantanément les ardeurs de Dylan. C'était avec elle qu'il devait passer du temps en priorité et non avec sa nouvelle voisine.

— J'ai eu de la visite dans mon jardin tout à l'heure, répondit Katie en montrant son dessin à la fillette. Celle d'un héron blanc d'après ton père.

— Papa m'a emmenée dans le parc où on les voit dans les arbres. C'est là qu'ils nichent et qu'ils s'occupent de leurs bébés. La prochaine fois, tu pourras peut-être venir avec nous. Hein, papa ?

Dylan, du perron, les regardait toutes les deux : Violet avec ses yeux pleins d'espoir qui avaient été témoins de beaucoup trop de choses au cours des huit premières années de sa vie et Katie qui, quelques heures plus tôt, avait tenu coûte que coûte à prouver qu'elle allait bien malgré les cernes sous ses yeux. Si la première régnait sur son cœur, la seconde faisait surgir chez lui son côté protecteur. Mais il ne pouvait se permettre de se laisser aller à protéger Katie. Il avait eu son compte des femmes qui entraient dans sa vie, y semaient le chaos et le quittaient en le laissant réparer les dégâts.

— Nous verrons, Violet. En attendant, va prendre ton bain. Il se fait tard.

— D'accord, mais je pourrai aller chez Katie après l'école, demain ? demanda-t-elle avec un regard de cocker.

— Nous verrons, répéta-t-il.

Il s'était très vite aperçu de son impuissance face aux redoutables talents de négociatrice de sa fille. Et une fois qu'elle avait obtenu la réponse qu'elle attendait, il n'était plus question de revenir en arrière.

— Katie a peut-être prévu autre chose.

— Non, sauf si je travaille.

— Super ! s'écria Violet. À la bibliothèque de l'école, il y a un gros livre avec des photos d'oiseaux. Je le prendrai demain si personne ne l'a emprunté. Comme ça, je pourrai tout t'apprendre sur les oiseaux de l'archipel.

— En attendant, au bain, Violet !

— Bonne nuit, Katie, lança la fillette en courant vers la maison où elle disparut.

— Désolé. Si elle devient trop envahissante, dis-le-moi. J'ai plusieurs fois dû lui fixer des limites depuis qu'elle vit avec moi.

Il sourit au souvenir de leur première conversation à ce sujet, un soir où il avait invité une femme à dîner chez lui. Avant la fin du repas, Violet avait réussi à faire raconter à cette dernière toute sa vie, dont certains épisodes avaient d'ailleurs dissuadé Dylan d'organiser un second rendez-vous.

— Je suis certaine que nous nous entendrons très bien. J'ai hâte de feuilleter le livre dont elle parle. Tu n'es pas marié, alors ? ajouta-t-elle après un bref silence.

— Non. Violet et moi sommes les seuls occupants de la maison. Sa mère et moi ne sommes pas passés devant M. le maire.

Il ne jugea pas utile d'ajouter qu'il n'avait appris qu'il était père que le jour où Violet et sa mère avaient débarqué sur la péniche sur laquelle il vivait à l'époque.

— Lily, la mère de Violet, est un électron libre.

— En tout cas, Violet semble très heureuse. Tu t'y prends très bien avec elle, ça se voit. Bien, je t'ai suffisamment dérangé. Je vais aller consulter ma boîte mail pour voir mes horaires de travail.

— Si tu as besoin de davantage de temps pour t'installer, n'hésite pas à me le dire.

— Je suis sûre que ce que tu as planifié me conviendra très bien. Comme je l'ai dit tout à l'heure, je n'ai rien de prévu pour le moment.

Elle s'engagea dans l'allée avant de se retourner pour lancer :

— Bonne nuit !

Il ne la quitta des yeux que lorsqu'elle eut disparu à l'intérieur de sa maison.

La présence de cette femme lui compliquait la vie. Pourtant, quelque chose chez elle l'incitait à trouer les défenses dont elle s'entourait afin de découvrir qui elle était avant la fusillade. Mais quelle était l'épaisseur des remparts qu'elle avait construits autour d'elle ? La Katie d'avant existait-elle toujours ? Ou le traumatisme qu'elle avait subi l'avait-il définitivement transformée ?

Il ne pouvait non plus ignorer cette attirance qu'il avait éprouvée dès la première seconde, avant même de savoir qui elle était et donc qu'elle n'était que de passage dans sa vie.

— Je l'aime bien, déclara Violet en venant se glisser sous le bras de son père qui avait toujours la tête tournée vers la maison de Katie.

— Moi aussi, dit-il.

Sur cet aveu, il rentra avec sa fille et ferma la porte, agacé contre la petite voix intérieure qui le mettait en garde contre le danger que représentait sa voisine. D'autant plus agacé qu'elle avait raison : peu importe l'attirance que Katie exerçait sur lui, il ne devait pas s'engager dans une relation avec une femme qui n'allait pas rester. Il avait eu trop d'expériences de ce type avant d'apprendre l'existence de sa fille ; sa fille qui avait besoin de stabilité après l'errance qu'elle avait connue pendant les sept premières années de sa vie.

Malheureusement, les grands yeux de cette belle femme pétillant d'excitation à cause d'un vulgaire oiseau blanc risquaient fort de lui faire oublier ses erreurs passées.

4.

Summer et une de ses collègues expliquaient à Katie la procédure de transfert entre hôpitaux, l'activité principale de l'Heli-Care de Key West. Elles avaient été chargées de convoyer en urgence un patient souffrant d'une tachycardie supraventriculaire chronique de l'établissement local, où elles se trouvaient actuellement, à celui de Miami qui, lui, disposait du matériel pour affiner le diagnostic et traiter l'arythmie.

Dylan l'avait-il délibérément mise en équipe avec Summer parce qu'il savait qu'elle avait entendu cette dernière prendre sa défense ? s'interrogea Katie.

Non qu'elle s'en plaigne ! Au contraire. Elle ne voulait même pas imaginer le cauchemar qu'elle aurait vécu si Dylan lui avait adjoint Max pour sa première journée. Et les cauchemars, elle en avait son content la nuit !

— Ici, une grande partie des soignants navigants donnent un coup de main aux services d'urgence quand ils le peuvent, poursuivit Summer alors qu'elle appuyait sur le bouton de l'ascenseur. À New York aussi ?

— Plusieurs d'entre nous le font, oui. C'est une bonne façon de se maintenir à flot côté pratique clinique.

Et Katie avait vu là un plan B pour le cas où elle aurait dû renoncer à voler après la fusillade.

— Absolument. Et c'est chouette d'avoir enfin l'occasion de bavarder avec les patients. Pendant les évacuations, nos malades sont souvent trop mal en point pour pouvoir parler. Et les trajets en hélicoptère durent en général si peu de temps que nous sommes trop occupés par les soins pour nous intéresser à eux en tant que personnes.

Ainsi, Summer aimait le relationnel. Comme Katie avant cette fameuse nuit où sa vie avait basculé. Oh ! Elle aimait toujours les gens, mais dans une relation individuelle. En revanche, la perspective d'être entourée par une masse d'inconnus la terrorisait.

Elle avait mis au point des stratagèmes pour éviter cette situation. Ainsi, elle demandait systématiquement aux visiteurs de quitter momentanément la chambre d'un patient qu'elle venait soigner, ce à quoi personne ne trouvait rien d'anormal.

Quant aux scènes d'accident, en dehors de celle de son premier jour à Key West, elles ne lui causaient pas de problèmes car, chacun ayant une tâche bien précise à effectuer, on ne se marchait pas sur les pieds.

Summer présenta Katie à l'infirmière en chef du service de cardiologie avant de se rendre auprès d'un malade d'une cinquantaine d'années allongé sur un lit, entouré par des membres de sa famille.

— Bonjour, monsieur Marshall. Je m'appelle Summer et voici ma collègue Katie. C'est nous qui nous occuperons de vous dans l'hélicoptère.

Le temps de donner des renseignements à la famille sur l'hôpital de Miami où leur parent serait transféré, elles étaient de nouveau dans les airs direction le nord.

Leur pilote aujourd'hui, Jackie, s'était fait embaucher chez Heli-Care à sa retraite de l'armée, comme Roy. N'ayant plus qu'à se concentrer sur son rôle de soignante, Katie commença à se détendre et brancha les différents moniteurs qui donneraient des indications capitales sur les soins à prodiguer au patient.

— La météo est bonne, annonça Jackie. Heure probable d'arrivée : dans quarante minutes.

— On dirait que ça va être du billard aujourd'hui, observa Summer avec un mouvement du menton vers l'écran qui affichait un rythme sinusal normal.

— Le médecin a bien fait de lui prescrire de l'Ativan, dit Katie en réglant le débit de la perfusion. Certaines personnes ont peur en hélicoptère et leur anxiété peut causer de la tachycardie.

— Moi, j'adore ça. Depuis toujours. Et toi ?

— Je ne connais rien de mieux. Regarde-moi ce spectacle !

Au-dessous d'elles, la mer passait du vert pâle sur les hauts-fonds au bleu foncé quand la profondeur augmentait. Des groupes en combinaison de plongée exploraient la zone.

— À New York aussi il doit y avoir des paysages fantastiques. Surtout la nuit.

— Effectivement.

Le soir de la fusillade, se rappela Katie, la ville avait baigné dans une lumière extraordinaire. Sur un fond de ciel nocturne d'une couleur sublime s'étaient dressées les grandes tours où certaines fenêtres étaient éclairées et d'autres non, en fonction des activités des habitants. Elle s'était promis de peindre la scène à son retour,

Hélas, elle n'avait pu mettre son plan à exécution. Au lieu de cela, elle avait été plongée au cœur d'une violence tapie dans les ténèbres de la ville : un homme avait décidé d'en assassiner un autre, quitte à prendre aussi la vie de Katie.

— Tu habites dans un gratte-ciel ? À la télévision, on voit toujours des appartements new-yorkais somptueux. La petite maison de Dylan doit sacrément te changer. Remarque, elle est adorable et je m'en contenterais volontiers.

— Crois-moi, comme beaucoup, mon appartement est très loin de ceux de la télévision. Ma maison d'ici en contiendrait facilement deux comme lui. Et je ne compte pas la terrasse à l'arrière.

— Je parie que New York te manque malgré tout. Moi, je me plais ici, mais j'ai toujours vécu dans une petite ville.

D'un air rêveur, Summer ajouta :

— Parfois quand même, rien que par curiosité, j'aimerais me perdre dans l'anonymat de la foule et vivre à cent à l'heure.

— Écoute, si l'expérience te tente un jour, dis-le-moi. Je me ferai un plaisir de te faire visiter la ville et notre équipe manque toujours de bras, si ça t'intéresse.

Katie vérifia une nouvelle fois les constantes de leur malade. Après quatre extrasystoles ventriculaires, le cœur reprit un rythme de quatre-vingt-dix.

— Je ne sais pas. Vous devez travailler à une cadence infernale. Je me demande comment tu tiens le coup. Surtout après ce qui t'est arrivé.

Le moniteur se mit soudain à bipper : le nombre d'extrasystoles était monté à six. Heureusement, très vite les battements du cœur devinrent de nouveau réguliers.

Katie inscrivit sur un graphique toutes les données concernant le patient, un bon prétexte pour interrompre sa conversation avec Summer. Elle trouvait sa collègue très sympathique et très ouverte d'esprit mais ne souhaitait pas pour autant discuter avec elle de « l'incident », un sujet qu'elle n'abordait qu'avec sa psychologue et encore parce qu'on ne lui laissait pas le choix.

— À l'approche, annonça Jackie dans le casque alors que Summer envoyait par radio au régulateur le rapport qui serait transféré à l'hôpital.

Dès que l'hélicoptère toucha terre, les deux infirmières déchargèrent le patient et le remirent aux mains du service d'urgence de l'établissement.

Durant le vol de retour, Katie orienta la conversation sur l'hôpital local et les services qu'Heli-Care rendait à la communauté. Elles arrivèrent à temps pour déjeuner et, après le repas, allèrent se reposer. Rien ne garantissait en effet que le reste de leur service se déroulerait aussi tranquillement que le matin.

— Comment cela s'est-il passé ? les intercepta Dylan dans le couloir. Pas de problèmes ?

— Non, aucun, répondit Summer avant de se diriger vers sa chambre de garde.

— Et toi, Katie ?

— Simple transfert. Le malade était stable. Il aurait vraisemblablement pu être transporté en ambulance.

Dylan allait-il lui faire subir un interrogatoire après chaque sortie ?

— Si tu cherches à savoir si je me suis bien conduite, la réponse est oui.

— Je n'avais aucun doute à ce sujet. Je voulais seulement

m'assurer que tu n'avais besoin de rien. C'est ta deuxième mission. Je m'inquièterais de quiconque vient d'arriver.

— Tant qu'Alex n'est pas revenu, cela fait hélas partie de mes attributions, ajouta-t-il d'une mine sombre qu'elle ne lui connaissait pas.

Il trouvait sans aucun doute nerveusement éprouvant de diriger l'équipe en plus de ses responsabilités de père célibataire, réfléchit Katie. Il se dispenserait donc certainement des soucis supplémentaires qu'elle lui causait en étant centrée sur elle-même.

— Je suis désolée. Je sais que tu fais ton travail. Simplement, ce n'est pas facile pour moi d'être surveillée comme une débutante alors que je suis infirmière navigante depuis près de six ans.

Comme elle ouvrait la porte de sa chambre, il posa sa main sur la sienne. Un contact qui apaisa et excita Katie tout à la fois. Son cœur se mit à s'affoler, mais ni de peur ni d'angoisse. Non, la cause en était beaucoup plus effrayante : une attirance sexuelle dans sa forme la plus pure. Elle était tiraillée entre deux tentations : enlever sa main et prolonger ce contact physique.

— Excuse-moi, Katie. Ce n'était pas mon but. En fait, je commence à me faire du souci pour Alex. Il ne s'est jamais absenté aussi longtemps sans prendre de nouvelles. C'est tout, je t'assure, conclut-il en accrochant le regard de Katie.

Puis, sans attendre qu'elle réponde, il s'en alla, la laissant en plein désarroi.

N'avait-il pas lui aussi senti cette étincelle entre eux ? L'avait-elle imaginée ? Sa fragilité psychologique actuelle expliquait-elle qu'elle ait cru qu'un courant fût passé entre eux quand il l'avait touchée ? Oui, certainement.

Dylan ferma la porte du bureau et se passa la main dans les cheveux.

Pourquoi l'avait-il touchée ? Il s'était pourtant promis de ne pas céder à son désir de la protéger. Mais elle ressuscitait toutes ses anciennes pulsions qui le poussaient à réconforter une personne en souffrance. En l'occurrence cependant, il y avait autre chose. Depuis le soir où elle était apparue sur les marches de chez lui, ses yeux brillant d'excitation à cause d'un simple oiseau blanc, elle occupait entièrement ses pensées.

Il avait espéré n'être le jouet que d'une attirance passagère et s'était persuadé qu'après avoir passé un peu de temps avec elle et appris à la connaître, tout rentrerait dans l'ordre. Malheureusement, à présent qu'il avait senti la douceur de sa peau sur ses doigts calleux, il soupçonnait que la situation s'avère plus grave.

Et Dieu sait qu'il n'avait pas besoin de cette complication ! Violet et son travail suffisaient amplement à l'occuper. Ce serait folie de s'engager dans une relation avec une femme qui n'était que de passage. Une femme qui, comme Lily, amènerait dans son existence un méli-mélo de sentiments et de désirs sans avenir.

Bien sûr, il ne l'avait pas su au départ avec Lily. Il ne l'avait compris que le jour où elle lui avait déclaré que leur histoire était une simple liaison éphémère et que le moment était venu pour elle de passer à sa prochaine grande aventure.

Il sortit son téléphone pour appeler Alex mais, une fois encore, tomba sur la messagerie. Décidément, son ami était très occupé.

Ce qui rappela à Dylan la masse de travail qui lui restait à effectuer avant d'aller chercher Violet à la garderie. Il alluma donc son ordinateur et commença à rédiger les rapports mensuels qu'il devait envoyer au siège social. Mais, malgré tous ses efforts pour rester concentré, il ne put empêcher ses pensées de vagabonder vers Katie.

Il reprit son téléphone.

Tu dors ?

La réponse arriva en seulement quelques secondes.

Non, pourquoi ?

Il se creusa la tête à la recherche d'un prétexte et se souvint soudain de sa conversation avec sa fille le matin.

Violet voudrait venir chez toi demain après l'école. Elle peut ?

Oui.

OK. Je le lui dirai.

Il s'obligea à poser le téléphone sur le bureau… pour le reprendre dès que la sonnerie annonça l'arrivée d'un nouveau SMS.

Je suis désolée de ma mauvaise humeur tout à l'heure. Simplement, je supporte mal d'avoir en permanence quelqu'un derrière mon dos.

Comment ça ?

Sans cet épisode à New York, tu ne me surveillerais certainement pas. On se comporte avec moi comme si j'étais différente depuis. À New York, tout le monde me croit au bord de la dépression. Je ne suis pas en verre. J'ai travaillé d'arrache-pied pour pouvoir continuer à exercer comme soignante navigante. Et, sans fausse modestie, je n'ai pas démérité.

Il resta les yeux fixés sur l'écran à réfléchir à la meilleure réponse à donner. Il avait le choix entre abonder dans son sens en confirmant que rien ne justifiait qu'on la traite différemment des autres et se faire l'avocat du diable pour donner à Katie l'occasion de s'ouvrir davantage.

Ne penses-tu pas que tout ce qui nous arrive nous change d'une manière ou d'une autre ? Moi par exemple, l'apparition de Violet dans ma vie m'a transformé à un point que je n'aurais jamais imaginé.

Mais c'était un changement positif pour toi, qui ne t'a pas dérangé parce que tu aimes ta fille. C'est très différent pour moi. Toi, personne ne met en doute tes compétences parce que tu es devenu père célibataire, je suppose ? Je ne dis pas que ta situation est facile. Elle ne l'est certainement pas.

Veux-tu dire que tu n'as pas changé du tout ou bien que les changements que tu constates ne te plaisent pas ?

Comme elle ne répondait pas, il posa son téléphone. Il n'avait pas projeté de mener leur conversation dans ces sables mouvants et il espéra ne pas avoir effrayé Katie avec ses questions, car il sentait qu'elle avait besoin de parler à quelqu'un. Et il était quasiment sûr que son instinct de soignant ne le trompait pas.

5.

Katie avait accepté d'assister à la fête uniquement pour ne pas avoir à justifier un refus auprès de Dylan qui ne manquerait pas de lui poser des questions importunes. Mais à présent qu'elle se trouvait face à la masse des invités – l'équipe navigante de Key West au complet et un grand nombre d'urgentistes –, elle n'avait plus qu'une envie : prendre ses jambes à son cou et se barricader chez elle.

La terrasse de Dylan, plus vaste que la sienne, débordait d'hommes et de femmes dont certains, arrivés directement du travail, étaient encore vêtus de leur uniforme. Au milieu, deux grandes marmites d'eau avaient été mises à chauffer à même les flammes. À l'ébullition, on y jetterait plusieurs kilos de crevettes et de crabes, avait-elle appris.

De peur de se sentir cernée, elle ne s'était pas encore mêlée à la foule. Inutile de risquer une crise d'angoisse.

— Il y a un peu trop de testostérone dans ce genre de réunion, tu ne trouves pas ? observa Jo, une infirmière navigante qui avait rejoint Katie dès qu'elle l'avait vue. Regarde-moi ce pitre là-bas !

Jo montrait du doigt un homme qui, manches retroussées, exhibait ses biceps.

— Casey, je crois, dit Katie. Je l'ai rencontré à la relève des équipes la semaine dernière. C'est ton petit copain ?

— Oui, c'est bien Casey. Alias « Casanova » Johnson. Et non ce n'est pas mon petit copain, juste mon meilleur ami.

La jeune femme portait cependant sur son « ami » au physique d'athlète un regard plus qu'amical, s'amusa Katie.

— J'ai grandi avec quatre frères, alors la testostérone j'ai l'habitude.

— Ma pauvre ! Et tu as survécu ?

— Ce n'était pas si terrible que ça. J'ai beaucoup appris à leur contact. Et à l'école, personne ne m'embêtait.

Katie mesurait sa chance d'avoir bénéficié du soutien inconditionnel de ses frères, qu'à sa grande honte elle n'avait pas payés de retour quand elle était partie de New York en leur cachant son état psychique.

— Bonjour Katie, bonjour Jo, les salua Violet.

Katie s'étonnait de voir que la fille de Dylan gravitait autour des adultes plutôt que de jouer avec les autres enfants, à l'écart des marmites brûlantes. Au cours de la semaine, Katie avait souvent gardé la fillette après l'école et avait remarqué sa maturité surprenante. Quant aux questions... La gamine était intarissable.

— Quoi de neuf, mademoiselle Violet ? demanda Jo.

— J'ai emprunté un nouveau livre sur les oiseaux à la bibliothèque hier. Tu veux venir à l'intérieur pour le voir, Katie ?

— Volontiers, répondit cette dernière, ravie de cette occasion d'échapper à la foule.

Elle suivit la petite dans la maison. Les pièces étaient plus grandes que chez elle et les couleurs beaucoup plus gaies, vraisemblablement à l'instigation de Violet. L'agencement, lui, était similaire à celui de sa location.

Arrivée dans sa chambre, rose évidemment, la fillette grimpa sur son lit et ouvrit un livre.

— Regarde ! Il y a davantage d'illustrations que dans l'autre.

Katie s'assit à côté d'elle et examina le dessin d'un oiseau blanc majestueux, aux longues pattes noires et au bec jaune vif, dont le nom était inscrit en légende.

— C'est une très jolie gravure. J'espère pouvoir mettre la touche finale à mes propres peintures avant de rentrer à New York.

Lors des visites quotidiennes de Violet, Katie lui avait montré quelques-unes de ses œuvres.

— Papa dit qu'il y a beaucoup d'oiseaux ici parce qu'ils aiment le soleil et la plage. Comme lui. Il sait plein de choses sur les îles. C'est normal, il a passé toute sa vie ici. Et toi, tu as passé toute ta vie à New York ?

— Oui. J'ai même habité dans la maison où je suis née jusqu'à ce que je commence à travailler. Et toi ?

— J'ai habité dans des tas d'endroits avant que ma maman m'amène ici pour que je fasse connaissance avec mon papa. Une fois, nous nous sommes installées dans un bus scolaire. C'est un ami de maman qui l'avait retapé.

Là-dessus, la fillette sauta de son lit pour aller chercher une grande boîte à chaussures dans son armoire.

— Maman m'a laissé ça pour que je me souvienne de tous les endroits où nous sommes allées ensemble.

Violet étala sur son lit un assortiment de cartes routières et postales et de photos. Pendant sa courte vie, Violet avait manifestement parcouru tout le pays et n'était probablement jamais restée au même endroit plus de quelques mois. Difficile dans ces conditions de se lier d'amitié. Et aujourd'hui, elle évoluait dans un monde totalement différent, et sans sa mère. Elle semblait pourtant n'avoir en rien souffert de cette vie nomade. Un pouvoir d'adaptation que Katie lui envia.

— Ah ! Je me demandais où vous étiez passées toutes les deux, dit Dylan du pas de la porte. Le repas est prêt.

Levant les yeux d'une photo où Violet fêtait son sixième anniversaire sur une plage de Californie, Katie fut une nouvelle fois éblouie par le physique de Dylan Maddox. Elle était littéralement hypnotisée par cet homme simplement vêtu d'un short et d'une chemise.

Était-il possible qu'aucune femme n'ait encore mis le grappin sur lui ? Au fait, d'où tenait-elle qu'il n'avait personne dans sa vie ? Elle ne connaissait quasiment rien de son passé ni du rôle qu'y avait joué la mère de Violet.

— Violet voulait me montrer des souvenirs de ses aventures, dit Katie en se redressant. Elle a beaucoup voyagé. Je crois qu'elle a visité davantage d'États que moi.

— Tout le monde dit ça, déclara Violet en sautant à terre et en sortant dans le couloir.

Katie la suivit et Dylan lui emboîta le pas.

— La fête est très réussie, dit-elle.

— Merci. J'aime bien organiser ce genre de soirée. Ces gens si solidaires dans le travail méritent de s'amuser ensemble aussi. Et puis, pour la plupart d'entre nous, nous nous connaissons depuis toujours.

— D'après Violet, tu as passé toute ta vie dans l'archipel. Tes parents y habitent-ils aussi ?

Un peu honteuse de sa curiosité – Violet serait-elle en train de déteindre sur elle ? –, elle se promit d'arrêter là son interrogatoire.

— J'ai grandi à Islamorada sur un bateau, dans une marina qui appartenait à mes parents.

— Quoi ? Tu habitais sur l'eau ?

— Oui, dans un beau bateau. J'avais une chambre en mezzanine. Mais quand je suis entré au collège, ma mère a insisté pour que mon père fasse construire une maison à côté de la marina. Mes parents y habitent toujours, mais s'il ne tenait qu'à mon père, ils repartiraient sur le bateau.

— Vous avez mené une vie sacrément aventureuse Violet et toi ! observa-t-elle en ouvrant une des portes-fenêtres.

— Des aventures, Violet en avait vécu plus que de raison quand j'ai fini par apprendre son existence, marmonna Dylan.

— Comment ça « quand tu as fini par apprendre son existence » ? Tu ne savais pas que tu avais une fille ?

— Non, jusqu'à ce que sa mère débarque avec elle. Elle m'avait caché sa grossesse. Sans doute de crainte que je ne la retienne si j'apprenais qu'elle était enceinte. Quand je suis rentré un soir, elle avait fait ses bagages et s'apprêtait à partir. Je me suis toujours demandé si, sans Violet, elle m'aurait donné des nouvelles.

Katie lisait dans les yeux de Dylan la douleur que lui causait cette évocation du passé. À cause de toutes les années où il avait été privé de sa fille ou de la façon dont Lily l'avait traité ? Difficile à dire.

— Plus Violet grandissait, plus cette vie d'errance compromettait sa scolarité. C'est une fillette intelligente et du haut de ses huit ans, elle le comprenait parfaitement. Mais elle n'avait pas le choix, alors que sa mère ne restait pas plus de quatre mois dans un même lieu.

À son grand étonnement, Katie ne perçut aucune amertume envers son ex dans la voix de Dylan. Aimerait-il toujours la mère de Violet ? Ou bien avait-il simplement tourné la page ?

Mais en quoi ces questions la concernaient-elles ?

— Violet a de la chance que sa mère te l'ait amenée. Tu t'y prends très bien avec elle. Je n'aurais jamais deviné qu'elle avait eu une scolarité chaotique en l'écoutant me lire le livre sur les oiseaux.

— Toute ma vie tourne autour d'elle depuis qu'elle est arrivée chez moi. Je regrette de ne pas avoir été là quand elle est née, mais… on ne revient pas en arrière. Ce que je n'ai jamais compris, c'est que Lily ait pu imaginer que je l'obligerais à rester quelque part contre son gré. C'était bien mal me connaître.

— Certainement.

Katie avait suivi Dylan au milieu des invités dont elle avait oublié la présence le temps de cet échange. Mais, pendant le reste de la soirée, elle s'arrangea pour aller et venir entre la maison et la terrasse, apportant des boissons, ramassant les déchets. Par moments, elle s'éloignait dans le jardin et s'absorbait dans la contemplation de fleurs si quelqu'un faisait mine d'approcher.

Comme elle habitait à deux pas, elle se proposa de rester pour aider Dylan à ranger. Outre les divers stratagèmes pour éviter une foule, elle avait appris deux choses au cours de la soirée : la première que les crabes au court-bouillon étaient délicieux mais faisaient beaucoup de saletés, la seconde que les membres des services de secours de Key West ressemblaient comme deux gouttes d'eau aux hommes et femmes avec qui elle travaillait à New York : ils étaient tous forts en gueule et bagarreurs.

Elle en apprécia d'autant plus le calme qui s'abattit sur la maison avec le départ du dernier invité.

Violet étant déjà couchée, Katie demeura en tête à tête avec Dylan.

— Voilà, c'est le dernier plat, annonça-t-elle en entrant dans la cuisine.

— Merci pour le coup de main, Katie.

— J'essaie juste de marquer des points auprès de mon chef, ironisa-t-elle alors qu'elle savait pertinemment que Dylan détestait qu'on l'appelle « chef ».

— Je ne suis pas ton chef. Je suis juste un remplaçant. En fait, je me considère davantage comme un tuteur.

— Je n'ai pas besoin d'un tuteur, merci bien ! Je te signale que j'ai moi-même encadré davantage de stagiaires que ton équipe ici ne compte de membres.

Elle s'était efforcée de réprimer son agressivité mais commençait à en avoir assez d'être encore et toujours traitée comme une débutante. Avoir été blessée dans l'exercice de ses fonctions l'avait déjà suffisamment humiliée sans que par-dessus le marché on remette en question ses qualités professionnelles. Elle avait cru que Dylan l'avait compris.

— OK. Disons alors que je suis ton conseiller. Tout le monde en a besoin à un moment ou un autre, non ? demanda-t-il en s'appuyant contre le plan de travail en granit.

Pourquoi tenait-il tant à l'aider ? s'interrogea-t-il. Et pourquoi s'en agaçait-elle autant ?

Comme elle se taisait, il se rapprocha et, impulsivement, repoussa derrière l'oreille de Katie une mèche folle échappée de sa queue-de-cheval.

Seul le ronronnement du climatiseur troublait le silence. Katie sentit son cœur s'affoler. Sa respiration s'accéléra. Elle se rappela son émoi physique lorsque les bras de Dylan l'avaient encerclée lors de leur toute première rencontre dans la cuisine du préfabriqué. Ils ne se connaissaient pas alors. Et d'ailleurs, ils ne se connaissaient guère davantage aujourd'hui.

— Je ne cherche pas à te dévaloriser/te, Katie. Ton dossier ne laisse aucun doute sur tes compétences.

Elle essaya de se concentrer sur ce qu'il disait, sur la colère qui venait de la saisir. Mais elle ne pensait qu'au contact des doigts de Dylan, à son corps si près du sien. Comment réagirait-il si elle s'approchait un peu plus ? Si elle tendait ses lèvres vers les siennes et les touchait ?

Sans réfléchir, elle posa sa main sur la poitrine de Dylan. Elle sentit le cœur de ce dernier battre la chamade sous sa paume, en écho au sien quand il couvrit sa main avec la sienne.

— Tu le sens ? demanda-t-elle.

Quelle mouche la piquait ? En matière amoureuse, elle avait toujours attendu que les hommes prennent l'initiative.

— Katie, je… Oui. Si c'est ta façon de me demander si j'ai envie de te prendre dans mes bras et de t'embrasser là, maintenant, la réponse est oui. Nous nous plaisons, mais…

Dylan prit une profonde inspiration et s'écarta d'un pas, au grand désarroi de Katie.

— Tu ne restes que quelques semaines. Or, je me suis fixé comme règle de refuser toute aventure éphémère.

Katie ne put retenir la question qui lui brûlait les lèvres.

— À cause de ta fille ou de Lily ?

— Je ne veux pas perturber Violet.

Il se recula encore.

Était-ce vraiment de la déception qu'elle lisait sur le visage de Dylan ? Ou bien, blessée dans son amour-propre, prenait-elle ses désirs pour des réalités ? Quelle importance, après tout ? Pour la première fois de sa vie, elle venait de faire des avances à un homme et elles avaient été rejetées. Pour ne rien arranger, cet homme était son patron.

— Si tu peux te débrouiller avec le reste du rangement, je vais m'en aller, dit-elle aussi dignement qu'elle le put.

Comment réussirait-elle à le regarder en face désormais ? Elle ne savait comment rattraper ce malencontreux faux pas. Elle ne voulait pas de la pitié de Dylan. On lui en avait tellement témoigné après la fusillade qu'elle s'en était sentie affaiblie et impuissante, deux sentiments intolérables pour une McGee.

— Katie… la retint-il par la main comme elle ouvrait la porte, ne pars pas. Pas comme ça.

Elle s'obligea à se retourner, à sourire et à refouler les larmes qui menaçaient. Hors de question de lui montrer son humiliation ! En outre, comment lui en vouloir de ne pas partager ses sentiments ?

— Ma fille s'attache facilement et elle a passé la majeure partie de sa vie à être séparée des gens avec qui elle commençait à sympathiser pour suivre sa mère dans ses pérégrinations et, finalement, c'est cette dernière qui l'a quittée. Sa propre mère ! Alors, j'y réfléchirai toujours à deux fois avant d'inviter une femme à la maison.

— Je comprends. Ce n'est pas grave. Je…

Quelle excuse pouvait-elle trouver maintenant qu'elle lui avait bêtement fait comprendre qu'il l'attirait ?

— Je suis désolée. Ma conduite est totalement déplacée. Bien sûr que les choses sont plus compliquées pour toi à présent.

Là-dessus elle fila, de peur d'ajouter des paroles embarrassantes pour eux deux et qui auraient rendu la situation encore plus délicate… si cela était possible. Car dès le lendemain matin, elle se trouverait face à Dylan, avec entre eux le souvenir de la scène qui venait de se jouer.

Dylan allait se coucher après avoir fini de remettre sa maison en ordre lorsqu'il vit par la fenêtre que les lumières brûlaient toujours chez Katie.

Cette femme éveillait chez lui une tempête de sentiments. Étrangement, il se félicitait presque qu'elle l'ait forcé à avouer qu'elle lui plaisait. Mais il lui avait été d'autant plus difficile de la laisser partir alors qu'il ne pensait qu'à la prendre dans les bras et l'embrasser, comme il en rêvait depuis le soir où elle lui était apparue sur son perron avec ce sourire éclatant.

Et maintenant il l'avait blessée. Bien involontairement. Et, pour couronner le tout, quand elle avait émis l'hypothèse que c'était par amour pour Lily qu'il ne s'engagerait pas dans une relation avec elle, il ne l'avait pas détrompée. Ce point-là au moins, il pouvait le rectifier.

Il sortit son téléphone de sa poche et lui envoya un message.

Ce n'est pas à cause de Lily. En tout cas, pas d'un attachement que j'aurais encore pour elle.

Katie ne mit qu'une seconde à répondre.

Tu en es sûr ?

Sûr et certain. Après son départ, j'étais en piteux état. Je ne comprenais pas comment elle avait pu s'en aller comme ça. J'acceptais mal de n'avoir été pour elle qu'un passe-temps pendant qu'elle préparait sa prochaine équipée. Moi, je faisais des projets pour notre avenir. Elle, elle planifiait son départ.

Normal que ça t'ait fait mal.

J'étais jeune et naïf à l'époque.

Tu parles comme si tu étais vieux.

Je me sens vieux par moments.

En l'absence d'autre texto, il alla se coucher. Il s'apprêtait à éteindre sa lampe de chevet quand son téléphone sonna de nouveau.

Merci de m'avoir expliqué ta position. Je ne suis pas comme Lily, mais tu as raison de vouloir protéger ta fille. Ça ne marcherait pas entre nous. Je retourne à New York dans six semaines. Je ne voudrais pas faire souffrir Violet quand je partirai.

Elle n'ajouta pas qu'elle ne voulait pas le faire souffrir lui non plus. Cela allait sans dire.

Bonne nuit, Katie.

Bonne nuit, Dylan

Katie se reposait dans sa chambre de garde lorsque la radio la réveilla en sursaut. Avant même d'avoir suffisamment ouvert les yeux pour consulter l'heure, elle enfilait sa combinaison de vol et se précipitait dans le couloir. Aussi fut-elle surprise de voir le soleil se lever lorsqu'elle grimpa dans l'hélicoptère, et plus surprise encore de trouver Dylan dans le siège à côté d'elle.

— Où est Max ? demanda-t-elle en bouclant sa ceinture.

Le moment était mal choisi pour ce genre de conversation,

mais elle s'étonnait de l'absence de son coéquipier de la journée avec qui elle avait effectué l'intervention précédente.

— En arrivant au bureau tout à l'heure, je l'ai trouvé dans le salon. Il avait mal à la tête et au ventre. Je lui ai proposé de le remplacer jusqu'au prochain changement d'équipe.

— Je n'ai pas entendu ce que disait le régulateur, dit-elle. On nous appelle pour quoi ?

— Un homme qui s'est tiré une balle dans la tête, répondit Dylan dans le casque. Les urgentistes sont déjà sur place. Les pompiers et les secours dégagent une aire d'atterrissage dans le parking du fort Zachary Taylor. Heure probable d'arrivée : dans huit minutes.

En entendant le mot « balle », Katie sentit son ventre se nouer.

— Ils sont certains que c'est un suicide ?

— Ça, c'est à la police de l'établir. Ça ne va pas ? Tu n'as pas attrapé le virus de Max, j'espère ?

— Non, tout va bien.

Elle ne devait surtout pas se laisser déborder par son angoisse. Il lui suffisait d'oublier qu'il s'agissait d'une blessure par balle et il n'y aurait pas de problème. Elle se concentrerait entièrement sur leur patient, la seule option d'ailleurs s'ils voulaient le maintenir en vie le temps de le remettre entre les mains d'un neurochirurgien.

Elle prépara une poche de solution Ringer Lactate en prévision d'une éventuelle perfusion et vérifia le groupe sanguin de l'homme.

Ils se posèrent bientôt sur un parking dont les autres services de secours avaient interdit l'accès. Les patins de l'hélicoptère avaient à peine touché le sol que Dylan et Katie sautaient de l'appareil et couraient vers un pompier qu'elle reconnut de son intervention précédente.

— Par ici, dit l'homme.

Dylan et Katie le suivirent le long d'un chemin sablonneux qui les mena à une plage où des urgentistes s'affairaient autour du blessé. Alors qu'elle parcourait la scène du regard, Katie se sentit brusquement oppressée.

Un petit groupe de joggers matinaux entourait une jeune femme en débardeur et short visiblement choquée. Avait-elle trouvé l'homme ? Ou l'avait-elle vu appuyer sur la gâchette ?

Au fait, s'agissait-il bien d'un suicide ? Un tireur ne se serait-il pas mêlé au groupe ? Katie sentit son estomac se retourner à cette pensée.

Arrête ta paranoïa. Tu ne risques rien. Tu n'es pas à New York. Un tireur ne peut se cacher nulle part ici.

Un petit revolver gisait, bien visible, dans le sable à côté du blessé. L'odeur de poudre, la vue de l'arme et du sang qui imprégnait petit à petit le sable sous la tête de l'homme accrurent le malaise de Katie.

L'espace d'un instant, elle se revit cette fameuse nuit à New York en train de regarder son propre sang couler sur l'asphalte du parking et se mêler aux ruisseaux d'eau de pluie. C'est cette image en particulier qui la hantait.

— Katie, tu peux aider les urgentistes pendant que j'intube ce monsieur ? demanda Dylan, arrachant Katie à sa paralysie. Il risque un arrêt cardiorespiratoire si nous n'agissons pas rapidement.

— D'accord.

Elle s'approcha pour soutenir la tête du blessé le temps qu'on lui mette une minerve. La balle n'étant pas ressortie, il n'était pas exclu qu'elle se soit fichée dans le rachis cervical.

Durant les quelques minutes qu'il fallut pour préparer le patient et le charger à bord de l'hélicoptère, Katie ne pensa plus qu'à son travail.

Une fois dans les airs en direction du service de neurochirurgie de l'hôpital de Miami, elle équipa le tube de perfusion d'un robinet deux voies pendant que Dylan évaluait l'état neurologique du blessé. On n'entendait que le bruit du moteur.

— Il est au bord du choc hypovolémique, annonça soudain Katie. Je vais augmenter le débit de la perfusion et commencer une transfusion.

Elle sortit de la glacière une poche de sang O- dont elle brancha le tuyau sur le second robinet qu'elle avait pris la précaution d'installer. Vu la quantité de sang dans le sable, il ne faisait aucun doute que l'homme avait saigné un bon moment avant d'être découvert. Une demi-heure de plus et on n'aurait pas eu besoin de leurs services, songea Katie. Et même maintenant, ses chances de survie demeuraient assez minces.

— Pupilles aréactives et dilatées, communiqua par radio Dylan au service de traumatologie de Miami. Cinq sur l'échelle de coma de Glasgow.

Quelques minutes plus tard, ils atterrissaient et déchargeaient leur patient. Quand ils pénétrèrent dans le service des urgences, bondé, Katie prit le relais de la ventilation manuelle pendant que Dylan exposait la situation au médecin. Puis, en un tournemain, ils transférèrent sur un brancard leur homme, qui fut instantanément pris en charge par le personnel hospitalier.

Après avoir désinfecté leur civière, Dylan et Katie se rendirent dans le petit salon réservé aux équipes de premiers secours, pour se réconforter avec du café bien noir dont ils apportèrent une tasse à Roy qui les attendait dans l'hélicoptère.

Ils n'échangèrent pas une parole pendant le trajet de retour. Dylan ne fit aucun commentaire sur le passage à vide de Katie et elle-même se garda bien d'aborder le sujet. Elle avait tenu le coup et Dylan ne pouvait rien lui reprocher professionnellement.

— Combien de chances ce type a-t-il de s'en sortir ? demanda Roy quand ils se furent posés à la base.

— Davantage que si nous n'avions pas été là pour le transporter, répondit Dylan.

— Tu dis ça à chaque fois.

— Parce que c'est vrai à chaque fois. En l'occurrence cependant, je ne sais pas ce que les médecins vont pouvoir faire pour lui.

— Un vrai gâchis, observa Roy. Il était si jeune.

— Personne ne sait quels démons poussent au suicide. Si ce malheureux survit, l'hôpital veillera à ce qu'il soit suivi psychologiquement.

Là-dessus, Dylan poussa la porte du préfabriqué et ils se dirigèrent vers la cuisine où la relève était attablée devant un appétissant petit déjeuner d'œufs au bacon.

— J'espère que vous en avez prévu assez pour nous, lança Dylan.

— Je n'ai pas faim, dit Katie. Je vais rentrer directement chez moi.

Sans attendre, elle alla chercher son sac à dos dans sa chambre de garde. Après ce service de vingt-quatre heures, elle voulait s'éclipser avant que Dylan ne la coince pour parler de ce qui s'était passé à la plage, ce dont elle ne se sentait pas capable pour le moment. Hélas, elle l'entendit l'appeler et la rattraper.

Ils ne s'étaient plus rendu visite après l'épisode embarrassant de la soirée crabes. Mais au travail, difficile de s'éviter.

— Quelque chose ne va pas ? demanda-t-il.

— Je suis juste fatiguée.

Elle ne comptait pas lui avouer combien la vue du blessé par balle l'avait bouleversée. Elle avait sauvé les apparences et espérait donc qu'il n'avait pas remarqué qu'elle avait été submergée par ses propres émotions pendant un moment.

— OK. Je ne vais pas te retenir plus longtemps alors.

Il sembla hésiter un instant avant d'ajouter.

— Ça me gêne, mais j'ai un service à te demander.

Katie s'arrêta net, la main sur la poignée de la chambre de garde. Que pouvait-il bien attendre d'elle ? Qu'elle n'approche ni de Violet ni de lui quand elle était chez elle ? Elle avait remarqué que Violet avait cessé de venir.

— Je t'écoute, dit-elle en se préparant au pire mais décidée à demeurer stoïque quoi qu'il lui annonce.

Elle ne se donnerait certainement pas en spectacle, surtout quand ses collègues se trouvaient de l'autre côté du mur.

— La baby-sitter qui garde Violet cette semaine vient de me prévenir qu'elle a un empêchement aujourd'hui. Tu pourrais garder Violet chez toi après l'école pendant une heure ? J'ai une réunion importante.

Katie retrouva sa respiration un instant bloquée et, pour la première fois depuis le début de son service, elle se sentit sourire.

— Bien sûr, volontiers. Je vais dormir un peu ce matin, mais je serai debout d'ici son retour de l'école.

— Merci, Katie. Tu m'enlèves une épine du pied. Quant à Violet, elle me harcèle pour que je la laisse venir te voir.

Après avoir assuré à Dylan que la présence de Violet ne la dérangeait pas bien au contraire, elle prit ses affaires et partit en toute hâte.

Chez elle, elle ne trouva pas le sommeil. La scène du matin sur la plage continuait à la travailler. Si, physiquement, elle avait recouvré ses capacités professionnelles, psychiquement elle n'avait manifestement pas récupéré.

Elle se leva pour envoyer un courriel à la psychologue qu'elle avait pourtant tenue au maximum à distance. Il était temps qu'elle affronte ses démons. Elle ne pouvait plus continuer à prétendre que tout allait bien. L'épisode de ce matin était un coup de semonce.

6.

Des rires parvinrent à Dylan de la terrasse de chez Katie. Il aurait reconnu entre mille celui de sa fille. Mais s'y mêlait un autre qu'il ne pensait pas avoir déjà entendu : celui de Katie, qui le réjouit autant que celui de Violet.

Depuis le soir où il avait avoué à Katie son attirance pour elle, il était en proie à une mauvaise humeur inhabituelle. Comme si vivaient en lui deux hommes en lutte.

L'un défendait sa règle inflexible de fuir toute aventure passagère pour préserver la stabilité géographique et surtout affective de sa fille, que Lily avait compromise. L'autre lui soufflait que Katie n'était pas Lily, qu'il était ridicule de la repousser et qu'il devait leur laisser une chance à tous deux.

Alarmé par un bruit de chute, il accéléra le pas.

Son inquiétude augmenta encore quand il découvrit Katic et Violet effondrées par terre… De rire, s'aperçut-il bien vite.

— Que se passe-t-il ? demanda-t-il, gagné par leur hilarité.

— Katie me donne un cours de yoga. Pour nous réveiller.

— Non, nous éveiller, rectifia Katie. Pour le moment, nous n'avons réussi qu'à récolter des bleus. Violet a du mal avec la notion de méditation.

— On n'a pas le droit de parler pendant la méditation parce que c'est censé détendre. Mais comment on peut se détendre sans parler ?

Le visage de la fillette exprimait une réelle perplexité.

— Bah oui ! Je comprends que ça t'angoisse, Violet, acquiesça Dylan avant d'adresser un clin d'œil à Katie.

— Nous avons donc décidé de passer aux postures et là,

Violet réussit incontestablement mieux, dit Katie avec dans le regard une tendresse pour la petite qui chavira Dylan.

Katie était-elle en train de s'attacher à Violet ? Contrairement à beaucoup d'adultes qui certes, la trouvaient mignonne mais que heurtait la très forte personnalité de la petite.

— On a fait la posture du chien tête en bas et là on est en train d'apprendre celle de la vache, expliqua Violet. Mais j'ai dit à Katie que sa vache ressemblait plus à un chien que l'autre posture et…

La gamine, prise d'un fou rire, dut s'interrompre avant de reprendre :

— … Katie s'est mise à meugler et c'était tellement drôle que je me suis roulée par terre.

— Je ne meuglais pas, protesta Katie. Je poussais simplement des gros soupirs parce que tous ces étirements me faisaient mal.

Elle était assise par terre, le dos contre la chaise renversée. La sueur collait ses cheveux contre ses joues rosies par l'effort. Dylan ramassa sur la table deux bouteilles d'eau et en tendit une à chacune des yogis.

— Il fait chaud dehors. Pourquoi ne rentrez-vous pas à l'intérieur pour vos exercices ?

— On médite mieux à l'air libre d'après le site web que j'ai consulté, répondit Katie avant de boire une gorgée d'eau. J'aurais dû attendre que le soleil décline. Mais nous nous sommes bien amusées, n'est-ce pas Violet ?

Violet confirma de la tête tout en se désaltérant elle aussi.

Quant à Dylan, élégamment vêtu en vue de la réunion à laquelle il n'avait pu échapper en l'absence d'Alex, il s'assit par terre sur la terrasse entre Katie et Violet, au risque de salir son beau pantalon kaki.

— Si je comprends bien, tu n'as jamais fait de yoga.

— Effectivement. C'est ma psy qui m'a conseillé d'essayer. J'ai au moins appris que, physiquement, je ne suis pas au sommet de ma forme. Et grâce à Violet, cette séance est devenue une véritable partie de plaisir.

Ainsi, elle avait parlé à sa psychologue, s'étonna Dylan. Il y a peu, elle avait pourtant rejeté catégoriquement toute idée de se faire suivre/aider. Pourquoi ce revirement ? À cause du suicidé par balle du matin ?

Il avait remarqué sa brusque pâleur quand elle avait vu le revolver et le sang. Normal. La scène avait inévitablement ravivé des souvenirs traumatisants. La réaction de Katie l'avait néanmoins tarabusté toute la journée, mais il avait préféré lui laisser le temps de récupérer, et n'aborder le sujet que le lendemain, au travail.

— Moi aussi j'ai trouvé ça rigolo, Katie. Je pourrai revenir m'entraîner avec toi ? Je vais chercher un livre d'exercices de yoga à la bibliothèque. On le regardera ensemble.

— Oui, bien sûr que tu pourras revenir.

Voyant qu'elle s'apprêtait à se relever, Dylan lui tendit la main et remarqua l'hésitation de Katie avant de la saisir. Sa présence la gênait-elle à ce point ?

— Je peux aller à la maison terminer mes devoirs ? J'ai oublié d'apporter mon livre de bibliothèque à l'école et je n'ai pas pu finir mon exposé.

— En fait, ta nounou vient te chercher pour que tu passes la nuit chez elle. Elle va arriver d'une minute à l'autre. Alors file préparer tes affaires. La porte est ouverte. Je viens t'aider dans un instant.

— Je suis assez grande pour me débrouiller toute seule.

Là-dessus, Violet partit en courant et se retourna juste pour lancer :

— Merci, Katie !

— Je vérifierai son sac quand même, dit Dylan en suivant des yeux sa fille jusqu'à ce qu'elle disparaisse dans leur maison. Ses livres de chevet, elle pensera à les prendre mais son pyjama, c'est moins sûr. En tout cas, merci beaucoup de l'avoir gardée.

— Figure-toi que ça m'a bien aidée. Ta fille m'a changé les idées. J'en avais besoin après l'intervention de ce matin. Tu as beaucoup de chance de l'avoir. C'est une gamine assez unique. Vive et pleine d'énergie.

Pourquoi Katie fuyait-elle son regard et regardait-elle le bout de ses chaussures ?

Il eut bien vite la réponse.

— Quant à ce qui s'est passé ce matin…

— Parlons-en plutôt demain, au travail, l'interrompit Dylan.

Inutile de compliquer davantage une relation déjà problématique – par sa faute à lui qui avait exclu toute possibilité de rapprochement entre eux. Autant ne pas mélanger le privé et le professionnel.

— Non, je souhaite en discuter maintenant. L'accident de New York n'affecte en rien les soins que je dispense à mes malades, mais il a sur moi d'autres répercussions… dont je ressens le besoin de parler.

— Tu as effectivement parfaitement pris en charge notre patient de ce matin et tes compétences ne sont pas en question. Mais tu as été entraînée dans un engrenage, Katie. Il faut que tu admettes que tu es humaine, comme nous tous. Tu aurais dû me voir quand Lily a débarqué avec Violet. J'étais complètement perdu. J'essayais à la fois de m'occuper de ma fille de sept ans et d'assurer mes responsabilités professionnelles et j'étais souvent dépassé.

— C'est vrai ? s'étonna-t-elle en le regardant enfin. Tu sembles pourtant parfaitement gérer.

— Maintenant, oui. Je contrôle la situation. Pour le moment du moins, car je sais que tout peut changer d'un coup. Je vis dans la crainte permanente que Lily vienne reprendre Violet. Et elle grandit si vite. Dans quelques années, c'est à une ado que je vais avoir affaire.

Il en frissonna. Oui, sa petite fille deviendrait un jour une femme…

— Tu vas très bien t'en sortir. Violet a la tête sur les épaules.

Katie se mit alors à se mordre la lèvre inférieure, attirant malgré elle le regard de Dylan sur la bouche rouge et charnue qu'il avait imaginé embrasser. Il l'aurait touchée, effleurée de ses doigts avant de se perdre dans un baiser, si seulement il n'avait pas été convaincu qu'une aventure avec cette femme, qui rentrerait à New York dans quelques semaines, se solderait inévitablement par beaucoup de souffrance pour sa fille.

— De toute façon, si tu as sa garde exclusive, la justice ne pourra pas t'enlever Violet. C'est bien le cas ?

Comme chaque fois que cette question venait sur le tapis, Dylan sentit son ventre se nouer.

— C'est le problème. Lily n'est restée ici qu'un seul jour. Je n'ai eu le temps d'obtenir que la garde temporaire. Si Lily voulait récupérer Violet, je ne sais pas ce que la justice déciderait.

— Ce n'est pas logique. Si sa mère l'a abandonnée, c'est bien la preuve qu'elle ne souhaite pas s'occuper d'elle. Ton avocat ne peut-il pas lui envoyer les papiers à signer, tout bêtement ?

— Nous avons bien essayé. Mais le temps que nous découvrions son adresse, Lily avait déjà déménagé. Nous avons même eu recours à des détectives privés, mais elle a toujours un temps d'avance sur nous. Si je ne la connaissais pas, j'en viendrais à me dire qu'elle nous fuit.

En fait, il commençait à le croire, ce qui augmentait encore ses craintes par rapport à sa fille.

— C'est moche. Mais je suis sûre que tout va s'arranger. Tu t'y prends tellement bien avec Violet que je ne vois pas comment un tribunal déciderait de te retirer sa garde.

Katie posa sa main sur celle de Dylan en un geste qu'il savait vouloir être rassurant et qui n'aurait donc pas dû affoler son cœur. Hélas… Et ce n'était pas seulement son cœur qui s'affolait…

— Je l'espère. En tout cas, j'ai la chance inestimable de bénéficier du soutien de l'équipe et de ma famille.

Il devait partir. S'éloigner de ces lèvres et de cette main si douce avant de succomber à la tentation et de s'aventurer dans une histoire qu'il savait sans lendemain.

— Papa, la nounou est là, cria Violet quelque part derrière lui, brisant le charme que lui avait jeté la bouche de Katie.

— J'arrive, Violet !

Puis, se tournant vers Katie :

— Nous discuterons demain.

Il ne pensait plus qu'à se sauver. Il avait presque oublié de quoi Katie voulait lui parler.

— D'accord.

Ce n'est qu'en la voyant reculer, qu'il s'aperçut qu'elle s'était avancée vers lui.

Que se serait-il passé sans l'interruption de Violet ? ne put-il s'empêcher de s'interroger alors qu'il gagnait ses pénates. L'aurait-il enlacée ? Embrassée ? Ou bien se serait-il sagement et prudemment écarté ?

Sa fille ne serait pas toujours là pour lui éviter de prendre ses responsabilités. Il avait l'impression que la ligne de conduite qu'il s'était fixée, aussi incontournable qu'elle lui ait paru quelques semaines plus tôt, était en train de se fissurer.

Après une longue douche, Katie enfila un short en tissu léger et un débardeur et se servit un verre de muscat qu'elle emporta sur sa terrasse. Elle releva la chaise renversée par Violet et elle un peu plus tôt, s'assit et ferma les yeux. La brise marine soulevait ses cheveux encore humides et lui emplissait les narines du parfum des hibiscus qui bordaient la terrasse. Des conditions idéales pour la relaxation.

Elle avait dû se rendre à quelques cruelles réalités aujourd'hui et, finalement, elle ne s'en plaignait pas. Comme son père le lui avait toujours répété, mieux valait affronter un problème que de balayer la poussière sous le tapis. Et de la poussière, elle en avait balayé ces derniers mois. Si elle s'était soumise sans broncher à l'entraînement physique nécessaire pour reprendre son poste d'infirmière navigante, elle avait en revanche refusé d'écouter les sonnettes d'alarme qui s'étaient déclenchées dans sa tête chaque fois qu'une situation lui rappelait son choc traumatique. Elle avait préféré tergiverser et se persuader qu'une escapade en Floride résoudrait tous ses problèmes. Si seulement les choses avaient été aussi simples !

Hélas ! Rien n'était simple dans sa vie actuellement. D'après sa psychologue, elle devait accepter ce qui lui était arrivé et le verbaliser. Katie pensait avoir enfin compris pourquoi elle avait si obstinément tu l'épisode. En fait, elle n'avait pas été bêtement blessée comme elle avait essayé de s'en convaincre et d'en convaincre les autres. Elle avait été victime d'une violente agression à main armée. Un inconnu avait tiré sur elle alors qu'elle essayait, dans le cadre de son travail, de sauver un jeune patient. Elle qui n'avait jamais été exposée à un danger, avait peiné à reconnaître qu'elle n'était pas invulnérable. Il était temps qu'elle cesse de nier la douleur et la frayeur qui l'avaient étreinte cette nuit-là. Temps qu'elle cesse de pratiquer la politique de l'autruche. Elle devait admettre qu'elle n'était pas Superwoman, que comme beaucoup d'autres, elle avait subi un traumatisme qui la poursuivrait probablement jusqu'à la fin de ses jours.

Si elle voulait rentrer à New York en meilleur état qu'à son départ, elle devait regarder la réalité en face et trouver le moyen de surmonter sa peur et ses angoisses. Avant la fusillade, elle était intervenue sur des scènes d'une violence extrême pour tenter de sauver des gens qui avaient été roués de coups, blessés par balle, poignardés ou pire encore. Elle s'était toujours comportée en professionnelle sans jamais laisser son ressenti entraver l'exercice de son métier. Même lorsque la souffrance des victimes lui fendait le cœur. À présent, elle devait trouver en elle la force de tenir son propre traumatisme à distance afin de pouvoir poursuivre une vie qui avait changé pour toujours. Elle avait enfin compris que cette expérience à New York resterait à jamais gravée en elle, mais qu'elle devait apprendre à vivre avec.

Parmi les problèmes qui lui restaient à résoudre était celui de définir ce qu'elle attendait de sa vie. Jusque-là, elle avait accordé la priorité à son travail, et s'était donc d'abord préoccupée de sa rééducation physique sans se soucier de sa santé psychique. Née dans une famille entièrement dévouée aux autres, elle avait perdu de vue que la vie ne se résumait pas à aider les gens et à travailler. Cela aussi devait changer.

La relation entre Dylan et Violet lui avait ouvert les yeux.

Elle se pencha pour prendre son verre de vin sur la table

basse et se figea. Sur les planches de la terrasse, un dragon vert la fixait en lançant vers elle une longue langue fourchue.

Elle hurla.

Dylan finissait de ranger la cuisine quand un cri glaçant déchira le silence de sa maison. Il attrapa ses clés et son téléphone et se précipita chez Katie.

Tout était calme quand il entra. Un calme suspect. Il inspecta chaque pièce avant d'arriver aux portes donnant sur la terrasse. À la lumière de la guirlande lumineuse suspendue dehors, il aperçut Katie assise sur sa chaise, le dos raide, les yeux braqués sur quelque chose à ses pieds. Sans faire de bruit, il poussa la porte, s'assura que personne n'était embusqué et sortit. C'est alors seulement qu'il se rendit compte qu'il ne portait pas d'arme pour la défendre.

— Katie ? Que t'arrive-t-il ? demanda-t-il posément.

Un souvenir avait-il surgi dans sa tête ? S'était-elle assoupie et un cauchemar lui avait-il fait revivre le soir de la fusillade ?

— Il y a un dragon entre mes pieds, murmura Katie.

Un dragon ? Et soudain, il comprit. En bonne New Yorkaise, elle ignorait tout de la faune de l'archipel !

— De quelle couleur est ton dragon ? demanda-t-il en luttant pour garder son sérieux.

— Vert. Il est énorme et il a l'air mauvais avec ses petits yeux noirs perçants. Il a essayé de m'atteindre avec sa langue.

Durant cette explication, Katie n'avait pas quitté du regard la bestiole, que Dylan discernait à présent.

— C'est juste un iguane. Ce n'est pas dangereux.

— J'ai déjà vu des iguanes. Ce truc est bien plus gros. C'est un monstre capable de se battre avec Godzilla.

Dylan commença à s'approcher et s'arrêta net. Il était sans voix.

Il s'attendait à découvrir un lézard d'un mètre de long au dos hérissé d'épines et à la longue queue épaisse, pas une Katie vêtue d'un minishort et d'un débardeur qui révélait tout ce qu'il était censé dissimuler.

— Ne bouge pas, dit-il quand il recouvra l'usage de la parole. Je vais chercher des maniques dans la cuisine pour le ramasser.

— Non, Dylan. Ne me laisse pas seule avec lui. Fais quelque chose avant qu'il n'approche. Tu imagines s'il me saute dessus ? Tu as vu ses griffes ?

— Les iguanes sont herbivores, répondit Dylan en partant vers la cuisine. Il ne te mordra pas, sauf si tu l'énerves. Alors, ne l'énerve pas.

— Et comment je fais ? demanda Katie d'une voix qui montait dans les aigus.

— Je ne sais pas. Parle-lui, peut-être.

Ne trouvant pas de maniques, il se rabattit sur un torchon et regagna la terrasse.

— Et si tu me mords, je t'enverrai mon frère John. Il est l'un des meilleurs policiers du NYPD. Non seulement il te tuera, mais il te transformera en ceinture pour t'exhiber à tous ses amis. Et si John n'a pas le temps, mon autre frère, Jacob, te tirera une balle entre tes yeux vicieux et alors…

Katie cessa net sa tirade en sentant la présence de Dylan.

— Désolé, je ne voulais pas t'interrompre. Je m'étonne que ce petit bonhomme n'ait pas pris ses jambes à son cou sous l'effet de tes menaces.

Il se plaça derrière l'iguane et, d'un geste preste, attrapa la bestiole écailleuse qui lui lança un regard réprobateur mais n'essaya pas de l'attaquer.

Katie se laissa aller contre le dossier de sa chaise.

— Que fabriquait donc cette bête ici ? Où est son propriétaire ?

— C'est le premier iguane que tu vois sur l'île ? Il y en a partout, pourtant. Si je ne me trompe pas, celui-là s'appelle Pascal.

— Quoi ? Ah ! OK. C'est Violet qui l'a baptisé, c'est ça ?

— Exact. Attends. Je vais le ramener dans notre jardin. D'habitude, il ne s'éloigne pas trop.

À son retour, Dylan trouva Katie toujours à la même place, mais son verre de vin était vide et elle tenait son téléphone à la main.

— Tu es remise ? Je sais que ces créatures sont effrayantes, mais tant qu'on les laisse tranquilles, on ne risque rien.

— Oh ! Compte sur moi pour les laisser tranquilles ! De toute façon, ce ne sont pas les iguanes le problème pour l'instant, mais le texto que mon frère vient de m'envoyer. Apparemment, mon père veut que je lui donne des nouvelles.

— Et alors ? N'est-ce pas normal pour un père de s'inquiéter de sa fille ?

Mais que connaissait-il des relations de Katie avec sa famille ? se reprocha aussitôt Dylan. Elle n'avait guère parlé de sa vie à New York. Avait-elle été mariée ? Quelqu'un l'attendait-il là-bas ? Impensable, elle n'aurait pas flirté avec lui l'autre jour. Mais pourquoi n'avait-il pas pensé à lui poser la question ?

Parce que tu lui as dit que rien n'était possible entre elle et toi.

— Disons que le capitaine John McGee senior, du NYPD, est le chef du clan McGee. S'il cherche à me parler, c'est qu'il a une idée derrière la tête. Il veut probablement me surveiller, s'assurer que je me montre à la hauteur professionnellement.

— Tu ne l'as pas appelé depuis ton arrivée ?

Était-ce ce qu'il attendait de Violet quand elle serait plus grande ?

— Nous nous sommes envoyé des textos.

— Mais tu ne lui as pas téléphoné ?

Elle baissa la tête d'un air coupable, ce qui ne collait pas avec le silence qu'elle avait opposé à son père.

— Personnellement, quelques SMS ne me suffiraient pas si Violet était loin de moi.

— Je sais que tu penses à toutes ces années où elle était par monts et par vaux avec sa mère et où tu n'étais pas là pour la protéger.

— Si seulement Lily m'avait appris son existence, si j'avais su qu'elle était quelque part dans le pays, j'aurais remué ciel et terre pour la voir.

Dylan se passa la main dans les cheveux d'un geste qui trahissait sa frustration, hélas familière, de ne pouvoir réécrire l'histoire des premières années de Violet.

— Oui, mais… Mon père, c'est un gros nounours tant que tout va dans son sens. Sinon, c'est une autre paire de manches. C'est un papa poule, en particulier avec moi parce que je suis sa seule fille, mais il nourrit de grandes ambitions pour tous ses enfants. Mes frères ont suivi ses traces en entrant au NYPD et moi je suis devenue infirmière navigante. Il est fier de nous tous, mais il s'inquiète en permanence.

— Appelle-le, dans ce cas. Rassure-le. Dis-lui que tu vas bien. Je comprends qu'il soit anxieux.

— Mais, ce n'est pas vrai. Que je vais bien, je veux dire. Je n'ai même pas osé lui expliquer pourquoi j'avais décidé de venir à Key West. Il ignore tout du combat que j'ai dû mener avec moi-même après l'incident. Je n'en ai jamais parlé à personne, à part à ma psy. Et à toi.

Pourquoi à lui ? songea Dylan. S'était-elle sentie en confiance parce que lui-même lui avait livré ses craintes concernant la garde de Violet ?

Peu importe. Il ne pouvait se permettre de s'attarder sur les « pourquoi » et les « et si ».

— La scène de ce matin, sur la plage, n'était pas très joyeuse, dit-il. Et je comprends qu'elle ait pu te retourner. Tu n'es pas surhumaine. Les accidents sur lesquels nous sommes appelés remuent quelque chose en chacun d'entre nous. Moi, je ne supporte pas de voir un enfant souffrir.

Qui le supporterait ?

— Mais revenons à ton père, reprit-il après un long silence. Qu'espérait-il après la fusillade ? Que tu te lèverais de ton lit d'hôpital et reprendrais directement le travail comme si de rien n'était ? S'il est policier depuis suffisamment longtemps pour avoir été promu capitaine, il a vu plus d'une fois ses collègues recevoir une balle dans l'exercice de leurs fonctions. Et c'est ce qui t'est arrivé, en fait. Tu exerçais ton métier en t'occupant d'un malade et on t'a tiré dessus. Personne ne t'aurait reproché de ne plus vouloir retourner sur le terrain. Le fait que tu te sois battue pour revenir témoigne de ta force.

Il parlait de plus en plus fort au fur et à mesure qu'il prenait conscience de ce que Katie avait traversé. Et avait traversé seule !

— C'est parce que tu as peur qu'il s'aperçoive que quelque chose ne tourne pas rond que tu ne l'as pas appelé, c'est ça ?

— Il ne sait rien de mes cauchemars, de ma phobie des foules ou de mon angoisse au moindre événement qui me rappelle cette nuit. Il m'a dit qu'il était fier de moi et c'est ce que je veux. Ce que j'ai toujours voulu. Il a été tout pour moi. Ma mère est morte d'un cancer peu après la naissance de mon frère cadet. J'avais quatre ans. Il a fait front. Il a décidé de nous élever seul et s'est démené pour que ça marche.

Katie essuya une larme avant de poursuivre.

— Mais après l'intervention de ce matin et ma conversation avec ma psy, je sais que si je veux devenir de nouveau l'infirmière que j'étais avant l'épi… avant la fusillade… il faut que je reconnaisse que j'ai un problème et que je trouve un moyen de le résoudre.

— Je peux te poser une question ?

Pendant qu'ils parlaient, Dylan avait apporté une chaise en face de Katie et s'était assis. Il s'approcha encore.

— J'ai remarqué que tu parles en général de « l'incident », ou de « l'épisode » ou de « ma blessure » et que tu prononces rarement le mot de « fusillade ». Est-ce difficile à ce point d'admettre qu'on t'a tiré dessus ?

Elle se mordit la lèvre inférieure et de nouveau Dylan tomba sous le charme. Un jour, il goûterait à cette bouche, quitte à braver son interdit.

— Je ne sais pas. Ma psy m'a posé la même question. À son avis, c'est une forme de déni. Elle a peut-être raison. Je suis censée m'occuper des victimes, pas en être une, et utiliser toutes les compétences que j'ai acquises pour sauver des vies. C'est ça mon métier. On nous prépare à affronter les scènes les plus violentes, les blessures par balle et par arme blanche, les accidents de la route et les passages à tabac, mais personne ne m'a jamais expliqué ce que je devais faire si quelque chose m'arrivait à *moi*.

— Que s'est-il passé cette nuit-là ?

Il fallait qu'il le sache. Non par curiosité malsaine, mais pour pouvoir aider Katie. Il ignora le signal d'alarme qui retentit dans sa tête pour lui rappeler son serment de ne pas s'engager avec une femme de passage. Plus rien de tout cela ne comptait à présent. Il ne voyait qu'une collègue, une amie à laquelle il s'attachait de plus en plus et qui avait besoin d'assistance. Certes il n'était pas psy, mais il pouvait être là pour elle quand elle avait besoin de parler.

— C'était une intervention banale a priori. Un jeune homme blessé par balle avait été laissé pour mort sur un parking délabré à Jersey. Les premiers secours étaient déjà arrivés sur place. Le garçon devait être opéré de toute urgence s'il voulait garder une chance de s'en tirer. En raison des trombes d'eau qui s'étaient abattues durant la journée, nous n'avions pas pris l'hélicoptère. Les lampadaires du parking ne fonctionnaient pas, soit parce qu'ils avaient été vandalisés soit parce que l'électricité n'arrivait plus, mais je portais un anorak jaune. Il était donc impossible de ne pas me voir.

Elle se leva et il la suivit des yeux tandis que, bras croisés sur sa poitrine, elle se mettait à faire les cent pas sur la terrasse. Elle paraissait tellement vulnérable !

— Comme je dirigeais l'opération, je suis arrivée la première près du petit gars. Il n'avait pas plus de dix-huit ans. Un gosse. La suite est très confuse dans mon esprit.

— Tu peux essayer de me la raconter quand même ?

Il aurait voulu la prendre dans ses bras. Lui dire qu'elle ne risquait plus rien à présent. Mais cela ne l'aiderait pas à gérer la tempête d'émotions avec laquelle elle s'était débattue seule. Il sentait qu'elle devait formuler à voix haute ce qui lui était arrivé. Elle avait reconnu elle-même qu'il était la seule personne à qui elle s'imaginait parler.

— Je vais essayer mais je ne garantis rien. Apparemment, le tireur était embusqué derrière un bâtiment. Il avait dû revenir pour s'assurer que sa cible était bien morte. En voyant que les premiers secours étaient sur place, il a probablement eu peur qu'ils ne sauvent le jeune homme. Tout ce dont je me souviens clairement, c'est que je me suis penchée sur le blessé et qu'un urgentiste était en train de lui poser une perfusion malgré l'absence d'éclairage. Et puis il y a eu une pétarade, qui ressemblait davantage à un feu d'artifice qu'aux détonations d'un revolver. Quelque chose m'a alors frappé la poitrine. D'abord, je n'ai ressenti aucune douleur. C'était juste un coup. Je ne comprenais pas ce qui se passait.

Elle continuait ses allées venues, son verre à présent vide à la main.

— On m'a fait passer pour une héroïne en déclarant que j'avais voulu protéger le gamin, mais je ne suis pas certaine que ce soit vrai. Je suis peut-être tout simplement tombée sur lui quand la première balle m'a touchée. Je me rappelle avoir entendu des cris. Mais qui les poussait ? Était-ce moi ou quelqu'un d'autre ? Mystère.

Il profita de ce qu'elle passait devant lui pour lui attraper la main et lui retirer le verre dont elle serrait convulsivement le pied et qu'il posa sur la table. Il la prit alors dans ses bras et la fit asseoir sur ses genoux.

— Qu'est-ce que tu fais ? demanda-t-elle, le regard embué de larmes après son récit.

Effectivement, que faisait-il ? Quelle mouche le piquait ?

Mais son cœur lui disait qu'il en avait besoin. Il ne pouvait rester assis là à écouter Katie revivre l'enfer de cette nuit-là sans la toucher. Sans se rassurer sur son état. Comment pouvait-il l'aider à traverser cette épreuve ? Peut-être en étant franc avec elle.

— J'aimerais te réconforter. M'y autorises-tu ?

Comprenait-elle combien l'entendre raconter sa douleur le torturait lui aussi ? Il y a peu de chances, car lui-même avançait en plein brouillard.

Soudain, il la sentit se détendre contre lui et laisser tomber sa tête sur son épaule. Il l'entoura alors de ses bras et le sentiment d'impuissance qui le minait se dissipa. Ils demeurèrent ainsi plusieurs minutes avant qu'il ne réussisse à parler.

— Je suis tellement désolé pour toi ! Je sais que tu juges

tes progrès trop lents, mais je sais aussi que tu as fait preuve de résilience en réussissant à monter dans un hélicoptère sans savoir quelle scène t'attendait.

Mais ne se surestimait-elle pas ? Il veillerait à ce qu'elle ne tire pas trop sur la corde. Son expression d'horreur quand elle avait découvert le suicidé sur la plage, montrait qu'elle se débattait toujours contre ses cauchemars et il voulait à tout prix l'en délivrer.

— Mais ça ne suffit pas, répondit-elle, la bouche contre la chemise de Dylan. Rien ne suffit. Je veux avancer. Oublier cette nuit-là. Je veux retrouver ma vie d'avant.

Et donc retourner à New York, conclut Dylan à part. Aussi, s'il lui restait une once de bon sens, il se lèverait et fuirait cette femme. Mais il était trop tard. Il était débordé par les sentiments qu'elle éveillait en lui.

— Merci de m'avoir écoutée. C'est la première fois que j'arrive à parler de ça. Du soir où on m'a tiré dessus.

Katie prononçait chaque mot comme s'il était une souffrance en lui-même.

— J'ai conscience qu'en essayant de passer sous silence cette histoire, je n'aidais pas à ma guérison, mais je ne voyais pas avec qui l'évoquer. Mes frères… ils enragent de ne pas avoir trouvé le tireur. Alors, je ne vais pas en plus les ennuyer avec mes états d'âme.

— Mais tu t'es sentie suffisamment à l'aise pour te confier à moi, et ça me fait plaisir.

Katie écarta la tête de l'épaule de Dylan. Ses yeux étaient secs à présent, mais toujours aussi brillants. Ses lèvres, ces lèvres rouges et pulpeuses qui tentaient Dylan depuis des jours, n'étaient qu'à quelques centimètres des siennes.

Lorsque leurs regards se croisèrent, pris d'un désir tel qu'il n'en avait jamais connu de sa vie. Dylan pencha la tête vers la bouche qui se tendait vers lui.

Les lèvres de Katie s'entrouvrirent à l'instant même où elles touchèrent celles de Dylan et leurs langues s'entremêlèrent. Aussitôt, il aspira à davantage. Il avait beau se dire qu'ils allaient beaucoup trop vite, ses mains se glissèrent d'elles-mêmes sous le débardeur de Katie et s'emparèrent de ses seins. Il sentit les doigts de Katie lui enserrer la nuque, ses ongles lui griffer la peau. Son excitation était sur le point de l'emporter. Et quand il sentit bouger sur ses cuisses les fesses de Katie, il se mit à gémir. S'ils n'arrêtaient pas immédiatement, il ne répondait plus de rien. Était-il prêt à franchir le pas ? s'interrogea-t-il, tiraillé entre désir et raison.

Ils s'étaient montrés honnêtes l'un envers l'autre, Katie en lui avouant qu'il l'attirait, lui en dévoilant à Katie les raisons pour lesquelles il s'interdisait toute relation avec une femme de passage. Sa priorité était en effet désormais de prendre soin de sa fille. Avec Lily, il avait appris que les relations humaines avaient des conséquences. Une leçon qu'il n'était pas près d'oublier.

Il se força à détacher sa bouche de celle de Katie.

— Tu me plais, Katie, tu le sais, n'est-ce pas ? demanda-t-il comme elle levait vers lui des yeux langoureux, ses lèvres gonflées et rougies tournées vers lui.

— Oui, c'est assez évident, répondit-elle en se frottant contre son érection.

La lueur dans les yeux de Katie disait qu'elle savait parfaitement à quoi elle jouait. Mais elle n'était pas la seule à pouvoir jouer.

Il entreprit de caresser ses tétins et aussitôt elle se cambra entre ses mains. Quand il sentit son membre se durcir encore, il comprit qu'il était de nouveau en train de perdre le contrôle.

Il n'osait plus bouger. Un seul mouvement des fesses de Katie et, quelles que soient ses appréhensions, il atteindrait le point de non-retour.

— Quoi ? Tu hésites encore ? dit Katie dans un soupir exagéré.

Un instant de silence, puis elle ajouta :

— Je devrais me vexer, mais je comprends. Nous nous connaissons à peine et je me mets à nu devant toi. Tu n'as pas envie que je t'entraîne dans ma vie ridiculement compliquée en ce moment, et c'est bien normal.

— Est-ce vraiment ce que tu crois ? Que je refuse de

m'engager avec toi parce que tu as trop de problèmes ? C'est n'importe quoi et tu le sais très bien.

— Alors ça ne vient pas de moi mais de toi ?

Elle se leva et s'éloigna de lui. Il eut l'impression qu'on lui arrachait une partie de lui-même. Mais finalement mieux valait enlever un sparadrap d'un coup sec.

Il se mit debout à son tour et, contre toute raison, avança d'un pas vers elle.

— Je t'ai déjà expliqué. Tu vas bientôt reprendre ta vie à New York. Avant Violet, peut-être aurions-nous pu nous lancer dans une aventure de vacances. Oui, peut-être. Mais à présent, je ne suis plus seul en cause.

Toute agressivité disparut chez Katie. Elle comprenait parfaitement.

— Pardonne-moi, Dylan, dit-elle, ses bras croisés autour de la taille. Tu as été plein d'attentions depuis mon arrivée. Je ne sais pas ce qui me prend de me conduire de la sorte. Je n'ai pas l'habitude de me jeter au cou des hommes, tu sais.

Des mots qui emplirent Dylan de plaisir, même s'il n'avait jamais cru qu'elle se comportait ainsi avec les autres hommes. Mais pourquoi ? En quoi était-il différent des autres ?

Peut-être lui trouvait-elle du charme justement parce qu'il ne ressemblait pas aux New Yorkais qu'elle côtoyait habituellement. Il n'était pas élégamment habillé. Il n'était qu'un « surfeur », plus à l'aise dans des tongs que dans des chaussures à lacets Gucci.

À moins qu'elle n'ait été uniquement motivée par le caractère nécessairement éphémère de leur histoire ? Ne s'intéressait-elle à lui que parce qu'elle s'en irait sans se retourner dans quelques semaines ?

Si son cœur lui disait qu'elle s'intéressait sincèrement à lui, sa raison lui rappelait que Lily était partie sans se retourner…

— Il est tard et tu n'as pas dû beaucoup te reposer avant le retour de l'école de Violet, dit-il. Il vaut mieux attendre que nous ayons les idées plus claires pour reprendre cette conversation.

Katie se tourna vers lui avec des yeux emplis de tristesse. Ou de résignation ?

— Bonne nuit, Katie.

— Bonne nuit, Dylan. Dors bien.

Plaisantait-elle ? Comment pouvait-elle croire qu'il réussirait à trouver le sommeil ? Et par sa faute à elle en plus !

7.

— Bonjour, papa, dit Katie qui, en entendant la voix bourrue mais rassurante de son père à l'autre bout du fil, se reprocha de ne pas l'avoir appelé plus tôt.

Elle n'avait aucune excuse à lui fournir. De toute façon, elle le connaissait suffisamment pour savoir qu'il n'en demanderait pas. Sa longue carrière au NYPD l'avait endurci.

— Katie, ma chérie, comment vas-tu ? Ça y est ? Tu as pris en main l'équipe de Key West ?

Non, loin de là ! En revanche, ses collègues l'aidaient elle à se reprendre en main. Ou du moins son expérience ici l'aidait à gérer ses difficultés. Après tout, en se réfugiant ici, au bout de la terre, elle ne s'était pas donné d'autre choix que de s'arrêter et de se poser pour les gérer.

Bien sûr, impossible d'expliquer cela à son père. C'était le problème avec les mensonges. Soit on s'y enfonçait et on en acceptait les conséquences, soit on les avouait et les personnes qu'on aimait se sentaient douloureusement trahies.

Après avoir donné à son père des nouvelles d'elle très rassurantes, elle pouvait difficilement lui dire aujourd'hui qu'elle était tétanisée par l'angoisse et la peur chaque fois qu'un événement ressuscitait la nuit de la fusillade.

Sa psy lui conseillait l'honnêteté avec sa famille pour espérer guérir un jour. Mais pour le moment, elle ne supportait pas l'idée de décevoir son père.

Elle devait avancer à petits pas. À tous petits pas. Ce n'est qu'avec Dylan qu'elle se sentait capable de partager les souvenirs qui la hantaient. Et même à lui elle n'avait pas confié sa brutale prise de conscience, après la fusillade, de la vacuité de sa vie. Pour qu'il en déduise qu'elle attendait plus de lui que de l'amitié ? Non, impossible.

— J'apprends beaucoup ici. C'est tellement différent de New York.

— En quoi ?

— Le climat déjà. Comme il pleut beaucoup, la végétation est luxuriante. Il y a des fleurs et des arbres partout. Côté faune, il y a aussi ces fichus iguanes. Hier soir, alors que je me reposais sur ma terrasse, l'un d'eux m'a rendu visite. Il mesurait au moins un mètre de long. Il avait des petites dents acérées et le dos hérissé de pointes. J'ai eu la peur de ma vie.

— Tu l'as tué ?

— Bien sûr que non ! Dylan l'a rapatrié dans son jardin.

Elle se mordit la langue, mais trop tard.

— Et qui est ce Dylan ? demanda son père du ton soupçonneux du policier professionnel flairant une piste.

Envolé le papa d'une minute plus tôt ! Katie avait à présent affaire avec le capitaine John McGee.

— C'est un des membres de l'équipe navigante et c'est à lui que je loue ma maison.

Et le seul homme qu'elle ait jamais rencontré capable de l'embraser d'un seul contact de ses doigts. La soirée de la veille l'avait prouvé. Comme elle avait également prouvé que l'attirance était mutuelle.

Elle sourit en se remémorant comme elle l'avait torturé. Après tout, il l'avait cherché. Ou pas. Car Dylan ne lui avait jamais caché qu'il ne s'engagerait pas dans une aventure sans lendemain.

Son sourire se transforma en moue. Elle devait se résigner : rien ne se passerait entre eux. Ce serait pur égoïsme d'attendre davantage de lui.

Malgré tout, c'est lui qui avait commencé en l'asseyant sur ses genoux. Donc, elle lui plaisait. Mais Lily l'avait blessé trop profondément pour qu'il accorde sa confiance à quiconque et encore moins à une femme qui n'était là que temporairement.

— Katie ? Tu es toujours là ?

— Oui. Pourquoi ? Nous avons été coupés ?

Non ! Le réseau fonctionnait très bien ! Simplement, elle avait été tellement absorbée par la pensée de Dylan qu'elle s'était abstraite de la conversation. Décidément, son esprit vagabondait beaucoup ces derniers temps…

— Que disais-tu ?

— Que tu ne dois pas oublier que tu es allée à Key West pour le travail. Je t'ai déjà mise en garde contre les dangers de s'amouracher d'un collègue. Ça se termine toujours mal, ma chérie.

— Toujours ? ironisa gentiment Katie.

En effet, depuis l'adolescence de Katie, son père fréquentait une certaine Elizabeth, du centre de régulation.

— Je suis sérieux, Katie. Tu as passé une année difficile. Inutile en plus de revenir ici le cœur en capilotade à cause d'un surfeur.

Si son père n'avait pas la moindre idée de ce qu'elle avait enduré ces derniers mois, il avait en revanche raison sur un point : elle devait éviter de tomber amoureuse de Dylan.

— Inquiète-toi plutôt de mes frères, papa. Quant à moi, tu sais bien que je ne suis pas du genre à faire n'importe quoi.

Ne serait-ce pas un autre mensonge ? Ne se dupait-elle pas elle-même ? Elle espéra que non.

— Je n'en doute pas un instant, ma chérie, mais…

Son père hésita et elle serra un peu plus fort son téléphone dans ses mains. C'était ce qu'elle avait redouté. Comme d'habitude, en enquêteur chevronné, son père avait deviné qu'elle lui cachait quelque chose.

— J'ai conscience qu'il a été difficile pour toi de grandir sans une maman à qui parler. Mais je suis toujours là en cas de besoin. Tu le sais, j'espère ?

Son ours de père lui apparaissait soudain si vulnérable qu'elle sentit les larmes lui monter aux yeux. Elle les essuya de sa main libre. Décidément, elle avait davantage pleuré en quelques mois que pendant toute sa vie.

— Oui, je le sais, papa. Ce séjour ici me fait du bien. Beaucoup de bien.

— Tant mieux, dit-il du ton plus professionnel dont elle avait l'habitude.

À la fin de la conversation, elle avait réussi à rassurer son père et à le convaincre qu'elle était sur la bonne voie, qu'elle allait bientôt rentrer à New York prête à reprendre sa vie de citadine et à remonter dans un hélicoptère pour aller sauver des vies.

Ne lui restait plus qu'à s'en convaincre elle-même.

Après une semaine à n'effectuer que des transferts de malades d'un hôpital à l'autre, Katie commença à voir rouge.

Ce n'était pas pour que Dylan la retire des interventions sur les scènes violentes qu'elle s'était ouverte à lui de ses problèmes, pestait-t-elle. Elle avait pensé qu'il avait compris qu'il était essentiel pour elle d'être reconnue comme infirmière à part entière et donc de participer à toutes les opérations, comme tout le monde. Qu'il avait compris qu'elle ne laisserait jamais ses problèmes personnels interférer avec son travail et mettre en danger ses patients. L'aurait-elle mal jugé ?

Peut-être que maintenant qu'il connaissait son histoire, il doutait de ses capacités à assurer ses fonctions. Elle devait en avoir le cœur net.

Une seule solution pour cela : aborder de front le sujet comme son père le lui avait appris.

Un précepte qu'elle n'avait pourtant pas suivi, songea-t-elle avec une pointe de culpabilité en repensant à la façon dont elle avait balayé d'un revers de main les craintes de son père sur son état psychologique. Mais Dylan n'était pas son père. Il était son chef. C'était son travail à elle qui était en jeu. Son travail pour lequel elle était prête à se battre bec et ongles. Non pas qu'elle trouve indigne d'elle de procéder aux transferts de malades. Simplement, elle se trouvait digne aussi d'assurer les autres missions et ne supportait ni qu'on remette en cause ses compétences ni qu'on la traite différemment de ses collègues.

Elle frappa à la porte du bureau où elle avait aperçu Dylan entrer après le dernier transfert.

Elle ne l'avait que très peu vu en privé récemment et elle en devinait aisément la raison. Il avait clairement stipulé qu'il ne sortirait pas avec elle. Certes, cette décision la contrariait, mais elle en comprenait le motif. Elle ne pouvait effacer les événements du passé de Dylan qui le conduisaient à refuser les relations éphémères et elle ne voulait certainement pas causer de chagrin à Violet. La fillette avait rapidement pris place dans son cœur et la séparation serait difficile pour toutes les deux quand l'heure sonnerait de rentrer à New York. Il serait injuste de perturber la fille de Dylan avec une relation sans avenir.

Entendant qu'il était au téléphone, elle s'apprêta à partir, mais la porte s'ouvrit.

— Désolé. J'ai dû prendre un appel. Qu'est-ce qui t'arrive ?

Dylan avait les traits tirés et ses cheveux étaient en bataille comme s'il y avait trop souvent passé la main.

— Un problème ? demanda Katie en l'observant attentivement.

Venait-il de parler avec le bureau de New York ?

— Rien de grave, ne t'inquiète pas.

— C'est-à-dire ?

Avait-il rapporté au bureau de New York les angoisses qu'elle devait surmonter ? Leur avait-il dit qu'elle souffrait sans aucun doute possible de stress post-traumatique ? Avaient-ils décidé de lui proposer un poste administratif comme ceux qu'elle avait refusés après la fusillade ? Ou bien complotaient-ils pour ne plus lui autoriser que des missions de transfert à New York aussi ? Pour qu'elle ne voie plus ce qui se passe réellement dans la ville ? Pour qu'elle n'exerce plus jamais le métier pour lequel elle s'était formée pendant des années ?

— Juste quelques changements qui vont être opérés. J'aimerais bien qu'Alex soit là pour s'en occuper. Tu veux boire quelque chose ? Moi, je meurs de soif.

Elle s'effaça pour le laisser passer et le regarda gagner la cuisine. Il revint bientôt avec deux bouteilles d'eau et lui en tendit une. Puis ils prirent place l'un en face de l'autre, de chaque côté du bureau.

Comprenant que Dylan ne lui révèlerait pas l'identité de son interlocuteur au téléphone, elle opta pour la méthode paternelle : poser franchement la question.

— C'est le bureau de New York qui t'a appelé ? Je vais être virée ? C'est pour cette raison que je ne suis plus envoyée sur les accidents ?

Dylan la regarda, visiblement interloqué. Mais était-il surpris parce qu'elle avait découvert la vérité ou parce qu'elle se trompait complètement ? Impossible de le dire.

— Pourquoi serais-tu renvoyée ?

— Parce que tu leur as dit que je n'étais plus apte à exercer mes fonctions. C'est bien pour cela que tu ne me donnes que des transferts, non ? Parce que tu n'as plus confiance.

Elle sentit toute sa pugnacité s'envoler en même temps qu'elle formulait sa plus grande peur.

— Tu peux reprendre à zéro, s'il te plaît ? Ce que tu racontes n'a ni queue ni tête.

— Ce que tu as dit toi non plus. Tu me caches quelque chose et si ce n'est pas que je vais être licenciée, qu'est-ce que c'est ?

En réponse, il commença par secouer la tête et Katie abandonna tout espoir d'obtenir des explications.

— Ça n'a rien à voir avec toi, Katie. Cela au moins je peux te l'assurer. Quant aux transferts de malades, comme tu le sais depuis le début, ils représentent la majorité de nos missions ici. En tant que remplaçante, tu as été affectée à cette tâche parce que les titulaires ont travaillé de nuit et qu'ils avaient besoin de souffler. Maintenant, crois-moi Katie, si un membre du personnel posait un problème qui méritait une sanction ou un changement de service, je le lui dirais en face. Je pensais que tu le savais.

Leurs radios les interrompirent.

— Infarctus du myocarde massif. Transfert à Miami requis.

Ils se levèrent tous les deux d'un bond et se précipitèrent dans le couloir où des collègues couraient déjà.

— Je m'en charge, dit Dylan à Max qui remontait la fermeture Éclair de sa combinaison de vol.

Et effectivement, en se retournant, Katie constata avec surprise que Dylan avait attrapé sa propre tenue.

Moins de quatre minutes plus tard, ils bouclaient leurs ceintures de sécurité.

— Qu'est-ce qui t'a fait sortir de ton bureau, chef ? demanda Jackie. Tu t'ennuyais ?

— Les sorties en hélicoptère me manquent. Tu sais comment c'est. Et puis combien de fois faut-il que je te répète de ne pas m'appeler « chef » ? C'est toujours Alex le patron ici, conclut-il avec un ton agacé que Katie ne lui avait jamais entendu jusque-là.

Dylan et Katie se mirent rapidement au travail, elle préparant le matériel de perfusion, lui les moniteurs nécessaires au transport d'une victime de crise cardiaque.

— Il n'y a pas de laboratoire de cathétérisme à l'hôpital ici ? s'étonna Katie qui était presque sûre d'avoir vu des examens cardiologiques pratiqués à Key West.

— Uniquement pour des tests de diagnostic. Le cardiologue de Miami a certainement décidé que ce malade devait être opéré d'urgence.

Lorsqu'ils atterrirent à l'hôpital de Key West, Katie vit avec plaisir que les infirmières avaient bien travaillé : elles avaient déjà posé un tuyau dans chaque bras du patient pour les perfusions.

— Quelle est la situation exactement ? demanda Katie tout en raccordant le masque à oxygène à leur bonbonne portable tandis que Dylan rebranchait le malade sur leur propre moniteur.

En guise de réponse, l'infirmière tendit à Katie une copie de l'électrocardiogramme à douze électrodes qui montrait une élévation du segment ST digne de figurer dans un manuel universitaire.

— Monsieur Singh, je m'appelle Katie. Je suis infirmière chez Heli-Care. Nous allons vous transporter par hélicoptère à Miami où un cardiologue vous prendra en charge. Vous êtes d'accord ?

Mr Singh hocha la tête et ils entreprirent de le charger dans l'appareil tandis que sa famille, debout devant l'entrée de l'hôpital, lui disait au revoir de la main. Ce n'est qu'une fois qu'ils eurent décollé et qu'ils se furent munis de leur casque que Katie échangea un regard avec Dylan.

— Son teint ne me plaît pas, dit-elle en cachette du malade.

M. Singh avait les lèvres bleues, signe que son état n'allait pas tarder à devenir critique.

— Je vais lui donner davantage d'oxygène, dit Dylan. Voilà. Je suis à quinze litres. Tu notes une amélioration ?

— La saturation est à quatre-vingt-huit, la respiration à trente seulement. Sa tension baisse aussi… huit, cinq. J'augmente le débit de la perfusion pour voir si ça la fait remonter. Et je vais préparer ce qu'il faut pour une intubation.

— J'envoie un message radio pour qu'ils emmènent M. Singh directement au laboratoire de cathétérisme.

Pendant que Dylan entrait en contact avec l'hôpital de Miami, Katie procéda à un rapide bilan neurologique et s'aperçut que le malade réagissait de moins en moins. Elle en informa Dylan avant d'ajouter :

— C'est peut-être dû à la morphine, mais le changement est sensible. Je vais l'intuber.

— D'accord. Il se dégrade très vite. Et sa tension m'inquiète vraiment.

Là-dessus, il relança le moniteur. Les nouveaux résultats n'étaient pas meilleurs que les précédents.

La tête de M. Singh entre ses genoux, Katie positionna le laryngoscope, visualisa les cordes vocales et introduisit la sonde endotrachéale. Elle fixa alors l'insufflateur et commença la ventilation. Dylan se pencha au-dessus du patient.

— Le bruit de la respiration est normal, annonça-t-il. J'attends l'autorisation du médecin pour lui administrer un vasopresseur. Si Alex était là, ce n'aurait pas été nécessaire. Il me l'aurait donnée lui-même.

Katie fourmillait de questions sur Alex. Où se trouvait-il ? Quand rentrerait-il ? Mais le moment aurait été mal choisi pour les poser.

— À l'approche, annonça Jackie dans son casque.

— Ouf ! s'écria Katie. J'ai hâte de confier ce monsieur à un cardiologue avant que son état ne se détériore davantage.

— Tu vois, tous les transferts ne sont pas de la routine, observa Dylan avec un clin d'œil comme l'hélicoptère atterrissait.

Ils sautèrent à terre et déchargèrent le brancard qu'ils poussèrent en courant jusqu'à l'hôpital.

Katie avait pensé que l'occasion de parler à Dylan se présenterait quand ils rentreraient à la base, mais à peine fut-elle arrivée qu'elle fut envoyée sur une nouvelle mission, avec Max cette fois. Bien qu'elle ait commencé à trouver ce râleur assez sympathique, la présence de Dylan à ses côtés lui manquait.

Ce qui posait indiscutablement un problème, car elle partirait dans quelques semaines. Et alors, terminés les vols avec lui. Terminées les soirées crabes et les longues conversations nocturnes. Terminés les baisers torrides. Mais elle n'était pas descendue à Key West pour une aventure amoureuse. Elle était venue pour guérir et elle constatait déjà des progrès.

Elle commençait désormais à accepter que certains pans de sa vie avaient définitivement changé et à surmonter les crises d'angoisse. Un bon début, incontestablement.

À la fin de son contrat ici, elle serait prête à reprendre sa vraie vie à New York où sa famille l'attendait.

C'est sur cet objectif qu'elle devait se concentrer plutôt que sur des baisers avec un homme qui ne pourrait jamais être sien.

8.

Dylan n'aurait su dire ce qui l'avait poussé à se rendre chez Katie. Peut-être le souvenir de la douceur et la chaleur de son corps quand il l'avait serrée contre lui. Peut-être son propre lit froid et vide dont la vue émoussait sa détermination à respecter la règle qu'il s'était imposée pour les protéger sa fille et lui.

Violet passant la nuit chez une amie, une soirée de liberté s'était offerte à lui. Mais il n'avait pas réussi à en profiter parce que la lumière qui brûlait encore chez Katie suggérait qu'elle ne dormait pas. Pas plus que lui, qui ne tenait pas en place comme s'il avait bu un pot entier de café noir.

Il avait essayé de lire mais avait fermé le livre au bout de quelques lignes. Il avait allumé la télévision pour regarder du sport et l'avait éteinte presque aussitôt.

Que faisait Katie ? Pensait-elle à lui comme il pensait à elle ? Se remémorait-elle leur baiser elle aussi ?

Ou bien était-ce le travail qui l'empêchait de trouver le sommeil ? Dans ce cas, il devait la rassurer et la convaincre que tout le monde, et lui le premier, avait une totale confiance en ses capacités.

En fait, il ne comprenait pas pourquoi elle s'inquiétait sur son avenir chez Heli-Care. À supposer même qu'il n'ait pas lu les rapports élogieux de son dossier, il avait suffisamment fait équipe avec elle à présent pour savoir qu'elle était une infirmière extrêmement compétente.

Il frappa à la porte et attendit. Longtemps. Elle avait dû s'endormir avec toutes les lumières allumées, conclut-il en commençant à rebrousser chemin pour s'arrêter net en entendant Katie :

— Dylan ! Que fais-tu ici ?

Elle n'était plus vêtue du débardeur et du short sexy, mais le long T-shirt blanc qui lui arrivait en haut des cuisses suscita de nouveaux fantasmes qui ne manqueraient pas de le tenir éveillé pour le reste de la nuit.

— Tu es occupée ? Nous avons été interrompus par le régulateur cet après-midi. Alors, j'ai pensé que nous pourrions terminer notre conversation maintenant.

Une excuse peu crédible, même à ses propres oreilles, pour expliquer sa présence. En effet, leur discussion ne pressait pas et pouvait attendre le lendemain. Mais son désir de la voir, de lui parler et, oui, il l'avouait, l'espoir d'autres baisers, cela ne pouvait attendre.

— Entre, dit Katie qui paraissait ailleurs et moins enthousiaste que lui à l'idée d'un tête-à-tête. Violet dort ?

— Elle passe la nuit chez une amie. Je suis tout seul ce soir.

— Ah ok. Moi, je terminais un tableau.

Elle le conduisit jusqu'au salon où un petit chevalet avait été installé sur la table.

Il approcha et découvrit une aquarelle d'un héron blanc, qui semblait le fixer de ses petits yeux, avec en arrière-plan la terrasse de Katie. Il prit la toile dans ses mains et l'examina avec attention. Avec attention et admiration. Katie n'était décidément pas une peintre du dimanche !

— Tu as un réel talent. Tu n'as jamais pensé à faire les beaux-arts ?

— Pour que mon père fasse une crise cardiaque ? plaisanta-t-elle en rangeant son matériel. Non, jamais.

— Tu as envisagé d'autres métiers ?

— A la fin du lycée, j'avais pensé suivre les traces des autres membres de ma famille et m'enrôler au NYPD, mais les sciences m'ont toujours beaucoup intéressée. En particulier l'anatomie et la physiologie. Si la durée des études ne m'avait pas découragée, je me serais inscrite en médecine. Je me suis rabattue sur le diplôme d'infirmière qui m'ouvrait des tas de possibilités. Et toi ? Pour quelles raisons es-tu devenu infirmier ?

— Après le lycée, j'ai eu plusieurs activités, la plupart en lien avec ce que j'avais appris en aidant mon père à la marina. Un peu dans le bâtiment, un peu comme mécanicien sur les moteurs de bateau, et surtout comme homme à tout faire. Mais quand j'ai entendu dire que les services de premiers secours de la région manquaient de bras, je me suis renseigné sur la formation d'infirmier. Une sacrée aventure ! J'ai adoré. Pour rien au monde je n'exercerais un autre métier.

— C'est pour cette raison que tu me comprends. Que tu comprends que mon travail c'est ma vie.

En parlant, Katie s'était rapprochée de Dylan, qui était appuyé contre l'îlot de séparation entre le salon de la cuisine.

— Je ne prétends pas comprendre ce que tu as traversé, Katie. Qu'on te tire dessus pendant que tu essaies de faire ton travail après toutes les vies que tu as contribué à sauver ? C'est inadmissible. En revanche, je comprends l'angoisse qu'on ressent à l'idée d'échouer à réaliser sa vocation.

Il avança d'un pas vers elle et, à sa grande surprise, la vit reculer.

Ne venait-il pas pourtant de lire dans ses yeux le même désir que le sien ? L'aurait-il imaginé ?

— Tu veux manger ou boire quelque chose ? proposa Katie en lui tournant le dos pour ouvrir le réfrigérateur.

Il reposa la toile sur le chevalet et s'aperçut alors qu'il y en avait une autre sur la table. Ni soleil de Floride ni fleurs colorées dans celle-ci. Ni gaieté ni légèreté non plus, mais une atmosphère sombre et lugubre, la seule lumière émanant de quelques bâtiments en arrière-plan. Une rue déserte et triste, en bleu foncé et marron, traversait l'espace.

Comment croire que les deux œuvres avaient été réalisées par la même artiste ?

Katie ferma le réfrigérateur sans rien y avoir pris.

Sa présence la troublait-elle ? s'interrogea Dylan en allant s'asseoir.

Si elle voulait être seule, il s'en irait immédiatement après avoir dit ce qu'il était venu dire.

— Je suis désolé de t'avoir dérangée, commença-t-il lorsqu'elle eut pris une chaise en face de lui. Ce n'est pas une heure pour rendre visite. Mais j'ai vu les lumières allumées et j'ai pensé…

— Que je m'inquiétais à l'idée que ton coup de fil de tout à l'heure concernait mon affectation ? J'aurais pu effectivement. Mais j'ai préféré opter pour de l'art-thérapie et j'ai sorti mes pinceaux.

Ce qui expliquait la noirceur du second tableau.

— Est-ce du même ordre que les virées shopping à Miami dont Summer et Jo nous rebattent les oreilles ?

— Dans mon cas, oui. Je crois que la peinture a toujours représenté pour moi un moyen d'évasion. Comme la lecture pour ceux qui aiment lire. Ou le lèche-vitrine, je suppose. Ma psy me l'avait conseillé à New York, mais c'est ce héron qui a réveillé ma fibre artistique.

— Merci le héron !

— Dis-moi la vérité, Dylan. Pourquoi es-tu venu ?

— Pour être près de toi, répondit-il avec une franchise qui le surprit lui-même.

Les yeux rivés sur le visage de Katie, il lui tendit la main. Elle l'accepta, mais après une hésitation qui n'avait pas échappé à Dylan.

— Qu'est-ce qui te chagrine, Katie ?

— En dehors du fait que ma vie tout entière est sens dessus dessous et que je risque de la chambouler un peu plus avec une relation dont nous avons tous les deux convenu qu'elle n'a pas d'avenir ? ironisa-t-elle. Rien n'a changé, Dylan. Dans quelques semaines, je rentre à New York.

Il voulut retirer sa main, mais elle s'agrippa à ses doigts comme à une bouée, augmentant encore la perplexité de Dylan.

— Je suis aussi perdu que toi, tu sais, Katie. Les amourettes de vacances ou les aventures d'une nuit, ce n'est pas mon style. Et ce… ce qui se passe entre nous, je ne sais pas où ça nous mène. Je ne contrôle plus rien.

Il se leva et l'attira dans ses bras.

— Dis-moi de partir et je t'obéirai.

— Je n'ai pas envie que tu partes. Mais je connais ta règle et je ne veux pas que tu aies des regrets. Nous devons garder à l'esprit que ce que nous vivons tous les deux n'est que temporaire.

Elle se mordit la lèvre inférieure avant de demander :

— Sommes-nous capables de profiter de ce moment présent sans rien attendre d'autre ? Sommes-nous capables de nous lancer sans penser à l'avenir ? Des tas de gens y parviennent.

Peut-être, mais lui n'y parviendrait pas. Il n'avait jamais été tenté par les aventures sans lendemain. C'était la raison pour laquelle il ne fréquentait que des femmes qui vivaient dans l'archipel. Et il n'en voyait même plus du tout depuis que Violet était entrée dans sa vie.

Jusque-là, il n'avait rien caché à Katie, ni sur la nature de ses fonctions ici ni sur sa propre histoire avec Lily et les répercussions sur lui. Mais pouvait-il lui avouer sa crainte que leur relation n'ait dépassé le stade de l'amitié et n'engendre donc de sérieuses difficultés ? En effet, ses sentiments naissants l'entraînaient sur une pente dangereuse. Si par-dessus le marché elle devenait sa maîtresse, leur séparation deviendrait encore plus douloureuse. Il risquait de vivre le même cauchemar qu'après le départ de Lily.

Mais Katie ne valait-elle pas la peine qu'il coure ce risque ? Pourquoi se priver du plaisir de passer ensemble le temps qui leur restait ? Tant que Violet n'en était pas affectée, il pouvait gérer.

Il lui caressa la joue et lui releva le menton. Des yeux vert émeraude se plantèrent dans les siens, débordant de questions dont il ne connaissait pas la réponse. Tous les deux s'aventuraient dans l'inconnu, mais ils le faisaient ensemble.

Elle était si proche qu'il vit pour la première fois les taches de rousseur saupoudrées sur son nez. Il lui effleura les lèvres avec les siennes et retint son souffle : jugeait-elle elle aussi qu'il valait la peine de courir le risque ? Il n'eut pas longtemps à attendre pour le savoir. Elle entrouvrit la bouche et il s'en empara avec une fièvre plus violente que toutes celles qu'il avait connues auparavant. Sous l'urgence de leur désir mutuel, leur étreinte fut plus fougueuse que tendre.

Dieu seul sait comment ils arrivèrent à la chambre de Katie. Toujours est-il que, bien qu'emprisonné par les bras de Katie, il la souleva et la posa sur le lit sans interrompre leur baiser de peur que l'un des deux ne revienne à la raison.

La chemise de Dylan, boutons arrachés, vola en l'air bientôt suivie par le T-shirt et la culotte à pois de Katie.

— Tu as un préservatif ? souffla cette dernière quand ils durent reprendre leur respiration, en promenant ses doigts sur l'érection de Dylan.

— Oui, répondit-il dans un hoquet.

Il s'écarta le temps de prendre son portefeuille dans sa poche arrière, de se débarrasser de son short et de sortir l'étui en aluminium.

Un seul regard à Katie allongée sur le lit l'embrasa littéralement. Jamais une femme ne l'avait mis dans un tel état d'excitation. Même pas Lily qu'il avait pourtant cru aimer. Il chassa de son esprit les pensées inopportunes de son ex et se coucha sur Katie.

— Tu es magnifique, Katie.

Au contact sensuel de leurs deux corps, son pouls s'accéléra. Il prit dans sa main un des seins de Katie dont le téton se durcit aussitôt et sentit alors sous sa paume son cœur qui battait au même rythme effréné que le sien.

— Je veux te connaître tout entière. Je veux t'embrasser partout jusqu'aux endroits les plus intimes. Mais par où vais-je commencer ?

Il promena ses lèvres sur son cou et il la sentit frissonner contre lui.

— Par ici ? Ou bien plutôt par-là, peut-être ?

Sa bouche remplaça sa main sur le sein de Katie dont le mamelon dressé sous sa langue l'enflamma un peu plus et sa main descendit ensuite sur le ventre de Katie, se fraya un chemin jusqu'à son sexe chaud et humide.

Ses lèvres suivirent alors le même chemin que sa main sur les abdominaux de Katie qui frémirent à leur passage.

— Dylan, je ne peux pas… dit-elle en s'arcboutant quand les doigts de Dylan trouvèrent son clitoris.

— Tu ne peux pas ? Mais tu es une femme trop forte pour renoncer à ce qui te plaît. Je le sais. Et ça te plaît, n'est-ce pas Katie ? demanda-t-il en lui caressant les cuisses avec sa bouche.

— Oh oui !

Elle gémissait en se soulevant pour s'offrir à la langue de Dylan jusqu'au moment où elle fut secouée par de violents spasmes.

Katie jouit comme elle faisait tout le reste : avec passion. Son cri d'extase déchira le silence de la pièce. Mais Dylan ne s'en satisfit pas. Il voulait l'entendre crier encore et encore. Hélas, le contrôle qu'il s'imposait devenait une torture qu'il n'était pas sûr de réussir à endurer encore très longtemps.

— Dylan, s'il te plaît, encore ! haleta-t-elle les yeux brillants de larmes.

— Je vais te donner tout ce que j'ai, ma douce Katie, murmura-t-il en repoussant de son visage des mèches soyeuses.

Sur cette promesse, il pénétra Katie d'un seul coup de reins et faillit se laisser déborder par la chaleur de ce corps qui s'ouvrait pour lui. Mais il résista. Il s'était engagé à tout donner à Katie et il tiendrait parole.

Difficile de croire que la femme qui se trouvait dans cette chambre était la même que celle qui pensait avoir perdu une partie d'elle-même cette fameuse nuit à New York. Les jambes enroulées autour de la taille de Dylan, elle l'invitait à plonger plus profondément en elle. Soudain, elle se raidit et se mit à trembler contre Dylan, qui la rejoignit dans une extase qui les emporta tous les deux jusqu'à des sommets de jouissance inconnus d'eux jusque-là.

Avec une réactivité acquise par des années passées à être réveillée par des appels d'urgence, Katie ne laissa son téléphone sonner qu'une fois avant de bondir de son lit et de ramasser son portable, là où il avait atterri la veille au soir. Elle s'étonna de voir s'afficher le numéro de l'aîné de ses frères. Il n'avait en effet aucune raison de lui téléphoner puisqu'elle l'avait appelé la veille pour le rapport hebdomadaire obligatoire. Un frisson glacé la paralysa.

Tout en enfilant son T-shirt, elle décrocha.

— Un problème ?

— C'est un problème que j'appelle ma petite sœur ? demanda une voix grave à l'autre bout du fil.

— Un problème, non. Une surprise, oui.

— Tu te plais toujours là-bas, dans cette chaleur infernale ?

Elle connaissait suffisamment ses frères pour savoir qu'ils ne lui téléphoneraient pas sans motif ou juste pour parler de la météo.

— Que se passe-t-il, Junior ?

— On l'a attrapé, sœurette.

Inutile de lui demander de qui il parlait. Son père et ses frères avaient beau le lui avoir caché, elle savait qu'ils continuaient à rechercher l'auteur du coup de feu.

Elle avait tenté d'oublier que celui qui avait failli la tuer courait toujours. Bien sûr, il n'avait rien contre elle personnellement. Elle s'était simplement trouvée au mauvais endroit au mauvais moment. Elle n'avait donc aucune raison de craindre que l'assaillant revienne pour l'achever comme il l'avait fait avec sa cible.

Mais n'était-ce pas en réalité ce qu'elle craignait et la raison pour laquelle elle ne supportait pas qu'on s'approche d'elle par-derrière ou d'être encerclée par une foule ? Sa psy le lui avait laissé entendre, mais elle avait catégoriquement repoussé cette hypothèse. Peut-être à tort.

— Vous êtes certains que c'est lui ? demanda-t-elle en tournant la tête vers Dylan qui s'était maintenant assis dans le lit, les yeux à moitié dissimulés derrière ses boucles.

Katie sentit la fièvre s'emparer d'elle. Comment un seul regard à cet homme pouvait-il la mettre dans cet état ?

Elle n'aspirait qu'à se glisser sous les draps avec Dylan et à oublier cette nuit d'horreur et le tireur. Mais ce serait égoïste et ingrat. Sans les efforts assidus de son père et de ses frères, son dossier aurait rejoint la pile des affaires non résolues et le coupable courrait toujours.

— Nous avons déniché un informateur. Apparemment, notre homme se vante partout de ses exploits.

Des renseignements que ses frères et son père avaient certainement payés de leurs deniers.

— Qu'est-ce qui va se passer maintenant ?

En même temps qu'elle posait la question, elle sentit un drap puis des bras musclés l'envelopper. Elle ne s'était même pas aperçue qu'elle frissonnait de froid !

— Dès que le mandat d'arrestation a été délivré, on est allés le cueillir. Il a un casier. Alors on espère que le juge ne le libèrera pas sous caution.

Quoi ? s'étrangla intérieurement de colère Katie. Son père, ses frères et leurs collègues auraient travaillé d'arrache-pied pour coincer ce type et il pourrait sortir libre ? Après toutes les souffrances physiques et morales qu'il lui avait infligées ? Après avoir ôté la vie à un jeune homme dans la fleur de l'âge ?

— Non, ils ne peuvent pas le libérer. Ce serait injuste. Il a tué quelqu'un. Il aurait pu me tuer.

Et il a changé ma vie à jamais.

Une réalité qu'elle commençait tout juste à accepter. Au cours de ses séances avec sa psy, elle avait dû se résoudre à admettre que la Katie McGee d'avant n'existait plus. Et maintenant, il faudrait qu'elle vive en sachant que le responsable allait couler à jamais des jours heureux, comme si rien n'était arrivé ?

— Le procureur préconise une mise en détention provisoire sans possibilité de caution. Le bonhomme était en possession d'un revolver au moment de son arrestation. Si l'arme correspond aux balles que nous avons retirées sur le cadavre et sur…

Par délicatesse il ne termina pas sa phrase car il savait combien sa sœur peinait à admettre qu'elle avait été prise pour cible.

— Bref, si ça correspond, le dossier sera plus solide. Mais tu connais la musique. Rien ne garantit que le juge suivra le procureur.

Un autre frisson parcourut Katie et les bras de Dylan se

resserrèrent autour d'elle. Elle se laissa aller contre lui, la tête sur son épaule. Elle se sentait soudain affreusement lasse.

— Je sais, dit-elle vidée d'énergie et de colère.

Pendant toute son enfance elle avait entendu parler de suspects qui, à peine arrêtés, avaient été libérés.

— Ne t'inquiète pas, Junior. Je sais aussi que ce n'est pas votre faute. Je vous suis infiniment reconnaissante à vous et aux autres enquêteurs de ce que vous avez fait. Transmets mes remerciements à toutes les personnes concernées. N'oublie pas !

Elle raccrocha sans savoir quoi penser. Serait-il pire que le coupable soit relâché ou qu'il n'ait jamais été retrouvé ?

La chaleur du corps de Dylan lui procura un réconfort inattendu et elle prit brusquement conscience qu'elle avait besoin de lui. Un besoin impérieux. Presque vital. Se tournant dans ses bras, elle entreprit de le lui prouver.

9.

Dylan regardait Violet et Katie déambuler dans le magasin d'art en discutant couleurs et matières. Lorsque Katie avait parlé d'aller acheter des fournitures, Violet s'était aussitôt proposée pour lui montrer les différentes boutiques de loisirs créatifs de la ville.

— Moi aussi je pourrai acheter de la peinture ? demanda Violet à son père. Je ferai attention.

Sa fille manifestait un goût pour les arts plastiques que Katie encourageait depuis une semaine. Dylan et Katie avaient pris l'habitude de passer leurs soirées libres sur l'une ou l'autre de leurs terrasses. Pendant qu'il préparait le dîner sur le gril, Katie enseignait à Violet les bases de l'aquarelle.

Malgré la réserve qu'ils observaient entre eux en présence de la fillette, ils réussissaient à échanger quelques baisers clandestins au moment de se dire bonne nuit et Dylan continuait à s'inquiéter pour sa fille des conséquences de ce rapprochement de plus en plus fort. Aussi lui avait-il rappelé plusieurs fois que Katie, comme tous les autres locataires, ne resterait pas indéfiniment.

— Elle ne les utilisera que sur la terrasse et avec moi, promit Katie.

Comment aurait-il résisté aux deux paires d'yeux suppliants de la petite fille et de la femme les plus belles au monde ?

— D'accord, mais à une condition : que Violet respecte les règles. Elle a tendance à passer outre quand elles ne lui plaisent pas.

La fillette, sans afficher la moindre contrition, éclata de rire devant le regard que lui adressa son père.

Quel hypocrite il faisait ! s'accusa Dylan. N'avait-il pas lui-même enfreint une règle essentielle en couchant avec Katie ?

Il avait beau n'en éprouver aucun regret, la vue de Katie et Violet penchées au-dessus d'un étalage de pinceaux redoubla son inquiétude pour sa fille. Si Katie et lui s'étaient lancés en adultes dans cette relation en toute connaissance de son caractère éphémère, Violet, elle, malgré les explications de son père, avait-elle vraiment compris que sa nouvelle amie partirait bientôt ?

— On peut aller voir la grande statue du bouledogue ? demanda Violet quand ils eurent payé leurs achats.

— Oui, bien sûr, mais je ne suis pas certain que ce soit le genre d'œuvres qui plaise à Katie.

Dans Duval Street, la rue principale de Key West et la plus fréquentée par les touristes, de nombreux artistes vendaient leurs productions, des dessins et tableaux aux sujets les plus divers qu'ils accrochaient dans les magasins de souvenirs et les galeries. Très loin de ce qu'on pouvait admirer au Metropolitan Museum de New York !

— Ça m'amuserait de voir ça, assura Katie. Je ne connais pas ce quartier de Key West.

— Faisons attention à ne pas être séparés, dit Dylan par peur de l'effet de la foule sur Katie en prenant la main de ses deux compagnes.

— Je ne suis pas un bébé, protesta Violet… sans se dégager.

Katie lui serra les doigts, mais rien d'autre n'indiqua que les gens qui se pressaient autour d'eux l'oppressaient aujourd'hui. Serait-elle en train de guérir ?

Ils jouèrent aux touristes. Katie acheta une peinture à l'huile dans une boutique spécialisée dans les tableaux de maisons, avant de suivre Violet et Dylan chez un glacier connu pour ses créations originales.

Pendant que Katie et Dylan dégustaient leur glace, Violet, un cornet avec une boule arc-en-ciel à la main, courait autour de leur table en pourchassant un coq.

— Ça te plaît ? s'assura Dylan auprès de Katie sans oser

évoquer directement la question de la foule. Nous pouvons partir si tu veux.

— Non, je me sens bien, très bien même, répondit-elle avec un sourire qui corroborait ses dires. Merci de m'avoir invitée.

— Merci à toi pour tes cours de dessin à Violet. Elle a toujours eu un certain talent artistique, mais je pensais qu'elle était trop jeune pour prendre des leçons.

— Je me contente de lui montrer les bases. Tu lui trouveras facilement un vrai professeur quand je partirai.

Sur cette dernière phrase, elle détourna le regard.

Dylan jeta un coup d'œil vers Violet : entièrement accaparée par le coq, elle ne s'occupait plus d'eux et ne les dérangerait pas. Il tourna donc vers lui le visage de Katie dont les yeux verts exprimaient un trouble évident.

— Tout va bien, Katie. Nous savons tous les deux que nous n'allons pas passer notre vie ensemble. Mais nous ferions peut-être bien de commencer à préparer Violet. Tu es sa nouvelle meilleure amie et j'ai eu beau lui dire que ta vraie maison se trouve à New York, je me demande si elle a bien intégré que ton séjour ici ne durera pas éternellement.

Il lui caressa la joue tout en admirant son visage expressif au regard et au sourire lumineux. Il s'était mis à emmagasiner des images des moments qu'ils partageaient : le pétillement de ses yeux quand Violet lui racontait une blague, la façon dont ses lèvres s'étiraient en un sourire dès qu'elle le voyait…

Il n'y avait jamais ni méfiance ni gêne entre eux. Et puis bien sûr, il y avait leurs ébats. Il n'avait jamais connu de maîtresse aussi réceptive et passionnée. De toute évidence, la jeune femme drôle et joyeuse qu'Alex lui avait décrite était en train de ressusciter.

À plus de la moitié de son séjour à Key West à présent, elle avait géré toutes les interventions sans la moindre difficulté depuis le suicidé sur la plage la première semaine. À la surprise générale, même Max n'objectait plus à sa présence dans l'équipe.

Elle se rétablissait et Dylan s'en réjouissait.

Ils visitèrent encore quelques galeries avant de décider d'en rester là après cette journée mémorable pour tous les trois.

Violet sautillait de joie en regardant ses tubes de peinture et Katie serrait contre elle le tableau d'un des célèbres coqs de Key West comme s'il s'agissait d'une œuvre d'art inestimable.

À sa fille qui s'étonnait qu'il ne se soit rien acheté, Dylan se dispensa d'expliquer qu'il avait reçu le plus beau cadeau des trois : une journée de rêve avec ses deux femmes préférées. Que pouvait-il demander d'autre ?

Katie n'aurait su dire quand le changement s'était produit exactement.

Un beau matin, elle s'était réveillée avec l'impression que la personne qu'elle était après « l'incident » avait disparu et le lendemain elle ne s'était plus sentie aussi en vrac. Et puis petit à petit, jour après jour, elle avait vu une évolution s'opérer : elle maîtrisait de mieux en mieux ses crises d'angoisse et gagnait donc en assurance. Résultat : son moral s'améliorait.

À présent, elle se réveillait de bonne humeur et enthousiaste à la pensée de la journée devant elle. Une petite voix lui soufflait qu'elle devait en grande partie ses progrès aux nuits qu'elle passait avec Dylan quand Violet était invitée chez une amie ou chez ses grands-parents, mais elle refusait de le reconnaître.

Ils ne se voyaient pas que la nuit d'ailleurs. Ils s'efforçaient de profiter l'un de l'autre chaque fois que l'occasion se présentait. Elle partageait toutes ses soirées libres avec Dylan et Violet. Quand Dylan ne travaillait pas aux mêmes horaires qu'elle, Katie invitait Violet à dormir chez elle et toutes deux bavardaient pendant des heures. Mais cela n'aurait qu'un temps, elle le savait. Elle devait commencer à planifier son retour à New York et à préparer Violet à son départ. Dylan et Katie avaient beau veiller à dissimuler à la fillette la nouvelle nature de leur relation et à mentionner régulièrement l'appartement de New York où Katie allait retourner habiter, ils passaient trop de temps ensemble pour que la petite ne finisse pas par se faire de fausses idées.

Comme d'habitude, Katie balaya toute pensée de sa séparation avec Dylan. Elle avait besoin d'un peu plus de temps à Key

West pour consolider ses progrès. Elle avait même envisagé de demander une prolongation de son contrat, d'autant plus que le retour d'Alex n'était toujours pas à l'ordre du jour, mais elle savait que cela ne résoudrait rien, au contraire. Quelle qu'en soit la date, son départ serait douloureux. En restant plus longtemps, elle ne ferait que reculer pour mieux sauter.

Ce n'étaient pas uniquement Dylan et Violet qui allaient lui manquer, mais l'équipe aussi dont elle se sentait membre à part entière à présent. Elle avait l'impression que désormais ses collègues l'acceptaient et l'appréciaient. Et elle espérait que tous, y compris Max, la considéraient comme quelqu'un de fiable sur qui on pouvait compter.

Son coéquipier préféré restait Dylan avec qui s'était développée une complicité dans le travail qui mettait habituellement plusieurs années à s'établir.

De jour en jour, Katie reprenait confiance en elle. Une confiance qui grimpa encore lorsqu'ils furent appelés sur le lieu d'une noyade présumée car elle connaissait bien ce type d'accident, fréquent à New York.

— Heli-Care de Key West ? Il y a du nouveau.

— Nous vous écoutons, dit Dylan au régulateur.

— Il y a deux victimes, dont une n'a pas encore été retrouvée. Les pompiers et les premiers secours sont sur zone et vous guideront pour l'atterrissage.

Jackie changea de fréquence sur la radio et, après avoir reçu les coordonnées de l'aire d'atterrissage, elle survola une fois la plage pour leur donner un aperçu de la scène où les urgentistes s'affairaient.

— Il y a deux personnes, observa-t-elle en indiquant une femme qui tenait dans ses bras un jeune enfant à qui un infirmier posait un masque à oxygène. Tout semble sous contrôle.

— À moins qu'il n'y ait une autre victime que nous ne voyons pas, intervint Dylan. Posons-nous au cas où on aurait besoin de nous. Avec un peu de chance, ce sera juste une petite excursion à la plage.

Les pompiers ayant fait dégager une zone d'atterrissage à

l'écart, Dylan et Katie durent marcher dans le sable pour gagner la scène, si bien qu'ils haletaient en arrivant à côté de la première victime, une femme de trente-cinq ans environ, à peine plus âgée que Katie. Entre des quintes de toux, elle berçait un petit garçon de quatre ans tout au plus, qui s'accrochait à elle mais ne pleurait pas.

Katie nota avec soulagement que les lèvres de la femme étaient d'une belle couleur rose. Elle devrait être mise en observation pour détecter d'éventuelles complications pulmonaires, mais son état ne nécessitait pas un transfert en hélicoptère.

Elle laissa la femme aux mains des urgentistes et, avec Dylan, rejoignit ceux qui pratiquaient sur un homme une réanimation cardio-pulmonaire, une RCP dans leur jargon.

— Que lui est-il arrivé ? s'informa Katie en relayant au massage cardiaque la jeune femme qui commençait à fatiguer.

— Apparemment, le petit garçon du couple s'est éloigné et les deux parents ont été pris de panique. Ils se sont jetés à l'eau pour aller le chercher et ils ont été tous les deux aspirés par le ressac. Un passant a réussi à sortir la femme mais quand il est reparti au secours du mari, ce dernier avait été entraîné vers le fond.

— Combien de temps est-il resté sous l'eau ? s'enquit Dylan tout en reliant la victime au moniteur qu'il avait sorti de leur sacoche.

— D'après l'homme qui l'a ramené sur la plage, moins d'une minute, répondit l'urgentiste qui ventilait manuellement le blessé. Cela fait quinze minutes qu'il est inconscient.

— Il faut vérifier son pouls, déclara un urgentiste en remplaçant Katie aux compressions thoraciques.

Katie plaça ses doigts à la base du cou de l'homme…

— Je sens son pouls ! s'écria-t-elle avant de pointer l'index vers le moniteur que Dylan venait d'allumer et qui affichait un rythme sinusal normal.

— Tu es sûre ? demanda l'urgentiste. Il pourrait s'agir d'un rythme sans pouls.

— Évidemment que je suis sûre, s'agaça Katie.

Elle aurait volontiers affronté cet homme mais se rappela qu'il appartenait à l'équipe qu'elle avait rembarrée lors de sa première intervention. Elle allait donc ravaler sa colère. Sa punition pour avoir perdu son sang-froid ce jour-là.

L'homme se positionna derrière elle et posa ses doigts à la place des siens avec un large sourire approbateur.

Finalement, peut-être cela prendrait-il moins de temps qu'elle ne l'avait pensé d'effacer la mauvaise impression qu'elle avait donnée le premier jour. Non pas que cela ait une grande importance. Son départ approchait et tous ces secouristes qui avaient assisté à sa perte de contrôle l'oublieraient.

— Katie, tu peux intuber correctement notre homme pendant que je vais parler à son épouse ? demanda Dylan en s'éloignant vers la femme qui continuait à bercer son petit.

Elle se mordit la lèvre pour s'empêcher de sourire. L'urgentiste avait utilisé un tube provisoire qui pouvait être introduit rapidement, mais chez Heli-Care on préférait dans la mesure du possible poser une sonde endotrachéale avant le transport. Par son intervention, Dylan avait manifesté l'entière confiance qu'il lui accordait.

Elle s'exécuta prestement et commença bientôt à ventiler le patient.

Le retour jusqu'à l'hélicoptère où Jackie les attendait fut pénible à cause du sable, chaud qui plus est, qui s'enfonçait à chaque pas. Mais hors de question que les pompiers la voient peiner, même si elle pouvait difficilement cacher son visage ruisselant de sueur.

Dès qu'ils eurent bouclé leur ceinture de sécurité et décollé, Katie remplaça le ballon à oxygène par un ventilateur et Dylan appela l'hôpital de Miami pour faire son rapport à un médecin traumatologue.

Au cours du bilan neurologique que Katie pratiqua sur leur homme, elle s'aperçut avec étonnement que ses pupilles étaient réactives. Apparemment, il allait faire partie du cercle restreint des chanceux qui survivaient à une noyade.

— Merci pour ton vote de confiance, tout à l'heure, dit-elle à Dylan quand ils en eurent fini avec leur patient.

— Quel vote ? Tu n'en as pas besoin. Tu as suffisamment confiance en toi maintenant.

— Grâce à toi.

Puis, se rappelant que d'autres entendaient leur conversation, elle ajouta :

— Le fait de travailler avec vous tous m'a beaucoup aidée à gagner en assurance. Vous formez une équipe géniale.

— N'oublie pas d'en informer les grands pontes à New York à ton retour, dit Jackie dans leurs casques. J'ai l'impression qu'ils pensent qu'on passe notre temps à jouer au beach-volley. Au fait, tu joues au volley ?

— Pas depuis les cours d'EPS au lycée, pourquoi ? demanda Katie en testant une nouvelle fois l'état neurologique du rescapé.

— Pupilles toujours réactives, annonça-t-elle, mais j'aimerais qu'elles le soient un peu plus quand même.

— Oui, mais une fois qu'on aura atterri ! Je n'ai aucune envie qu'il se réveille et qu'il commence à se débattre.

— Je ne suis pas une débutante. Mes médicaments sont prêts s'il revient à lui. Vu son gabarit, moi non plus je n'ai pas envie de me battre avec lui.

— Quelques kilos de plus et il aurait été trop lourd pour l'hélicoptère, s'esclaffa Jackie. Nous arrivons dans dix minutes. Arrangez-vous pour qu'il ne reprenne pas conscience d'ici là.

L'homme n'était toujours pas revenu à lui quand Dylan et Katie quittèrent les urgences, mais l'infirmière responsable leur promit de leur donner des nouvelles s'il se réveillait pendant qu'elle était de service.

Le régulateur les appela pour un nouveau transfert, mais ils durent refuser. Un orage approchait et le plafond serait trop bas pour voler. Ils se dépêchèrent donc de regagner leur base et arrivèrent juste quand l'orage éclatait. Le temps de courir du hangar au préfabriqué, ils étaient trempés comme des soupes.

D'après la météo, la pluie devait durer toute la nuit et ils se retirèrent chacun dans une chambre de garde.

Quand son téléphone sonna, Katie devina aussitôt qui l'appelait : Dylan, bien sûr.

— Pourquoi Jackie voulait-elle savoir si je joue au volley ? demanda-t-elle à voix basse pour ne pas être entendue.

— Un tournoi est organisé tous les ans entre tous les secouristes. Chaque joueur paie pour s'inscrire et l'argent va à l'œuvre caritative de l'équipe gagnante. C'est Jackie qui nous entraîne. Pourquoi ? Tu veux participer ?

— Je n'ai jamais joué au beach-volley. Je ne serais pas une bonne recrue. Et votre équipe, elle est bonne ?

— Non, un vrai désastre. En plus, les pompiers ont un avantage écœurant : les joueurs les plus grands sont chez eux. Et puis il y a les policiers, dont la plupart sont en super forme physique. Nous, nous sommes un groupe de soignants avec quelques pilotes de l'armée à la retraite. Nous n'avons pas la moindre chance.

— Heureusement que Jackie ne t'entend pas ! plaisanta Katie en se pelotonnant sous les draps, les paupières lourdes.

— Cela dit, nous avons une défense de choc.

Dylan parlait de plus en plus doucement, signe que lui aussi luttait contre le sommeil. Il suffisait à Katie de fermer les yeux pour voir cette mine sexy qu'il avait avant de s'endormir, dont elle n'avait d'ailleurs que très peu profité parce que Violet passant chez des amis les nuits où son père travaillait, il préférait la garder chez lui le reste du temps.

— Quelle défense ?

— Jo et Summer. Pendant que Jo fait du charme à nos adversaires, Summer assène le coup fatal. Ils se laissent toujours prendre. La première fois en tout cas, conclut-il dans un bâillement.

— Vous avez l'air de bien vous amuser. J'aimerais bien m'inscrire si je suis encore là.

En même temps qu'elle prononçait ces derniers mots, la réalité la frappa en plein visage : il ne lui restait que trois semaines à Key West. Vingt-et-un jours après lesquels la vie ici continuerait sans elle.

— Tu es prête à présent, commenta Dylan.

Que devait-elle comprendre ? s'interrogea Katie. Qu'il avait hâte qu'elle parte ? Non, impossible.

— Ta conviction me touche, mais rien ne garantit que tu as raison. En tout cas, moi je n'en suis pas certaine.

— Je parle de la confiance que tu as en toi. Tu l'as retrouvée, Katie. Je ne sais pas si c'est grâce à la psy ou à ton éloignement de New York, mais en tout cas tu n'es plus la même femme que celle qui est entrée dans mon bureau il y a cinq semaines.

Effectivement. Elle avait évolué d'une façon qu'elle n'aurait jamais imaginée. Et ce n'était pas seulement dû à sa psy ou au changement de décor, mais essentiellement à la présence attentive de Dylan tout au long de son séjour. Chaque fois que, contre toute évidence, elle avait nié avoir un problème, il avait argumenté avec elle pour lui ouvrir les yeux. Il lui avait aussi expliqué ce qu'il attendait d'elle, puis lui avait assuré qu'elle en était capable. Et ce avant même de la connaître.

À une femme bénéficiant d'un tel soutien de la part d'un homme, rien n'était impossible.

Ils se souhaitèrent bonne nuit. Les paroles de Dylan tintaient encore doucement aux oreilles de Katie. Était-elle vraiment en état d'affronter la violence des rues de New York ? Garderait-elle sa confiance en elle une fois rentrée chez elle ? Pour le savoir, pas d'autre solution que d'essayer.

10.

Pour une fois, le jour de congé des trois femmes de l'équipe tombait en même temps et elles décidèrent de célébrer cet événement par une virée à Miami. Mais Katie avait accueilli l'invitation de Jo et Summer à participer à l'expédition avec une bouffée de tristesse car cela lui rappelait qu'elle allait bientôt devoir quitter ses nouveaux amis. Elle n'avait révélé à aucun de ses collègues qu'il ne lui restait qu'un peu plus de deux semaines à Key West, jugeant préférable d'attendre le plus tard possible pour faire ses adieux et remercier tout le monde.

Allez ! Oublie tout ça et vis à plein cette journée !

C'était la première fois qu'elle quittait l'archipel depuis son arrivée à Key West et elle avait oublié comme le trajet était long par la route.

— Alors, Katie, qu'est-ce qu'il y a entre Dylan et toi ? demanda Summer tandis qu'elles filaient toutes les trois sur la Highway 1 dans la Mustang décapotable de Jo.

Katie s'était demandé combien de temps mettraient ses deux collègues à la questionner sur sa relation avec Dylan. Elles avaient tenu trente minutes, soit quinze de plus que ce qu'elle avait parié avec Dylan. Dylan, lui, était sûr qu'elles attaqueraient à peine la portière fermée.

Au cours des deux dernières semaines, ils n'avaient plus cherché à garder leur relation secrète au travail et Dylan avait laissé Katie libre de choisir ce qu'elle dirait à ses compagnes.

— Je me plais à penser que Dylan et moi sommes de bons amis, répondit Katie.

— Des amis, vraiment ? ironisa Summer. Ce n'est pas ce

que Violet raconte partout. D'après elle, elle va bientôt avoir une nouvelle maman.

Katie en perdit la parole de stupeur. Violet était la première personne à qui Dylan avait tenu à cacher leur histoire.

— Je ne vois pas d'où elle sort ça. Nous avons pris soin de ne lui donner aucune raison de croire que nous étions davantage que des amis.

— Elle a huit ans et elle regarde des films de princesse, avec des histoires d'amour et de grands mariages fabuleux où le prince et la princesse vivent heureux et ont beaucoup d'enfants, rétorqua Jo avec une amertume qui trahissait une expérience personnelle douloureuse.

— C'est aussi une fillette que sa mère a laissée un beau jour entre les mains d'un père qu'elle ne connaissait pas, dit Summer. Non pas que ce soit la faute de Dylan. Il ignorait l'existence de Violet. C'était moche pour tous les deux.

— Dylan adore sa fille. Ni lui ni moi ne voulons la faire souffrir.

Katie se promit de rapporter à Dylan les propos de la gamine afin qu'il lui explique entre quatre-z-yeux la nature amicale de leur relation. Personne ne comptait plus que Violet pour Dylan. Or le départ de Katie la traumatiserait davantage encore si elle nourrissait l'espoir que sa nouvelle amie s'installerait définitivement à Key West. La situation était préoccupante.

— Bien, dit Jo. Maintenant que l'hypothèse d'un mariage est éliminée, peux-tu nous expliquer ce qui se passe entre vous exactement ? J'ai vu les regards que vous vous échangez quand vous croyez que personne ne vous observe. Au fait, autant que vous le sachiez : tout le monde vous observe. Comme tout le monde observe Summer et Alex.

— Quel Alex ? Je ne vois aucun Alex dans les parages, lança sèchement Summer avant de s'affaler sur son siège. En six semaines, je n'ai eu droit qu'à un seul coup de fil et à six textos, mais rien sur là où il se trouve ou sur la date de son retour. Qu'est-ce qui peut l'empêcher de répondre à une question aussi simple que « où es-tu ? » ? Ce n'est pas comme s'il participait à une mission militaire secrète. Je le sais parce que je le lui ai demandé.

— Tu crois qu'il te l'aurait dit si c'était le cas ? se moqua Jo en ralentissant pour la traversée d'une des nombreuses îles entre Key West et Miami. Ce n'est pas pour rien qu'on parle de missions « secrètes ».

— Tu t'es renseignée auprès de Dylan ? demanda Katie. Je crois qu'il a reçu un ou deux courriels.

— Oui, mais il affirme ne pas en savoir davantage que moi, répondit Summer dans un haussement d'épaules. Bon. Revenons-en à Dylan et toi. Tu crois que vous continuerez à vous voir quand tu seras rentrée à New York ?

— Nous n'en avons pas discuté.

Mais à son avis Dylan ne serait pas tenté par une relation à distance qui impliquerait qu'ils se rendent visite à tour de rôle, tous les un ou deux mois par exemple. Elle imaginait mal cet amoureux de la plage et de la nature au milieu des gratte-ciel de New York. Et puis, il y avait Violet. Une telle organisation la perturberait trop. Ils ne pouvaient pas lui imposer cela.

— Je peux comprendre, dit Jo. Ce n'est pas facile d'entretenir la flamme dans ces conditions.

— Surtout quand on ignore où se trouve la personne pour qui on se consume, ajouta Summer.

— Comment se fait-il que personne ne m'ait mise au courant pour toi et Alex ? demanda Katie.

— Primo, nous n'étions pas sûres de ce que représentait Alex pour toi, répondit Jo. Deusio, à part moi et maintenant toi, personne ne sait qu'il y a quelque chose entre eux.

— Alex et moi sommes amis, c'est tout, expliqua Katie. Nous travaillions ensemble quand il vivait à New York. J'aime bien Alex, mais il me rappelle trop mes frères.

— Pourquoi ne me présenterais-tu pas à un de tes frères ? suggéra Summer.

Était-ce du lard ou du cochon ? Difficile à dire.

— Dis donc, Summer, intervint Jo. Tu as déjà un mec.

— Ah bon ? Tu en vois un, toi, Katie ? demanda-t-elle en se retournant vers le siège arrière.

— Sur mes quatre frères, seulement deux sont célibataires, l'informa Katie en guise de réponse.

Les trois amies continuèrent à bavarder de choses et d'autres pendant le reste du voyage : Katie leur raconta des anecdotes sur son enfance au milieu d'hommes. Jo, histoire de remonter le moral de Summer, plaisanta en lui conseillant de se caser avec un avocat plutôt qu'avec un policier.

Quand elles atteignirent enfin le but de leur expédition, elles se métamorphosèrent en véritables furies et dévalisèrent les magasins, limitées seulement par la contenance de la petite voiture de Jo.

Elles effectuèrent donc le voyage du retour au milieu de boîtes de chaussures, de sacs de vêtements et d'accessoires divers. Lorsque Katie s'étonna de leur pratique, ses deux collègues l'informèrent un peu sèchement qu'elles n'achetaient que des articles en solde et qu'elles ne partaient en virée qu'une fois par trimestre. Katie ne put s'empêcher de penser qu'elles avaient de quoi s'habiller pour plus d'un an mais après tout, qu'en savait-elle ? Elle n'avait pas eu de mère pour lui apprendre à s'habiller. Quant à son père, il ne voyait pas l'intérêt de posséder plus d'une tenue pour chaque jour de la semaine et deux paires de chaussures. Katie avait donc dépensé tout son argent en tubes de peinture et en toiles plutôt qu'en robes et en maquillage.

La pensée de son enfance sans mère ramena Katie à Violet. Dylan, ou elle-même, allait devoir lui parler. La théorie de Jo selon laquelle la fillette de huit ans voyait des histoires d'amour partout était à prendre sérieusement en considération. Dylan et Katie avaient passé beaucoup de temps ensemble au cours des dernières semaines et la gamine était peut-être juste troublée par ce qu'elle observait entre les deux adultes. Aurait-elle mal interprété un de leurs gestes ou une de leurs paroles ? Quoi qu'il en soit, il fallait à tout prix lui éviter de souffrir.

Il était tard quand Katie arriva devant chez elle avec les quelques sacs contenant ses emplettes. Tout était éteint chez

Dylan. Elle devrait attendre le lendemain pour discuter avec lui de Violet. Elle espérait seulement mieux expliquer à Violet qu'elle ne l'avait fait à Jo et Summer la nature de sa relation avec Dylan. Malheureusement, le problème était peut-être qu'elle-même ne savait pas comment la définir.

Katie n'aurait su dire à quoi elle s'était attendue lors de la Nuit des Expositions de Key West à laquelle Dylan l'avait invitée. Une chose était sûre, ce n'était pas ce qu'elle découvrit : guirlandes lumineuses suspendues au-dessus des galeries ouvertes en nocturne, stands dressés par des artistes sur le trottoir, restaurants bondés, le tout dans une atmosphère magique au style très français.

Lorsque Jo l'avait persuadée d'acheter cette longue robe rose avec de fines bretelles pour cette soirée avec Dylan, elle n'avait pas compris. En effet, elle s'était promenée dans Duval Street quelques jours plus tôt et pratiquement tous les passants déambulaient en short et T-shirt. À présent, entourée de femmes en robe de cocktail et d'hommes en costume-cravate, elle se félicita d'avoir écouté son amie. Sa tenue n'aurait pas détonné dans un restaurant cinq étoiles à New York et dans aucune des fêtes auxquelles elle avait participé là-bas elle n'avait connu une ambiance aussi chaleureuse.

Une seule ombre au tableau : en dévoilant les fausses idées de Violet sur l'avenir, elle risquait de rompre le charme de la soirée. Or Violet passant la nuit chez ses grands-parents, Dylan n'aurait aucune raison de dormir tout seul chez lui…

Alors qu'ils parcouraient la rue en admirant les productions de chaque artiste, l'excitation les gagnait à la perspective de ce qu'ils allaient vivre à leur retour.

Dylan lui effleura la taille et elle frissonna.

— Ça va ? demanda-t-il avec un regard protecteur qui alla droit au cœur de Katie. Si la foule te met mal à l'aise, nous pouvons rentrer.

— C'est la brise, mentit-elle, incapable de lui avouer que le simple contact de sa main l'excitait.

Elle éprouvait un besoin irrépressible et qui n'était pas uniquement sexuel de la compagnie de Dylan. Diminuerait-il un jour ? Elle ne le pensait malheureusement pas. Et quelles en seraient les conséquences pour elle ? Allait-elle déambuler comme un zombie dans les rues de New York, en ne s'intéressant qu'à son travail et en négligeant tous les autres bons côtés de la vie ? Son seul espoir était que la distance lui éclaircirait les idées.

Un groupe de jeunes touristes les bousculèrent et ils se réfugièrent dans une ruelle. Elle sentit les mains de Dylan sur sa taille, puis ses bras qui l'enlaçaient et elle se laissa aller contre lui. La tête sur son épaule, elle se grisa de son parfum tout en craignant de ne plus désormais respirer l'odeur d'une brise de mer sans penser à lui.

— Nous pouvons partir dès que tu veux, murmura-t-il.

Les petites taches dorées dans les yeux verts de Dylan réfléchissaient les lumières de la guirlande au-dessus d'eux. Avec son pantalon habillé et sa chemise, il aurait eu sa place sur les affiches publicitaires de Time Square.

Il ne regardait qu'elle. Elle avait l'impression d'être une des princesses de Violet en soirée avec son prince. Heureusement que la fillette n'était pas là, songea Katie car, à les voir tous les deux en ce moment, n'importe qui les aurait pris pour des amoureux. Et heureusement qu'ils avaient convenu d'une relation sans complications. Sinon, elle aussi aurait pu croire lire de l'amour dans le regard de Dylan.

Mais ils avaient exclu l'amour de leur rapport. Dylan avait déjà enfreint une de ses règles en sortant avec elle et nul doute qu'il se limiterait à cette entorse. Ils avaient été clairs : le retour de Katie à New York signerait la fin de leur histoire, quels que soient les rêves qu'elle ait pu nourrir.

— Katie ? demanda-t-il en posant son front contre le sien. Tu es sûre que ça va ? Nous avons vu presque toute l'exposition. Nous pouvons partir.

Non, elle n'allait pas bien. Et elle n'irait probablement jamais bien une fois qu'elle quitterait cette île et Dylan. Elle devrait commencer à prendre ses distances, à s'habituer à être séparée de lui, mais elle manquait de la volonté nécessaire. Elle voulait vivre à fond le temps qu'il leur restait. Elle voulait passer cette nuit seule avec lui. Une nuit qu'elle aurait aimée sans fin.

— Oui, pas de problème, assura-t-elle.

Elle effleura la bouche de Dylan avec la sienne. Il lui mordilla la lèvre inférieure et la serra plus fort contre lui. Elle sentit son érection et un désir fulgurant la traversa.

— Nous ne sommes pas allés jusqu'au bout de la rue, mais je veux bien rentrer si c'est ce que tu souhaites aussi, proposa-t-elle.

Elle lui aurait volontiers fait l'amour ici et maintenant.

— Nous pourrons voir les autres artistes une autre fois, dit-il en lui prenant la main pour l'entraîner dans la rue.

Avait-il seulement compris ce qu'il disait ? Avait-il conscience qu'il n'y aurait pas d'autre occasion de rendre visite au reste des artistes ? Elle serait à New York lors de la prochaine Nuit des Expositions.

11.

Katie s'étonnait de se sentir aussi nerveuse alors qu'elle avait déjà fait plusieurs fois l'amour avec Dylan ! Mais si ce n'était pas leur première nuit ensemble, ce pouvait bien être la dernière.

Elle en était venue à adorer les rares matins où elle s'était réveillée à côté de Dylan. Un rituel s'était même instauré : elle se levait tôt pour sa séance de yoga et de méditation, qui l'aidait à cerner ses problèmes psychiques, puis il la rejoignait pour leur première tasse de café de la journée, qu'ils prenaient sur la terrasse en regardant les oiseaux voler d'un arbre à l'autre.

Elle avait commencé à considérer ce moment matinal comme le leur. Un moment où n'existaient qu'eux deux avant que ne se déchaînent les appels téléphoniques et les autres événements du quotidien. Elle comprenait maintenant sur quelle pente glissante elle s'était engagée : elle s'était laissée allée à voir Dylan et elle comme un couple et s'était abandonnée à des émotions interdites.

Dans l'immédiat cependant, l'idée qu'ils prennent leurs distances pour préparer la séparation définitive ne la tentait aucunement. Quelle importance ? Le mal était fait. En partant, elle n'emporterait de Key West que les souvenirs des heures passées ensemble.

Elle sortit de la salle de bains vêtue d'une nuisette en soie blanche très courte, aux fines bretelles et au profond décolleté, qui couvrait toutes les parties intéressantes de son corps… en les moulant.

— Je me sens idiote, dit-elle le dos contre la porte de la salle de bains tandis que Dylan, allongé sur le côté sur le lit, demeurait hypnotisé par l'apparition. C'est la faute de Jo. C'est elle qui a insisté pour que je l'achète.

— Je vais lui faire obtenir une augmentation, dans ce cas, répondit-il. Je trouvais déjà ta robe de ce soir très belle mais alors là… Tu es sublime.

— Ce n'est pas le genre de tenue que je porte habituellement. La robe longue, je veux dire. La mode ne m'intéresse pas beaucoup.

Tout en parlant, elle alla s'asseoir près de lui.

— C'est vrai que bien que New Yorkaise, tu te sens plus à l'aise dans une combinaison de vol à sauver des vies qu'élégamment habillée et pomponnée pour une soirée, commenta-t-il en l'allongeant à côté de lui pour la prendre dans les bras.

Comment quelqu'un qu'elle n'avait rencontré que quelques semaines plus tôt pouvait-il la connaître mieux que certains de ses amis de toujours ? admira Katie, soudain saisie d'un accès de mélancolie à la pensée de ce qu'ils auraient pu vivre tous les deux s'ils n'avaient pas appartenu à deux mondes différents.

Dylan lui releva le menton pour la regarder dans les yeux.

— J'ai l'impression que tu me quittes déjà.

— Et moi, j'ai l'impression de regarder un sablier qui se vide de plus en plus rapidement.

Elle ne voulait pas gâcher leur nuit ensemble, mais ne pouvait cependant garder ses pensées pour elle.

— Nous avons la nuit devant nous, dit-il. Toute une nuit rien que pour nous. Profitons-en. Il y a devant ta porte assez de sable pour toute une vie. Oublions les grains qui sont en train de tomber.

Que voulait-il dire par « assez de sable pour toute une vie » ? s'interrogea Katie. Sous-entendait-il qu'ils pourraient encore passer du temps ensemble ?

— Fabriquons-nous des souvenirs inoubliables ce soir, murmura-t-il en repoussant des mèches du visage de Katie.

Il fit glisser les fines bretelles de la chemise de nuit de Katie, exposant sa poitrine à la fraîcheur de la brise qui pénétrait dans la pièce par une fenêtre ouverte. Elle sentit sa bouche s'assécher et perdit l'usage de la parole.

Il prit son sein dans sa main et demeura ainsi un long moment sans bouger. Le cœur de Katie s'emballa, puis s'arrêta un instant de battre quand l'autre main de Dylan commença à remonter le long de ses cuisses.

Retenant sa respiration, elle se plaqua contre lui dans l'attente du moment où ses doigts toucheraient ses parties les plus intimes.

Dylan souriait d'un air satisfait. Il savait qu'elle le désirait et devinait son impatience.

Mais la passivité, Katie ne connaissait pas. Que ce soit avec ses frères, dans son travail ou au lit.

— Enlève ton pantalon, ordonna-t-elle, et elle le regarda se déshabiller pour elle.

Sans lui laisser le temps de reprendre sa place à côté d'elle, elle s'empara de son sexe qu'elle sentit aussitôt palpiter dans sa main. De toute évidence, ils étaient animés d'un même violent désir. Elle qui avait pensé qu'ils feraient l'amour tendrement et langoureusement ce soir !

La bouche de Dylan avait remplacé sa main sur le sein de Katie dont les tétins se dressaient, avides de caresses, tandis que de son autre main il la torturait de plaisir par des va-et-vient dans sa vulve humide.

Elle n'était pas loin de jouir mais elle voulait attendre encore. Elle voulait que cette nuit soit exceptionnelle, à jamais ineffaçable.

Quand il voulut s'allonger sur elle, elle déjoua sa manœuvre et le fit rouler sur le dos.

— À mon tour, déclara-t-elle en s'asseyant à califourchon sur lui.

— Je suis à toi, répondit-il en s'offrant avec un sourire ravageur.

Devant cet homme au visage encadré par des boucles incroyablement sexy allongé sous elle, elle sentit son cœur s'enfler d'une émotion qu'elle se refusa à nommer parce qu'elle n'avait pas d'avenir. Parce qu'ils n'avaient pas d'avenir ensemble. En revanche, ce moment leur appartenait. C'était son unique certitude et elle n'allait pas le gâcher.

Elle se pencha au-dessus de Dylan et, ses cheveux caressant sa poitrine, déposa un tendre baiser sur ses lèvres. Deux pronoms personnels et un verbe dansaient dans sa tête, mais elle ne s'autorisa pas à les prononcer.

Les bras de Dylan se refermèrent autour d'elle et l'attirèrent contre lui. Leur baiser un peu hésitant se fit plus pressant, se prolongea, s'enfiévra, jusqu'au moment où ils durent l'interrompre pour reprendre leur souffle.

Se redressant sur ses bras et ses jambes qui tremblaient de désir, elle le regarda droit dans les yeux. Cet homme faisait surgir chez elle un côté passionné dont elle avait ignoré l'existence jusqu'à aujourd'hui.

Centimètre par centimètre, elle se laissa descendre et, sous son regard brûlant, le prit en elle. Elle libéra alors sa taille des mains de Dylan et entrecroisa ses doigts avec les siens. Elle voulait qu'il la voie telle qu'elle était : une femme forte qui n'avait pas peur de prendre les commandes.

Elle se mit à osciller contre lui et à se perdre dans ce balancement auquel Dylan s'accorda bien vite. Il cambrait son corps vigoureux pour aller à la rencontre de la douceur de celui de Katie et ne faire qu'un avec elle, au moins pour ce court laps de temps.

Les mains de Dylan lui avaient échappé, elle n'aurait su dire comment. Peu importe. Elle était entièrement absorbée par la caresse de ses doigts entre ses jambes.

Les ondes de plaisir enflèrent en elle, s'intensifiant jusqu'à ce que l'extase les emporte tous les deux en un feu d'artifice de sensualité tel qu'elle n'en avait jamais connu auparavant.

Elle s'effondra sur Dylan comme une poupée de chiffon. Dylan la serra dans ses bras et elle se mit à pleurer.

Lorsque son téléphone retentit le lendemain matin, Katie ne décrocha pas. Ni à la première ni à la seconde sonnerie. Enfouie sous un méli-mélo de draps, de couvertures, de bras et de jambes, elle n'avait aucune envie de bouger. Elle n'était pas de service aujourd'hui.

De toute façon, aurait-elle voulu travailler qu'elle ne l'aurait pas pu. Dylan et elle avaient passé presque toute la nuit dans les bras l'un de l'autre, dans des ébats tantôt enfiévrés tantôt langoureux. Dylan n'avait pas menti lorsqu'il avait déclaré vouloir rendre cette nuit inoubliable. L'aube, avec la douceur de ses gris, avait commencé à éclairer le ciel lorsqu'ils s'étaient enfin endormis.

Le téléphone de Katie sonna de nouveau.

En maugréant, elle s'extirpa de dessous le bras et la cuisse de Dylan, ramassa son peignoir et prit son téléphone : le numéro qui s'affichait indiquait un appel de New York. Ne pouvait-elle donc passer une nuit avec un homme sans être dérangée par ses frères ?

Elle sortit de la chambre dont elle ferma la porte derrière elle.

— Bonjour, Matt. C'est rare de t'entendre si tôt le matin.

Il était de notoriété publique que son frère, accro aux gardes de nuit, n'était pas à prendre avec des pincettes au petit matin.

— Tu viens de finir ton service ?

— Katie, c'est… c'est Junior, dit Matt.

Elle connaissait ce ton d'un calme forcé caractéristique d'un monde où il faisait partie du travail de jouer les oiseaux de mauvais augure.

— Que lui arrive-t-il ? demanda-t-elle la voix tremblante, les jambes flageolantes.

— Un autre mandat d'arrêt a été émis contre le type qui t'a tiré dessus. Nous avons eu une info comme quoi il était impliqué dans un trafic de drogue. La transaction avait lieu hier. Grâce à la vidéosurveillance, nous l'avons pris la main dans le sac. Avec Junior, nous voulions assister à son arrestation.

Plus Matt parlait, plus sa voix se brisait. Il n'y avait qu'une chose capable de faire craquer ce gaillard endurci.

— Junior est vivant ? interrompit Katie.

— Il est sur le billard en ce moment. Il a reçu une balle dans le ventre. Elle est ressortie après avoir causé beaucoup de dégâts. Ils ont cru le perdre aux urgences. Forte hémorragie. Ils l'ont aussitôt transfusé. Ça lui a sauvé la vie.

Junior allait s'en sortir. On l'opérait en ce moment même et les médecins feraient leur maximum. Il le fallait. Son frère ne pouvait pas mourir. Pas dans ces circonstances.

— Il faut que tu reviennes, Katie. Papa accuse le coup. Nous avons besoin de toi.

— Je vais prendre le prochain avion. Dis à papa que j'arrive. Je t'appellerai quand je serai à l'aéroport.

Elle raccrocha et regarda autour d'elle, en plein désarroi.

— Que se passe-t-il ? demanda Dylan du seuil de la chambre. Katie ?

Elle était perdue, incapable de donner un sens à ce qu'elle venait d'entendre.

— Mon agresseur a tiré sur mon frère Junior au moment de l'arrestation et l'a blessé grièvement.

Elle avait envie de hurler contre le juge qui avait remis en liberté un assassin. Elle avait envie de hurler contre elle-même puisque c'était à cause d'elle que son frère luttait contre la mort. Mais rien de tout cela n'aiderait John junior. Une seule chose utile : retourner à New York le plus vite possible.

— Je dois rentrer, dit-elle en tapant son mot de passe sur son ordinateur portable.

— D'ici, il y a un vol direct par jour pour New York, déclara Dylan qui avait déjà son téléphone en main. Va faire tes valises et je m'occupe de te trouver un billet.

— Merci.

Elle se précipita dans la chambre et resta désemparée devant la quantité d'affaires qu'elle avait apportées avec elle. Vêtements, livres, peintures… Et elle ne savait pas combien de temps elle allait s'absenter.

Elle n'était pas obligée de tout prendre maintenant. De toute façon, il faudrait qu'elle revienne pour rapatrier la jeep. Un gros bagage et un sac de cabine suffiraient pour le moment.

Elle sortit sa valise de l'armoire et l'ouvrit sur le lit. Si elle ratait le seul avion pour New York aujourd'hui, elle demanderait à Dylan de la conduire à Miami où il y aurait davantage de vols.

Elle versa un tiroir de sous-vêtements dans la valise et renouvela l'opération avec des hauts et des shorts.

— Ton billet t'attend à l'aéroport, annonça Dylan.

— J'ai combien de temps ? demanda-t-elle.

— Une heure avant l'embarquement.

Après avoir bouclé sa valise et sorti son bagage de cabine, elle se rendit dans la cuisine pour prendre son ordinateur et ses vitamines. Dylan la suivit.

C'est alors qu'elle s'aperçut qu'elle était encore en peignoir.

— Va t'habiller pendant que je charge la voiture. Ne t'inquiète pas. Nous sommes sur une petite île. Nous y serons au pire en quinze minutes s'il y a de la circulation.

Elle prit un jean et un T-shirt dans l'armoire et courut dans la salle de bains. Elle rangea sa brosse à cheveux et sa trousse de maquillage dans son bagage à main et ramassa la nuisette qu'elle avait portée la veille. Non qu'elle lui servirait à New York a priori, mais elle ne pouvait se résoudre à la laisser. Qui sait ce qui arriverait à New York ? Elle allait peut-être y rester pendant des semaines.

Elle enfila des sandales et mit son sac de cabine sur son épaule. Elle aurait aimé faire un dernier tour de sa maison et aller sur sa terrasse respirer l'air marin chargé de parfums de fleurs, mais le temps manquait.

Lorsqu'elle sortit pour rejoindre Dylan, l'adrénaline qui l'avait maintenue à flot cessa d'agir. Elle tourna la clé dans la serrure de la porte de sa petite maison comme si elle tournait définitivement une page de sa vie sans s'y être préparée.

Le trajet jusqu'à l'aéroport prit très peu de temps et ce n'est qu'une fois sur le trottoir devant l'entrée que Katie comprit que Dylan était parvenu à la même conclusion qu'elle : le moment de l'inévitable séparation était venu. Beaucoup plus tôt qu'ils ne l'avaient anticipé. Elle n'était pas encore prête à lui dire au revoir.

Ils avaient prévu d'aller à la plage au retour de Violet de chez ses grands-parents chez qui elle avait dormi. Violet… Dylan n'était toujours pas au courant de ce que Jo lui avait révélé.

— Au fait, Dylan. J'ai quelque chose à te dire. Je n'aurais pas dû attendre, mais… c'est juste que… et maintenant je pars.

— L'embarquement va commencer dans quelques minutes. Il faut que tu y ailles.

— Mais c'est à propos de Violet, Dylan. Je voulais te parler ce matin de ce que Jo m'a appris, mais nous n'en avons pas eu le temps.

Une excuse de mauvaise foi, bien sûr. En vérité, elle avait craint que Dylan ne décide de mettre un terme à leur relation après l'avoir entendue.

— Que lui arrive-t-il à Violet ? demanda-t-il, son regard jusque-là fuyant planté dans celui de Katie à présent.

— D'après Jo, elle s'est mis dans la tête que nous sommes en couple tous les deux. Apparemment, elle croit que je vais m'installer ici et que nous allons nous marier.

— Et maintenant je vais devoir lui dire que tu pars ?

La surprise visible sur le visage de Dylan se transforma rapidement en douleur. Comme le savait Katie, sa plus grande crainte avait toujours été de faire souffrir sa fille.

Il se détourna pour sortir la valise de Katie de la voiture et ne reprit la parole qu'une fois passées les portes de l'aéroport.

— Je vais mettre le reste de tes affaires dans une malle et te l'expédier.

— Je n'ai pas terminé mon contrat à Key West, objecta-t-elle. Et puis il y a la jeep.

— Je m'en charge. Ne t'inquiète de rien. Occupe-toi de ta famille.

Puis, le doigt vers le panneau d'affichage, il ajouta :

— Maintenant, file sinon tu vas rater ton avion.

Mais elle ne bougea pas, incapable d'accepter que leur histoire allait s'achever ainsi. N'allait-il même pas l'embrasser pour lui dire au revoir ?

Il était visiblement en colère. Mais contre qui ? Contre elle ? Contre lui-même pour ne pas avoir protégé sa fille ?

Pourquoi s'en souciait-elle puisqu'elle ne le reverrait peut-être plus jamais ?

Elle l'attrapa par la chemise et l'attira contre elle. Si lui était prêt à ce que tout se termine entre eux comme s'ils étaient de simples connaissances, elle ne l'était pas. Elle tenait trop à lui.

Elle écrasa ses lèvres contre les siennes et lui donna un baiser qu'il ne serait pas près d'oublier.

Là-dessus, elle partit en courant vers la porte d'embarquement.

12.

Le père et les frères de Katie se tenaient debout dans la salle d'attente des soins intensifs d'un hôpital de New York en compagnie d'une foule de policiers du NYPD, certains en uniforme, d'autres en civil. Elle les trouva sans difficulté.

— Ah ! Te voilà, Katie ! s'écria son plus jeune frère en s'élançant vers sa sœur pour l'embrasser.

— Comment va-t-il ?

— Il vient de sortir du bloc. La balle a fait beaucoup de dégâts, mais le chirurgien a réussi à stopper l'hémorragie.

Tout en expliquant la situation, Mikey avait entraîné sa sœur rejoindre leur père.

— Oh ! Papa ! s'écria-t-elle dans un sanglot s'abandonnant à ses bras robustes.

— Il va s'en tirer, dit M. McGee sans que Katie sache qui il essayait de rassurer entre lui-même et elle.

— Lisa vient d'aller le voir, apprit Mikey à Katie, qui s'assit à côté de lui.

Lisa, la fiancée de Junior, était procureur et aussi solide qu'on puisse l'être.

— Elle tient le coup ?

Personne n'eut le temps de répondre. La petite blonde dont il venait d'être question entra dans la salle d'attente et courut vers eux.

— Il est hors de danger. Il dort. Il va rester sous ventilateur jusqu'à demain, mais il est stable.

Lisa fondit alors en larmes et Katie la prit dans ses bras. Les autres McGee s'éloignèrent sous prétexte d'aller annoncer la bonne nouvelle à leurs collègues.

— Ils sont tous pareils, s'amusa Lisa en s'essuyant les joues. Ils n'hésitent pas à entrer dans un bâtiment en flammes ou à affronter une pluie de balles pour sauver quelqu'un, mais ils prennent leurs jambes à leur cou dès qu'une femme verse quelques larmes.

— Oui, c'est vrai, dit Katie en relâchant Lisa.

— Ça va maintenant. Merci, Katie. C'est juste de l'avoir vu allongé, immobile sur ce lit. Tu connais Junior. Il ne tient pas en place. J'ai eu affreusement peur.

Puis, levant la tête vers Katie, elle poursuivit :

— On m'a assuré qu'il était stable, mais j'ai préféré demander à l'infirmier qui s'occupe de lui de te laisser entrer quand tu arriverais. Il a accepté quand il a su que tu étais infirmière chez Heli-Care. J'ai pensé que tu pourrais aller le voir. Juste pour être sûre que tout va bien.

— D'accord, dit Katie, impatiente de se rendre auprès de son frère et de rassurer tout le monde.

Ce n'est que quelques minutes plus tard, au chevet de son frère, qu'elle prit brusquement conscience que seulement quelques mois auparavant c'était elle qui était allongée sur un lit, dans une chambre semblable à celle-ci, à la suite d'une blessure par balle terriblement similaire à celle de Junior. Elle fut prise de nausée à la vue de son grand costaud de frère à présent blême et inerte sur un lit d'hôpital aux draps blancs.

Elle attendit la crise d'angoisse redoutée... Mais rien ! Si le drame était arrivé six semaines plus tôt, elle aurait été incapable de rester près de son frère. Le travail effectué avec sa psy et la confiance en elle qu'elle avait recouvrée grâce à Dylan avaient incontestablement porté leurs fruits.

Après avoir vérifié l'installation du ventilateur et examiné les constantes de son frère avec l'infirmier, elle rejoignit le reste de la famille.

Dylan s'assit sur les marches du perron de la maison de Katie pour attendre le bus scolaire. Pourquoi continuait-il à parler de

« la maison de Katie » ? Katie était partie. De toute façon, cette maison n'avait jamais été la sienne. Katie ne l'avait occupée que temporairement. Tout comme ils avaient été temporairement amants.

Seulement, il n'avait jamais ressenti la situation comme temporaire. Contre toute raison, ce qui existait entre Katie et lui avait grandi. Par sa faute à lui car, au lieu de rester un simple ami, il avait franchi la ligne jaune et s'était attaché à Katie davantage que si elle n'avait été qu'une simple maîtresse ; ce qui n'avait fait partie ni de leur accord ni de la ligne de conduite qu'il s'était fixée concernant sa vie amoureuse. Il avait enfreint sa règle et maintenant il devait en assumer les conséquences.

Katie n'avait jamais fait mystère de son intention de rentrer à New York. Non seulement parce que sa famille et sa vie se trouvaient là-bas, mais aussi parce qu'elle voulait se prouver qu'elle était de nouveau une des meilleures infirmières navigantes de la plus grande ville du pays. Elle avait perdu quasiment toute confiance en elle à son arrivée à Key West, au point qu'elle-même n'avait vraisemblablement pas cru possible de progresser suffisamment pour devenir de nouveau l'infirmière d'« avant ». Mais la façon dont elle tenait sa tête avait dénoté une ténacité qui avait convaincu Dylan qu'elle n'était pas du genre à renoncer. Et c'était entre autres pour ce trait de caractère qu'il l'aimait.

Il se leva en jurant. L'amour n'entrait pas dans le marché. Heureusement, il n'avait jamais laissé transparaître ses sentiments. Katie avait clairement spécifié que, pas davantage que lui, elle ne voulait se compliquer la vie et que son objectif était de retourner à New York. Le sien à lui était de protéger sa fille.

Un échec d'ailleurs à en croire ce que lui avait rapporté Katie.

Le bus jaune s'arrêta devant l'allée. La fierté qui l'envahit quand Violet lui sauta au cou dissipa quelque peu la douleur qui l'oppressait. Quelle chance il avait ! Dire qu'il aurait pu ne jamais apprendre l'existence de ce trésor ! Par chance, Lily avait décidé de lui confier leur fille.

— Bonjour, papa. On peut entrer voir Katie ? J'ai rapporté un autre livre de la bibliothèque. Il lui plaira, je crois.

Violet leva vers lui les yeux bleu clair de sa mère.

— Elle n'est pas là, ma puce, répondit-il en remontant l'allée vers chez eux, sa fille à ses côtés.

— Elle est repartie faire des courses avec Jo et Summer ? Je pourrai aller avec elles la prochaine fois ? Jo m'a promis de m'aider à choisir des vêtements.

— Nous verrons ça, mais Katie ne pourra pas vous accompagner. Un affreux jojo a blessé son frère et elle a dû rentrer chez elle.

Dylan ouvrit la porte de leur maison et regarda sa fille accrocher d'elle-même son cartable dans le meuble de l'entrée. Elle prenait le départ de Katie beaucoup mieux qu'il ne l'avait craint. Peut-être Jo s'était-elle trompée ?

— C'est pas grave. Je peux attendre qu'elle revienne. Mon jean est un tout petit peu court, mais ça ira.

— Non, Violet, tu n'as pas bien compris. Katie ne reviendra pas. Elle était désolée de ne pas pouvoir te dire au revoir, mais son frère est très grièvement blessé. Elle a dû prendre le premier avion pour New York.

Dylan vit l'instant où sa fille prit conscience de la situation. Une fois de plus, on lui laissait la lourde tâche de recoller les morceaux, enragea-t-il. À la différence près que cette fois ce n'était pas seulement son cœur qui serait brisé, mais aussi celui de sa fille.

Brusquement, Violet éclata de rire.

— C'est impossible que Katie soit partie pour de bon. Elle a laissé sa voiture. Et puis elle ne pourra pas rester à New York quand vous serez mariés. Elle va revenir vivre avec nous. C'est forcé.

— Qu'est-ce qui te fait croire que nous allons nous marier, ma chérie ?

Il avait fouillé sa mémoire à la recherche de gestes ou de paroles qui auraient amené sa fille à cette conclusion. En vain.

— Je vous ai vus vous embrasser quand vous croyiez que je dormais. Vous étiez sur la terrasse. Tu ne t'en souviens pas ?

Il se rappelait effectivement qu'un soir Violet était partie boire dans la cuisine alors qu'ils étaient tous les trois sur la terrasse.

Les avait-elle espionnés ? Et quand bien même, cela n'expliquait pas pourquoi elle était persuadée qu'ils allaient se marier.

— Viens t'asseoir à côté de moi sur le canapé, ma chérie.

Comment était-il censé s'y prendre ? Existait-il un manuel pour pères célibataires contenant un chapitre sur la façon d'empêcher son enfant de se faire des films romantiques sur son papa ?

Il respira à fond et se lança.

— Tu sais, Violet, parfois un homme et une femme s'embrassent juste parce qu'ils sont amis. Cela ne veut pas dire qu'ils vont se marier. Ce peut être simplement une façon de montrer à l'autre qu'on l'aime bien.

Voilà. Une explication simple et claire. Dommage qu'il n'en aille pas de même pour sa relation avec Katie !

— Il y a un garçon que j'aime bien à l'école. Il s'appelle Shawn Hart. Il faut que je l'embrasse ?

— Non ! Ni Shawn Hart, ni personne..

Il s'y prenait comme un manche, se fustigea-t-il, et risquait d'être entraîné sur un terrain où il n'était pas prêt à s'aventurer.

— Écoute. Tout ce que je veux te dire, c'est que Katie et moi n'allons pas nous marier. Sa vie est à New York avec sa famille, la mienne est ici, avec toi. Nous allons tous les deux la regretter, mais nous nous y habituerons.

— Ne t'inquiète pas, papa. Katie va très vite revenir, tu verras.

Elle le regarda avec une expression qu'il connaissait bien : inutile de discuter, elle camperait sur ses positions.

Katie fit défiler ses textos et s'arrêta sur le seul que lui avait envoyé Dylan depuis qu'elle avait quitté Key West. Elle le relut pour la énième fois.

Comment va ton frère ?

Mieux que ce qu'on craignait. On l'extube ce matin et après il devrait quitter les soins intensifs.

Comment va Violet ?

Ça va.

Elle avait attendu qu'il précise. En vain. Il n'avait donc rien eu d'autre à lui dire que ces deux petits mots. Et maintenant, elle ne savait pas quelle conduite adopter.

Elle avait tapé message après message et les avait effacés aussitôt sans les envoyer. Ses dernières paroles, lorsqu'il lui avait dit de ne se soucier de rien à Key West et qu'il se chargeait de tout, avaient signé un point de rupture définitive.

On sonna à sa porte. C'était son père.

— Que se passe-t-il ? s'affola-t-elle.

— Rien, ne t'inquiète pas, s'empressa-t-il de la rassurer. Je voulais juste passer un peu de temps tranquillement en tête à tête avec ma fille. Il y a trop de monde dans cette salle d'attente. Je peux avoir un café ?

Son père avait les yeux cernés et son uniforme, habituellement impeccable, paraissait aujourd'hui avoir été porté sans interruption pendant des jours. Elle ne se souvenait avoir vu son père dans cet état qu'une seule fois dans sa vie : quand elle-même avait été à l'hôpital.

— Je crois que tu as davantage besoin de dormir que de boire un café.

— Pour le moment, sers-moi un café s'il te plaît. Je me reposerai plus tard.

Il s'assit néanmoins sur la chaise la plus proche et, après avoir mis la cafetière en route, Katie revint vers lui.

— Franchement, papa, tu peux t'autoriser une pause. Junior est tiré d'affaire.

— Je sais. Je rentre à la maison dès que je pars d'ici. Je suis juste allé au palais de justice pour m'assurer qu'aucun juge ne laissera de nouveau en liberté ce meurtrier, qui a tiré sur deux de mes enfants. *Deux* !

En même temps qu'il prononçait ce dernier mot, il se leva et gagna la cuisine. Son père appartenait à une génération d'hommes qui ne laissaient transparaître aucune émotion susceptible d'être interprétée comme de la faiblesse. Elle lui laissa quelques minutes pour se ressaisir avant de le rejoindre.

— Alors, quand repars-tu pour Key West, Katie ?

De surprise, elle avala son café de travers et fut prise d'une quinte de toux qui l'empêcha de parler pendant quelques instants.

— Je ne crois pas que je vais y retourner, répondit-elle en posant sa tasse et en essuyant le plan de travail pour la énième fois ce matin.

— Ton contrat durait jusqu'au premier du mois, non ? À mon avis, tu devrais le terminer.

— Tu as tellement hâte de te débarrasser de moi ?

Son père parlait rarement pour ne rien dire. Le café n'était qu'un prétexte. S'il était passé la voir ce matin, c'est qu'il avait une idée derrière la tête, mais qu'il ne dévoilerait que lorsqu'il le jugerait opportun.

— Bien sûr que non ! J'aime bien avoir tous mes enfants à proximité pour pouvoir leur venir en aide, le cas échéant.

Katie savait qu'il était sincère. Dylan avait manifesté le même sentiment paternel lorsqu'il avait exprimé sa crainte de ne pas pouvoir protéger sa fille de sa mère s'il n'en obtenait pas la garde exclusive.

— Si tu ne veux pas aller jusqu'au terme de ton contrat, c'est à toi de voir. Mais tu dois retourner à Key West de toute façon. La jeep ne va pas rentrer toute seule à New York.

Son père avait raison. Dylan avait bien proposé de lui expédier toutes ses affaires, mais un billet d'avion reviendrait moins cher.

Seulement, un retour à Key West signifierait faire de nouveau ses adieux.

— Et puis, d'après tes frères, tu paraissais heureuse là-bas. Comme l'ancienne Katie.

— Tu veux dire comme ce que j'étais avant qu'on me tire dessus ?

Visiblement, le rappel de cette nuit gênait autant son père qu'il l'avait gênée elle avant son séjour à Key West. Avant que Dylan ne l'encourage à reprendre ses séances avec la psy.

— Tu sais, je ne vais pas m'effondrer si tu mentionnes la fusillade, papa.

Plus maintenant. Plus jamais. Aussi difficile que ce soit, elle ne fuirait plus le souvenir de cette nuit-là. En le laissant dans l'ombre, elle avait permis à cet événement de prendre de l'emprise sur elle. Mais maintenant qu'elle l'affrontait, elle savait que, même si elle était changée à jamais, elle était aussi forte qu'avant. Voire plus forte.

— J'aurais dû te parler plus tôt, dit son père. Mais j'étais sous le choc. J'ai toujours eu conscience que tes frères couraient le risque d'être blessés en opération. Mais toi ? Ce n'était pas censé t'arriver.

— Allez, papa, le rassura-t-elle en le prenant dans ses bras. Tout va bien. Je vais me rétablir. Junior aussi.

Alors, pour la première fois depuis la fusillade, assis à la petite table de la cuisine de Katie, le père et la fille parlèrent de l'événement et des conséquences psychiques pour elle.

Une heure plus tard, après la promesse de son père de rentrer directement chez lui se reposer et celle de Katie de ne plus s'interdire, par peur de l'inquiéter, de se confier à lui, ils se dirent au revoir en pleurant. Elle reprit alors son téléphone. Un message de Jo l'attendait.

Dylan nous a dit ce qui était arrivé à ton frère. Comment va-t-il ? Et toi ?

Katie n'hésita pas une seconde avant de répondre et de suivre le conseil de son père.

Très bien. À bientôt, Jo.

Là-dessus, elle alla dans sa chambre faire ses bagages.

13.

— Katie ! hurla Violet en jaillissant de la voiture devant chez Katie.

Dylan avait appris par Jo en même temps que toute l'équipe le retour de Katie, mais il ne s'était pas attendu à la voir si vite. Il avait passé des heures chez lui devant sa fenêtre, les yeux rivés sur la maison qu'il avait cru que Katie n'occuperait plus jamais. À tort donc.

L'espace d'un instant, en la voyant avec son visage radieux et ses cheveux dansant dans la brise marine, il fut submergé par une bouffée d'espoir. Jusqu'à ce qu'il remarque sa valise. Bien sûr ! Quel idiot ! Elle était seulement venue terminer son contrat de travail. Elle allait repartir.

Et l'enfer qu'il avait vécu en la regardant s'éloigner à l'aéroport recommencerait. Instinctivement, il porta sa main à ses lèvres au souvenir du baiser qu'elle lui avait donné avant de s'en aller. Un baiser qu'il ne pourrait jamais oublier. En fait, les souvenirs qu'il avait pensé capables d'apaiser la douleur de son départ le torturaient.

Raison de plus pour ne plus s'approcher d'elle.

— Bonjour, dit Katie en descendant du perron.

— Je suppose que ton frère va mieux, observa-t-il en posant une main sur l'épaule de sa fille, comme pour la retenir.

— Il sort de l'hôpital demain, dit-elle visiblement mal à l'aise.

— Tu vois, papa, je t'avais dit que Katie reviendrait, déclara Violet sur le ton de l'évidence.

— Oui, je vois. Dis donc, Violet, tu as un devoir de géographie à terminer, il me semble.

La situation était suffisamment délicate entre Katie et lui sans que sa fille vienne y mêler ses folies romantiques.

— Oui, mais je voulais juste parler un peu avec Katie. Elle peut venir dîner à la maison, s'il te plaît, papa ?

— Nous mangeons chez tes grands-parents ce soir, inventa Dylan en notant mentalement de prévenir le plus rapidement possible sa mère de leur venue.

Il ne voulait rien faire qui puisse encourager Violet dans l'idée que Katie et lui étaient en couple. Il devait au contraire lui rappeler que Katie n'était rien de plus qu'une amie et ne resterait pas indéfiniment à Key West.

— Je vois que tu es très occupée ce soir, Violet, dit Katie avant de se tourner vers Dylan. J'ai vu sur le tableau de service que je suis notée pour quatre jours complets d'affilée la semaine prochaine.

— Jo et Casey ont pris des congés et j'ai pensé que ça ne te dérangerait pas pour ta dernière semaine, répondit Dylan, conscient que sa fille ne perdait pas une miette de leur échange.

— Ça ne me dérange pas, assura Katie avant de s'adresser de nouveau à Violet.

— Que dirais-tu qu'on se prévoie bientôt une journée peinture ? Si ton papa est d'accord, bien entendu.

Dylan croisa le regard de Katie et de sa fille. Impossible pour lui de leur refuser ce dernier jour ensemble.

— Pas de problème, répondit-il. Mais dans l'immédiat, nous devons aller nous préparer pour ne pas arriver en retard chez mes parents.

Un prétexte pour écourter une situation qui devenait pénible.

Katie effectuait sa dernière mission à Key West. Dans deux heures, elle débaucherait définitivement. Pour le moment, elle n'avait pas d'autre choix que de prendre place dans l'hélicoptère, à côté d'un Dylan à la mine sombre, qui l'avait totalement ignorée depuis qu'elle était revenue. Dès que l'appareil s'éleva, elle sentit son ventre se nouer. Et la vitesse à laquelle ils volaient n'était nullement en cause.

— On arrive, annonça bientôt Roy dans le casque.

— J'ai contacté l'hôpital de Miami, dit Dylan. Ils acceptent le blessé et préviennent leur neurochirurgien.

— La police sécurise la scène, poursuivit Roy comme il virait sur l'aile. La zone est dangereuse, semble-t-il. Le suspect a été mis en garde à vue. Apparemment, il s'agit d'une bagarre d'ivrognes.

Six minutes après avoir décollé, Roy posait l'appareil sur l'aire indiquée par les pompiers de la petite île.

— Où se trouve notre patient ? demanda Dylan à l'agent désigné pour les escorter.

Plus personne ne se battait, mais le nombre élevé de personnes en état d'ébriété continuait à inquiéter les policiers.

— Par ici, dit le jeune agent en les menant vers une cabane constituée de gros poteaux qui soutenaient un toit en branches de palmier.

— Ils appellent ça un bar ? demanda Katie à Dylan tandis qu'ils avançaient dans un chemin sablonneux entre deux haies de badauds.

— C'est un bar tiki, expliqua Dylan en lui parlant directement pour la première fois depuis des jours. Ils sont très prisés par les touristes.

Katie découvrit alors avec surprise que leur patient était allongé sur le comptoir et qu'une femme d'un certain âge, la seule personne sobre avec les secouristes, essuyait du sang avec son torchon. Une atmosphère vraiment bizarre.

— Prenons ce monsieur et fichons le camp d'ici, dit Katie.

— Ça va aller, répondit Dylan en la poussant doucement devant lui, une main dans le creux de ses reins.

Elle sursauta à ce contact. Même l'épais tissu de sa combinaison, conçu pour résister aux chaleurs les plus extrêmes, ne l'en protégea pas.

Mais alors qu'ils allaient atteindre le comptoir, elle comprit la raison de la soudaine sollicitude de Dylan : il croyait qu'elle se sentait oppressée à cause du monde autour d'eux. Elle s'en serait amusée si elle avait eu le cœur à rire. Il ne lui avait accordé l'attention qu'elle attendait pourtant depuis son retour à Key West que lorsqu'il avait pensé qu'elle avait besoin de lui pour surmonter sa crise d'angoisse.

— Ce ne sont pas eux qui me gênent, dit-elle avec un mouvement du menton en direction des badauds qui commençaient d'ailleurs à se disperser depuis que le policier leur avait expliqué que le bar était fermé pour la nuit. C'est elle.

Elle désignait la femme qui rangeait à présent l'arrière du bar, totalement indifférente au blessé allongé sur son comptoir.

— Quel manque d'empathie ! C'est terrible.

Dylan opina de la tête et s'avança sans un mot pour examiner le blessé.

Finalement, elle aurait préféré une crise d'angoisse qui lui aurait épargné la froideur incompréhensible de Dylan, songea Katie avec amertume.

En dehors d'une fracture de l'orbite et d'une vilaine coupure à la main, que Dylan pansa prestement, la victime ne souffrait que de blessures légères. Ils chargèrent donc sans attendre l'homme dans l'hélicoptère.

Ce ne fut que durant le trajet de retour après avoir déposé le blessé à l'hôpital de Miami, alors qu'elle regardait par la vitre, que Katie prit pleinement conscience qu'elle survolait cette magnifique étendue d'eau pour la dernière fois.

Et pour la dernière fois aussi, elle était assise côte à côte avec Dylan, quasiment collée contre lui dans la cabine exiguë. Une position qu'elle avait toujours aimée. Jusqu'à maintenant. Le contact de la main de Dylan sur sa taille tout à l'heure avait réveillé le désir violent qui l'avait consumée il n'y a pas si longtemps. Et lui, de son côté, qu'avait-il ressenti ? Il y a quelque temps encore, avant qu'il ne l'ignore délibérément, elle n'aurait pas hésité à lui poser la question, à explorer avec lui leur désir.

Heureusement, il ne lui restait plus qu'un jour à passer ici. Ensuite, elle plierait bagage et partirait pour New York. Elle ne s'imaginait pas supporter plus longtemps que Dylan se comporte comme si ce qu'ils avaient partagé si récemment encore n'avait jamais existé.

Dire qu'à peine deux mois plus tôt, elle avait cherché à s'éloigner de chez elle pour se rétablir et qu'aujourd'hui c'était l'inverse !

Difficile parfois de comprendre la vie.

14.

Toute la matinée, les éclats de rire étaient parvenus à Dylan de la terrasse de Katie. La plupart venaient de sa fille. Mais se mêlaient parfois ceux, plus doux, de Katie.

Il aurait pu fermer la porte donnant sur sa propre terrasse, ainsi que les fenêtres qu'il avait ouvertes pour rafraîchir la maison, ou bien se réfugier dans une pièce hors de leur portée. Il avait préféré laisser la musique de leurs voix emplir l'espace pendant qu'il vaquait à ses occupations du week-end. Une décision masochiste, indiscutablement. Mais comment aurait-il nié qu'il prenait plaisir à les entendre bavarder et s'amuser pendant qu'elles peignaient ?

Si Violet s'abstenait de toute remarque sur le départ de Katie, c'était uniquement parce qu'il l'avait menacée de la priver de télévision. Il n'avait pas trouvé d'autre solution après ses vaines tentatives pour expliquer à sa fille de huit ans que les relations entre grandes personnes ne fonctionnaient pas dans la vraie vie comme dans les films d'animation dont elle se régalait.

Les coups frappés à sa porte de derrière le ramenèrent brutalement à l'instant présent et il vit Violet traverser la pièce en courant avec plusieurs grandes feuilles de papier.

— Bonjour, dit Katie en entrant.

Elle portait sous le bras une toile dont il ne voyait que l'envers.

— Désolée. J'essayais de lui expliquer que je devais rentrer chez moi à New York maintenant que mon contrat de travail à Key West était terminé.

Violet claqua la porte de sa chambre, laissant les deux adultes en tête à tête. Dylan avait su que ce jour arriverait inéluctablement et s'était préparé, autant que cela était possible pour un père, à voir sa fille souffrir.

— Ce n'est pas ta faute, dit-il.

C'est à lui qu'il en voulait. Il avait su que, quelles que soient les circonstances dans lesquelles il surviendrait, le départ de Katie serait difficile à accepter pour sa fille et pour lui. Ils le vivraient tous deux comme une répétition de l'abandon de Lily.

— Je voulais te donner ça, Dylan. Je crois qu'il t'avait plu, mais tu n'es pas obligé de l'accrocher.

Il prit le tableau et découvrit avec surprise qu'il représentait le héron blanc qui avait tant émerveillé Katie.

— Tu es sûre que tu ne veux pas l'emporter avec toi ?

— J'en ai un autre. Je vais aussi laisser mes fournitures dans la maison pour Violet.

Elle baissa la tête brièvement avant de la relever.

— Je veux te remercier pour tout ce que tu as fait. Pour…

Elle rougit.

— J'avais besoin d'un ami quand je suis arrivée. Merci d'avoir été là. D'avoir été cet ami.

Comment pouvait-elle comparer ce qui avait existé entre eux à une simple amitié ? s'indigna Dylan.

— Je dois y aller. J'ai rendez-vous en ville avec Jo et Summer.

La toile toujours à la main, il la regarda se hâter de partir. Étaient-ce des larmes qu'il avait vues dans ses yeux ?

— Pourquoi tu ne lui as pas dit de rester ? lui reprocha avec véhémence Violet qui avait surgi derrière lui. Elle nous aime. Je le sais. Demande-lui. Elle te le dira.

Évidemment, sa fille avait écouté aux portes !

— On ne demande pas ce genre de chose, ma chérie.

— Mais alors, comment tu sais ce qu'elle aurait décidé si tu ne le lui proposes pas ?

Violet maîtrisait de moins en moins le volume de sa voix.

— Tu fais exactement comme avec maman, cria-t-elle presque en fondant en larmes.

Il se baissa et prit sa fille dans les bras.

— Oh ! Mon chou ! Ta maman ne pouvait pas rester. Elle

aurait été malheureuse ici. Elle n'est pas partie parce qu'elle ne t'aime pas mais parce qu'elle ne supporte pas de vivre longtemps au même endroit.

— Katie, elle, elle peut, mais tu as peur de le lui demander, rétorqua Violet en se libérant de l'étreinte de son père. Tu m'as toujours dit que pour connaître la réponse à une question il faut la poser.

— Oui, mais c'était pour te dire d'oser demander des explications à ta maîtresse quand tu ne comprends pas quelque chose. Là, c'est différent.

Comment lui expliquer que les choses n'étaient pas aussi simples que ce qu'elles le paraissaient quand on avait huit ans ?

— Tu veux que je lui demande pour toi ? proposa Violet en se dirigeant vers la porte de derrière.

— Violet Louise Maddox, arrête-toi tout de suite avant que je ne te consigne dans ta chambre pour toujours.

— Ah ! Les hommes ! lâcha Violet avec dédain.

Là-dessus elle regagna sa chambre d'un pas rageur, une petite fille très loin de celle, gentille et douce, qui s'était levée le matin.

Dylan fut pris de vertige. Quand avait-il perdu le contrôle de cette conversation ? Lorsque sa fille lui avait lancé à la figure l'abandon de sa mère peut-être.

Violet n'avait que sept ans quand Lily était partie. Il n'avait pas trouvé les mots pour lui expliquer qu'avant même sa naissance il avait demandé à Lily de rester. Et jamais il ne raconterait à sa fille comment Lily lui avait ri au nez en lui déclarant qu'elle en avait par-dessus la tête de vivre dans son petit bateau. Que le monde ne se réduisait pas à sa marina. Qu'elle avait besoin de davantage d'animation que lui et sa petite île pouvaient lui offrir.

Mais Katie n'était pas Lily. Katie n'abandonnerait jamais son enfant pour parcourir le monde en quête de sensations fortes. Cela dit, pourrait-elle être heureuse ici ? Avec juste Violet et lui ? Sans les lumières de New York ?

Comme le lui avait justement fait observer Violet, pour le savoir il devait poser la question à Katie.

Il se mit à errer de pièce en pièce en cherchant une manière de procéder, et soudain il sut. Il se précipita dans la chambre de sa fille pour s'apercevoir qu'épuisée à force de pleurer, elle s'était endormie.

— Violet, réveille-toi, dit-il en lui caressant les cheveux. J'ai un plan mais j'ai besoin de toi.

Katie, vêtue d'une petite robe en soie et dentelle émeraude, se tenait au milieu de Duval Street en essayant de se maintenir en équilibre sur les chaussures à talons de dix centimètres que Jo et Summer l'avaient persuadée d'acheter pour leur dernière soirée ensemble.

— Ah ! Te voilà !

Dylan avait surgi, dans un costume noir trois pièces qui lui donnait plus l'allure d'un banquier que d'un infirmier.

— Où sont Jo et Summer ? demanda Katie en prenant la flûte de champagne qu'il lui tendait.

Ses deux amies allaient devoir lui rendre des comptes, se promit-elle. Elles étaient censées sortir entre filles toutes les trois. Le minimum aurait été de la prévenir de la présence de Dylan.

— Elles sont dans le coin. Elles nous rejoindront plus tard.

— Et toi, qu'est-ce que tu fabriques ici ?

Ils avaient dépassé les galeries et magasins d'art et s'étaient arrêtés devant une petite boutique que Katie n'avait jamais remarquée auparavant.

Jo et Summer demeuraient invisibles.

— Je vais t'expliquer, mais d'abord je veux te montrer quelque chose, répondit Dylan.

Il poussa alors une porte qui ouvrait sur une salle éclairée par des lustres en cristal et dont le seul mobilier était constitué d'une vitrine sur le mur du fond. Un vieil homme tout ridé sortit d'une pièce adjacente.

— Ah ! Dylan ! Je suis content de te voir. C'est elle ta Katie, je suppose ?

— Katie, je te présente Peter.

— Enchantée, Peter, dit-elle avant de se tourner vers la vitrine.

Hypnotisée par l'étalage de bijoux étincelants dignes de chez Tiffany, Katie en oublia les explications promises par Dylan.

— C'est magnifique !

— Avant de s'installer à Key West, Peter était maître joaillier à Cuba.

Se tournant alors vers Peter, Dylan demanda :

— C'est prêt ?

— Bien sûr. Approchez.

Sous le regard intrigué de Katie, Peter sortit de dessous le comptoir une petite boîte recouverte de velours noir. À l'intérieur, se trouvait un solitaire enchâssé dans de l'or blanc et serti de petits diamants.

— Elle est superbe, s'exclama Katie, le souffle coupé.

— Une petite fille m'a dit aujourd'hui que pour connaître une réponse, il fallait poser la question.

— Elle ne manque pas de bon sens cette petite fille, observa Katie dont la voix se mit à chevroter et les mains à trembler quand elle vit Dylan se saisir de la bague.

— Oui, c'est aussi mon avis.

Il prit la main de Katie dans les siennes, qui tremblaient elles aussi.

— Katherine Lee McGee, acceptes-tu de m'épouser ?

— C'est fou ! Tu étais si froid tout à l'heure que je croyais que tu voulais que je parte.

Elle essuya une larme, puis posa ses mains sur son cœur. Il battait la chamade.

— Oui, Dylan. C'est ce que j'appelle de tous mes vœux.

C'est alors qu'elle entendit des coups frappés à la vitrine de la boutique. Elle se retourna. Quatre visages s'écrasaient contre le verre. Jo, Casey, Summer et Violet lui adressèrent de grands signes du bras avant d'envahir la bijouterie.

Violet tira sur la veste de son père et lui glissa à l'oreille, suffisamment fort pour que tout le monde entende :

— Qu'est-ce que tu attends pour l'embrasser ?

Dylan lui répondit dans un murmure tout aussi audible :

— C'est ce que j'allais faire, mais tu nous as interrompus.

Après un baiser torride, Dylan prit Katie dans ses bras.

Elle était arrivée à Key West brisée et désemparée, se rappela-t-elle en s'abandonnant à l'étreinte de Dylan et, grâce à l'amour de cet homme et au soutien de ces amis, elle ressuscitait. Enfin !

Épilogue

Du balcon de la salle de bal, Katie contemplait les lumières de New York. À l'intérieur, sa famille et ses amis faisaient la fête.

— Ah ! Te voilà ! s'écria son père en la rejoignant. Tu es aussi jolie que ta mère le jour où je l'ai épousée.

Katie virevolta sur elle-même dans la robe de dentelle et de satin que sa mère avait portée à son propre mariage. Une idée de Violet qui l'avait émue aux larmes.

— Ta mère serait tellement fière de toi. Comme je le suis moi-même.

— Merci, papa, murmura-t-elle avant d'embrasser la joue à la peau parcheminée de son père. Pour cette fête et surtout pour l'accueil bienveillant que tu as réservé à Dylan.

Son père avait mieux pris qu'elle ne l'avait craint la nouvelle de son prochain mariage avec un « surfeur » et de son installation à Key West. Elle le devait en partie à Violet dont le charme avait opéré très vite sur lui. Les frères McGee, eux, n'avaient pas été conquis aussi rapidement par Dylan. Ils lui avaient même mené la vie dure pendant un moment. Junior en particulier qui, chaque fois qu'il apercevait Dylan, se mettait à marmonner ses regrets que sa sœur ait jeté son dévolu sur un surfeur plutôt que sur un beau parti de New York.

— J'ai quelque chose d'autre pour toi, Katie, dit son père en sortant une enveloppe de sa poche. C'est l'adresse que tu m'as demandée ainsi que le nom d'un vieil ami à moi, qui pourra vous aider si besoin.

Ils furent interrompus par l'irruption de Dylan et Violet sur le balcon.

— Si vous voulez bien nous excuser tous les deux, dit le

père de Katie. Il y a un gâteau qui nous tend les bras, à Violet et moi. Tu viens, jeune fille ?

Katie attendit qu'ils soient partis pour remettre à Dylan la mystérieuse enveloppe. Elle l'observa avec anxiété l'ouvrir puis lire la lettre qu'elle contenait.

— Comment s'est-il procuré ça ? demanda Dylan.

— Des amis à lui ont accepté de lui rendre service et lui-même a effectué quelques recherches. Lily vit à Chicago depuis deux mois. Apparemment, quelqu'un peut t'aider sur place. Si nous l'appelons demain, tout pourrait être réglé d'ici la fin de notre lune de miel.

— Je ne sais pas comment remercier ton père, déclara Dylan en étreignant Katie.

— C'est son cadeau de mariage pour nous, pour notre famille.

Puis elle ajouta, la tête sur l'épaule de son mari, le regard perdu sur le paysage new-yorkais.

— C'est beau, tu ne trouves pas ?

— C'est magnifique, murmura-t-il en déposant des baisers dans le cou de sa femme. Des regrets ?

Elle pensa à la petite maison qui les attendait à Key West et deviendrait leur foyer à tous les trois. Une maison où ils s'aimeraient, où ils se disputeraient et où, elle l'espérait, ils accueilleraient bientôt d'autres enfants. Un avenir au-delà de tout ce qu'elle avait pu rêver.

Tournant le dos à la ville, elle souffla contre les lèvres de Dylan :

— Aucun. Et je n'en aurai jamais.

ANNIE CLAYDON

La pédiatre et l'urgentiste

Traduction française de
CAROLINE JUNG

BLANCHE

HARLEQUIN

Titre original :
FROM THE NIGHT SHIFT TO FOREVER

1.

C'était un vendredi soir comme les autres, dans le service des urgences. Plutôt animé, tantôt frustrant tantôt terriblement émouvant. Des larmes, des états d'ébriété et de la douleur. Mais le Dr Joel Mason n'avait aucun doute sur le fait que c'était là qu'il voulait se trouver. Tout en espérant qu'un ange tombe du ciel à tout moment.

Les Coursiers de nuit étaient une association locale du nord de Londres, dont on lui avait parlé dès son arrivée à l'hôpital, six semaines auparavant. Quand un établissement médical se retrouvait à court d'un médicament ou de matériel, il les appelait et un coursier de l'association l'apportait le plus rapidement possible. Les Coursiers de nuit travaillaient la nuit, quand les chaînes d'approvisionnements classiques étaient fermées. La plupart étaient des professionnels de la médecine capables de vérifier leurs marchandises et de l'apporter au bon endroit sans problème. Parmi eux, une femme avait attiré l'attention de Joel. Une femme en tenue de motarde, blonde, le teint pâle, sublime et rayonnante. Son sourire était incroyablement radieux, tel celui d'un ange…

Son téléphone vibra dans sa poche. Peu importait quel coursier venait livrer, l'essentiel était qu'il soit arrivé. L'association avait localisé le sang dont il avait besoin, ce qui en soi était un miracle car c'était un groupe sanguin rare, que la plupart des établissements de santé n'avaient pas en stock.

— Il est arrivé.

Il se tourna vers l'infirmière qui surveillait l'évolution de l'état de la patiente sur le moniteur.

— Je vais le chercher.

Il ouvrit la porte du box, juste à temps pour prendre le colis que la coursière lui tendait. Il ouvrit la bouche pour la remercier mais sa gorge était sèche. La coursière retira son casque de moto et ses boucles blondes retombèrent autour de son visage. Pour la première fois, il vit qu'elle avait les yeux bleus. Bleu saphir.

— Tout va bien ? demanda-t-elle d'une voix mélodieuse dans laquelle il crut percevoir une note d'humour. Tenez, signez.

Elle ouvrit son blouson en cuir et en sortit une fiche.

Joel ouvrit le colis, regarda à l'intérieur et vérifia qu'il contenait la quantité et le type de sang qu'il avait demandé. Puis il prit la fiche, la parcourut des yeux et gribouilla son nom au bas de la page.

— Merci. Vous nous sauvez la vie.

— C'est le but, répondit-elle en décochant une esquisse de sourire, avant de se retourner et de partir.

Il hésita, résistant à l'envie de lui courir après pour lui demander son nom. Puis il secoua la tête et retourna dans le box, le colis sous le bras.

Robbie Hall quitta le service des urgences en saluant la réceptionniste. Puis elle ouvrit la poche de son blouson en cuir et en sortit son portable. Elle composa le numéro des Coursiers de nuit.

— Coursiers de nuit, j'écoute. En quoi puis-je vous aider ?

— Glen, dis-moi simplement que je n'ai plus de livraison pour aujourd'hui.

Glen se mit à rire.

— Non, on a fini. Tu as vu l'heure ?

Le soleil s'était déjà levé et, sur la route, la circulation inexistante une demi-heure plus tôt avait commencé à s'intensifier. Elle essaya de deviner quelle heure il pouvait être.

— Je ne sais pas. 7 heures ?

— Presque huit. Et tu as fini ta nuit. Nous n'avons plus d'appels.

— Bien. Merci. Je vais prendre un petit déjeuner à la cafétéria.

— Tu as rencontré le nouveau médecin ?

Il n'y avait rien d'étonnant à ce que Glen lui pose la question. En plus d'être kinésithérapeute en pédiatrie de jour et de travailler à l'association la nuit, Glen était un entremetteur invétéré. Qui semblait, depuis quelque temps, considérer Robbie comme son défi le plus difficile à relever.

— Celui qui a deux têtes ? Une haleine à faire s'évanouir un dragon ? Et il m'a semblé voir une queue dépasser derrière sa blouse blanche…

Elle s'interrompit et envoya des excuses silencieuses pour avoir terni sans raison la réputation du Dr Mason.

— Tu es trop difficile, Rob. Tu sais, on voit une personne sous un jour complètement différent quand on prend le petit déjeuner avec elle.

Robbie n'avait aucune intention de prendre le petit déjeuner avec qui que ce soit. Ni ce matin, ni les suivants. Elle avait vu le Dr Joel Mason de loin, quand il avait fait une visite éclair du département des urgences pédiatriques. Quelques infirmières qui avaient eu l'honneur de lui être présentées lui avaient dit qu'il était le nouvel urgentiste, et confirmé qu'il était aussi beau de près que de loin. Robbie était d'accord avec elles mais cela n'allait pas plus loin.

— Je n'aurai pas cette chance ce matin. J'ai trop faim. Tu veux que je te rapporte un sandwich œuf-bacon ?

— C'est lui qui serait chanceux, Rob. Et, non merci pour le sandwich, Carla m'a préparé une soupe et des friands à la viande.

— Arrête-toi tout de suite !

La femme de Glen était une excellente cuisinière. Le ventre de Robbie se mit à gargouiller.

— Ils sentent délicieusement bon. Et encore meilleur quand je les aurai réchauffés un peu…

— Glen, je raccroche. En fait, je ne te reparlerai plus jamais, alors je te souhaite une belle vie…

Glen éclata de rire et elle raccrocha.

Le personnel de la cafétéria se préparait à l'assaut matinal des équipes de nuit qui finissaient leur service. Le pain était tout frais. Quand Pete vit le casque et le blouson de cuir, il déposa une tranche supplémentaire de bacon sur des œufs cuits exactement comme elle les aimait.

— La nuit a été bonne, docteur Hall ?

— Elle est parfaite grâce à vous, Pete, merci ! Il ne me manque plus qu'un café allongé…

Pete posa sur son plateau le café qu'il venait de préparer et lui fit signe de s'éloigner de la caisse.

— Il se trouve que, la semaine dernière, vous avez apporté du matériel pour la fille d'un type qui a pas mal d'argent. Il a contacté le président du conseil d'administration et a ouvert un compte pour les Coursiers de nuit.

Robbie hocha la tête. Le type qui avait pas mal d'argent était un parlementaire, dont la fille avait eu besoin d'un respirateur artificiel.

— Gardez le compte pour les autres. Je vais payer mon petit déjeuner.

Pete eut l'air offensé.

— J'ai mis au point un tableau pour que tout le monde ait son petit déjeuner. Ne venez pas mettre la pagaille dans le système.

Le système de Pete était plus important que la gêne de Robbie à l'idée qu'on lui offre le petit déjeuner.

Elle prit son plateau en souriant.

— Dans ce cas, merci. Le petit déjeuner sera encore meilleur !

Elle s'assit à une table libre, dans un coin, et retira les gants fins qu'elle portait sous ses gants de moto. La petite plaque d'eczéma qu'elle avait sur le dos de sa main s'estompait. D'ailleurs, elle ne la démangeait plus du tout. Et le sandwich œuf-bacon avait un avant-goût de paradis.

Elle sirota son café et sentit son corps se détendre. Elle allait pouvoir rentrer chez elle et dormir, enfin. Puis le reste de la journée suivrait son cours. Peut-être prendrait-elle le temps de cuisiner un peu, au lieu de sortir un plat tout prêt du congélateur. Elle s'était mise à cuisiner, récemment, et trouvait que cela l'aidait à décompresser. Si les résultats n'étaient pas toujours convaincants sur le plan gastronomique, le simple fait de mettre la pagaille dans la cuisine et de tout ranger ensuite la détendait. Ce samedi s'annonçait plutôt bien, donc, jusqu'à ce qu'une ombre se projette sur sa table et lui fasse lever la tête.

C'est vrai qu'il était beau. Même si, à y regarder de plus près, son sourire n'était pas tout à fait symétrique. Pas symétrique mais autrement plus séduisant que n'importe quel visage aux traits parfaitement alignés.

— Bonjour ! Est-ce que je peux me joindre à vous ?

Elle avait fini de déjeuner, ce ne serait donc l'affaire que de quelques minutes. Elle se pencha pour retirer son casque du siège en face du sien et le posa sur le banc, près d'elle.

— Bien sûr ! Comment va votre patiente ?

— Beaucoup mieux. Elle avait perdu beaucoup de sang. Maintenant, on va pouvoir l'envoyer au bloc pour sa jambe cassée.

Elle eut l'impression que ses yeux noirs l'aimantaient et elle eut toutes les peines du monde à détourner le regard. Cet effort était déstabilisant, elle eut envie de se lever d'un bond et de partir plutôt que de le regarder poser son plateau sur la table et s'asseoir face à elle.

— Tant mieux, dit-elle en jouant avec une miette de son sandwich en essayant de rester concentrée.

— Je suis nouveau ici. Joel Mason.

Elle prit sa tasse de café et le salua d'un hochement de tête au lieu de serrer la main qu'il lui tendait. *Pas touche !*

— Je sais. Robbie Hall. Je travaille aux urgences pédiatriques.

— Ici ? Excusez-moi, on m'a présenté tellement de monde en peu de temps.

Il secoua la tête comme s'il se demandait comment il avait pu oublier.

— Nous n'avons pas été présentés. Je vous ai vu de loin, l'autre jour.

Elle devait donner l'impression de s'être pâmée comme le faisaient probablement toutes les femmes sur son passage. Le léger sourire en coin qu'il lui adressa ne l'aida pas à se ressaisir.

— J'étais en train de m'occuper d'un petit garçon de quatre ans qui avait avalé une pièce de vingt pence.

Par chance, l'information médicale suffit à détourner son attention.

— Il va bien ?

— Oui, elle se trouvait dans son estomac. Nous avons fait une autre radio, quelques jours plus tard, et elle était partie.

Elle but une gorgée de café. Il prit son couteau et sa fourchette et s'attaqua à son copieux petit déjeuner.

— J'aimerais en savoir plus sur les Coursiers de nuit.

Elle se réjouit de pouvoir détourner son attention de la mâchoire carrée et des larges épaules de son interlocuteur. De ses cheveux bruns épais, coupés court dont la rigueur contrastait avec la douceur de ses yeux, hypnotiques…

Et le fait que quelqu'un porte de l'intérêt aux Coursiers de nuit était toujours positif. Robbie avait travaillé dur pour créer l'association, dont elle avait financé la quasi-totalité avec son fonds fiduciaire. C'était son bébé, en quelque sorte, même si elle ne cherchait pas à le crier sur les toits. Elle préférait rester en retrait et continuer à faire ce qu'elle avait vraiment envie de faire. À part Glen, personne ne savait qu'elle avait assuré la majeure partie du financement.

— Vous avez envie de nous aider ?

Joel arrêta sa fourchette à quelques centimètres de sa bouche.

— Pourquoi pas. De quoi avez-vous besoin ?

Bonne question. Celle que les Coursiers de nuit passaient leur temps à demander aux médecins.

— De beaucoup de choses. De personnel médical qualifié capable de comprendre le système et de trouver tout ce qu'on leur demande. De coursiers, capables de vérifier que le matériel qu'ils livrent est le bon. Et c'est encore mieux si vous connaissez Londres. En général, on ne peut pas se permettre de se perdre.

— On vous appelle en urgence pour vous demander quelque chose, vous vous le procurez et le livrez ?

— C'est cela. C'est un peu différent en ce qui concerne le sang. Nous utilisons les canaux officiels. La nuit, il est plus facile de livrer les marchandises qui nécessitent un transport rapide et fiable, sans avoir à passer par les service d'un taxi.

Coursiers de nuit n'est pas la seule association à faire ce genre de travail, il en existe plusieurs dans tout le pays. Nous effectuons des livraisons locales, auprès des établissements de santé du nord de Londres.

— Et quels sont les horaires de travail ?

— Nous sommes ouverts de 20 heures à 8 heures du matin mais chacun donne le temps qu'il peut donner. En général, je fais soit la nuit entière, soit de minuit à 8 heures, parce que je travaille de nuit à l'hôpital. Mais souvent, ceux qui travaillent de jour préfèrent travailler de 20 heures à minuit. Ou tôt le matin.

— Combien de nuits par semaines ?

— Moi, une, parfois deux. Glen, notre coordonnateur, veille à ce que personne ne fasse plus qu'il ne peut. Beaucoup de gens viennent travailler une ou deux nuits par mois.

Elle devait donner l'impression de ne pas avoir de vie, entre son travail à l'hôpital pendant la semaine et ses heures à l'association le week-end. Ce qui n'était pas tout à fait faux.

Rien chez Joel n'indiqua que l'idée lui avait traversé l'esprit. S'il avait *vraiment* envie d'être bénévole aux Coursiers de nuit, elle ne pouvait pas refuser. Plus il y avait de bénévoles, mieux c'était. Le seul problème serait de faire fi de sa beauté et de sa sensualité à fleur de peau.

— Et tout le monde est à moto ?

— Non, je suis la seule. L'association a quelques véhicules pour les livraisons mais beaucoup de bénévoles préfèrent utiliser leur propre voiture et demandent une indemnité kilométrique. Ils travaillent souvent par deux.

— Pas vous, fit-il remarquer en souriant.

— Je préfère travailler seule.

La moto était une bonne excuse pour le faire.

Il hocha la tête, coupa un bout de son toast et le trempa dans le jaune d'œuf. Elle le laissa mâcher tranquillement puis, n'y tenant plus, lui posa la question qui lui tenait certainement plus à cœur qu'elle n'aurait dû.

— Alors ? Vous avez envie de vous joindre à nous ?

— J'aimerais en savoir plus.

Encore une bonne réponse. Robbie avait remarqué que les personnes qui avaient besoin de plus d'informations avant de s'engager étaient souvent celles qui avaient vraiment envie de se rendre utile. Beaucoup promettaient monts et merveilles au bout de cinq minutes de conversation mais on ne les revoyait plus jamais.

— Vous pouvez parler avec Glen. C'est lui, le chef.

C'était vrai, en ce qui concernait la marche des opérations au quotidien. Glen connaissait le père de Robbie depuis des années. Ils avaient travaillé ensemble sur plusieurs projets d'associations caritatives.

Quand Robbie avait eu l'idée des Coursiers de nuit, son père le lui avait présenté et ils s'étaient d'emblée bien entendus. Depuis, ils faisaient équipe. Il avait accepté qu'elle gère l'antenne du nord de Londres, où elle avait trouvé sa place et où elle était jugée sur ses actes, jour après jour, plutôt que sur l'argent qu'elle avait sur son compte.

— Où est-ce que je peux le joindre ?

— Je peux lui dire de vous appeler. Vous pouvez aussi passer au bureau, entre 20 heures et 8 heures du matin. Cela vous permettra de voir comment fonctionne l'association.

— Parfait. Je peux passer ce soir. N'importe quand à partir de 20 heures.

Il ne perdait pas de temps en tergiversations. Le samedi était un bon jour pour visiter les locaux de l'association. C'était l'une des nuits les plus chargées, il verrait à quoi ils étaient confrontés. Et, par un heureux hasard, elle y serait aussi.

— Ce soir, c'est très bien. Glen arrive à 21 heures. Venez à cette heure-là. Et je serai là aussi, je pourrai vous faire visiter.

Elle sortit son calepin de son blouson et griffonna l'adresse. C'était en général le second obstacle majeur : si Joel parvenait à trouver le bureau, c'était qu'il avait vraiment l'intention de s'engager.

— Super, merci. Alors à ce soir ! dit-il en pliant le papier sans même le regarder, avant de le fourrer dans sa poche.

Elle but sa dernière gorgée de café, se leva et prit son blouson et son casque.

— D'accord. À ce soir !

Il était rentré chez lui et avait dormi huit heures. Puis il était tombé sur le bout de papier et avait essayé de le déchiffrer pendant un moment. Les indications que Robbie lui avaient données étaient curieuses. Il en avait conclu que le mieux était de se rendre sur place.

Orton Road était facile à trouver. C'était à dix minutes à pied de la station de métro située juste avant celle de l'hôpital. Il marcha jusqu'au bout de la rue et, suivant les instructions, tourna à gauche, sur un chemin coincé entre un grand mur et le côté de la dernière maison de la rue. Puis il emprunta, sur la droite, une passerelle qui enjambait un petit cours d'eau, l'un des affluents de la Tamise.

Il descendit quelques marches et se retrouva sur un large chemin riverain, bien éclairé et encore fréquenté, où étaient amarrées des péniches. Il s'arrêta et relu les indications.

Avancez jusqu'au bâtiment en tôle ondulée bleu turquoise.

Maintenant qu'il se trouvait là, l'idée d'un bâtiment en tôle ondulée bleu turquoise paraissait moins loufoque. Il avait déjà traversé cette rivière plusieurs fois en voiture, un peu plus en amont, et savait vaguement qu'il y avait des péniches à cet endroit. Mais à y regarder de plus près, la zone ressemblait à un village, niché en plein cœur de Londres mais assez abrité des regards. Il reprit la marche et aperçut un bâtiment très coloré, un peu en retrait du chemin de halage.

C'était un bâtiment, au toit à double pente, avec un auvent devant la porte d'entrée, et peint dans un bleu turquoise particulièrement vif. Il semblait avoir été construit en tôle ondulée mais dont la porte voûtée, les fenêtres et les volets étaient en bois. Joel n'avait jamais rien vu de semblable. L'effet général était à la fois curieux et charmant.

À côté de la porte, une plaque portait le nom de l'association. Rassuré d'être au bon endroit, il frappa. Il entendit des bruits de pas et se demanda s'il devait attendre ou entrer, lorsque la porte s'ouvrit soudain.

Robbie portait un jean et un gros pull en laine rouge, ses cheveux bouclés encadraient son visage adorable et elle avait un stylo coincé sur l'oreille. L'effet était charmant mais pas curieux du tout.

— Bonjour. Ce n'est pas la peine de frapper, tout le monde entre comme ça. Vous avez trouvé !

Elle s'écarta pour le laisser entrer dans une grande salle ouverte. Des lampes tombaient des poutres en bois soutenant le toit et les murs étaient couverts de panneaux de bois blancs. Elle était seule mais le coin salon confortable et les deux bureaux en L à l'autre bout de la pièce indiquaient que le bureau était conçu pour qu'on y travaille à plusieurs.

— Comme vous voyez. Mais qu'est-ce que c'est que cet endroit ?

Robbie referma la porte derrière lui en souriant.

— C'est une église en tôle ondulée. Vous n'en n'avez jamais vu ?

— Non. Vous voulez dire qu'il existe d'autres bâtiments de ce genre ?

Elle se mit à rire et il eut l'impression que la pièce s'illuminait encore davantage.

— On a construit ces églises dans la seconde partie du XIXe siècle. Elles étaient pas chères et pouvaient être démontées et remontées selon les besoins de la population, souvent des ouvriers du bâtiment qui construisaient les voies ferrées et les canaux.

— D'où la porte et les fenêtres en bois, dit-il en scrutant la grosse porte en chêne éraflée et bossuée par les années.

— Oui, elles ont toutes de très belles portes qui, si elles sont bien entretenues, peuvent durer des siècles. Ce bâtiment a été construit sur un soubassement en briques, il a plutôt bien survécu. C'était une salle communautaire. Nous avons de la chance parce que ce genre de curiosités architecturales est très en vogue. Mais les gens qui l'ont vendue ont exigé qu'elle reste un lieu social.

— Ils ont accepté que vous la peigniez en turquoise ?

C'était une jolie couleur qui s'accordait bien au caractère du bâtiment mais il se demanda ce qu'en pensaient les historiens de l'art.

— Oh ! toutes ces églises sont peintes dans des couleurs vives. Cela fait partie de leur charme. Il y en a des jaunes, des bleu pâle… De fait, il y en a pas mal dans différentes nuances de turquoise.

Une sonnerie de téléphone l'interrompit.

— Je reviens tout de suite. Entrez et installez-vous.

Elle se dirigea vers l'un des bureaux et décrocha le téléphone. Joel alla s'asseoir sur l'un des canapés. Il leva la tête en entendant deux personnes entrer.

— Bonjour, vous êtes le médecin de Robbie ? dit l'un des deux hommes en lui tendant la main.

Il se leva. Le médecin de Robbie… C'était mieux que rien… pour commencer. Il chassa cette pensée de son esprit. Il n'avait aucune intention de créer des liens avec une femme. Il avait des amis, des collègues, des connaissances. Il pouvait envisager une aventure, à la rigueur. Mais toute relation tant soit peu sérieuse exigeait une confiance qu'il n'était pas certain d'avoir.

— Je suis Joel Mason, dit-il en serrant la main tendue. Je suis urgentiste à l'hôpital Fitzrovia. J'ai rencontré Robbie ce matin quand elle est venue livrer des poches de sang.

— Glen Taverner. Je suis kinésithérapeute pédiatrique au St Stephen. Et voici Dan Wright, l'un de mes collègues du St Stephen.

L'homme fit un signe de tête en lui serrant la main.

Glen était grand et corpulent mais il avait une gentillesse et un sourire qui enchantaient tous ses petits patients.

— Cet endroit est incroyable ! Et votre association m'a sauvé, ce matin, dit Joel.

Glen haussa les épaules.

— C'est le but. Vous voulez faire partie de l'association ?

Joel n'eut pas le temps de répondre. Robbie avait raccroché et s'adressa à eux.

— Désolée les gars, je sais que vous venez juste d'arriver mais on a un appel de l'hôpital St Stephen. Il leur faut du lait pour un prématuré.

— J'y vais, dit Glen du tac au tac.

Il se tourna vers Joel.

— Désolé. Dan vient de faire trois livraisons d'affilée. C'est mon tour. Laissez-moi vos coordonnées, je vous rappelle dans le week-end sans faute.

— Robbie m'a proposé de me faire visiter les lieux, si c'est possible. Je serai peut-être encore là quand vous reviendrez.

— Vous pouvez rester aussi longtemps que vous voulez. Et Robbie pourra vous donner toutes les informations dont vous avez besoin.

Il se dirigea vers le bureau, posa une grande boîte en plastique en échange de la fiche que Robbie venait juste de remplir.

— Merci, Glen, dit Robbie en scrutant la boîte. C'est le fameux cake au café et aux noix de Carla ?

— Oui, répondit Glen. Et s'il n'y en a plus à mon retour, je saurai à qui m'en prendre.

— Tu ferais mieux de te dépêcher de revenir, alors, dit Robbie en riant, avant de s'adresser à Joel. Carla, c'est la femme de Glen et c'est aussi une excellente cuisinière et pâtissière. Elle fait un cake au café et au noix divin !

— Il y a aussi un pain à la banane, dit Glen par-dessus son épaule. Après ça, ne dites pas que je ne prends pas soin de vous !

Il sortit et referma la porte en riant.

— Alors, cake au café et aux noix ou pain à la banane ?

— Je veux bien du pain à la banane, répondit Joel en fouillant dans sa poche. Il y a une cagnotte pour les gâteaux ?

— Non, vous pouvez garder votre argent jusqu'en janvier. On fera une collecte pour l'anniversaire de Carla. Et je n'accepte que les billets, dit-elle en souriant. Le conseil veille à ce que tous les gâteaux qu'elle fait pour nous soient financés.

— D'accord. L'association a son propre conseil d'administration ?

— Oui, comme toutes les associations caritatives. Mais c'est Glen qui décide, ici. On fait ce qu'il dit. En attendant qu'il revienne, je peux commencer à vous montrer les locaux. Puis vous verrez avec lui si vous voulez devenir bénévole.

Il n'y avait pas à hésiter. Joel savait déjà en quoi cette association était utile et l'ambiance qu'il y avait entre ses membres l'avait mis d'embléc à l'aisc. Sans parlcr du sourirc dc Robbic…

C'était décidé. Il voulait faire partie des Coursiers de nuit.

La nuit s'annonçait active. Les huit bénévoles – trois femmes et cinq hommes – avaient à peine eu le temps de se présenter à Joel et de prendre un café avant d'être envoyés pour une course. Robbie s'attendait à ce que Joel se contente d'observer les allées et venues des bénévoles en attendant le retour de Glen mais il était venu s'asseoir au bureau avec elle et avait proposé de répondre au téléphone pendant qu'elle s'occupait de localiser le matériel à apporter d'urgence aux médecins qui les appelaient.

Il était toujours à l'association à minuit, quand la pression était soudain retombée et que les appels avaient commencé à s'espacer. Il se leva et s'étira. Robbie s'efforça de ne pas le regarder. Elle reconnaissait s'en être bien sortie en faisant semblant de ne s'apercevoir de rien quand la main de Joel avait effleuré la sienne pour lui passer le téléphone. Mais à la façon qu'il avait eue de retirer promptement sa main, elle avait compris que, primo, il s'en était aperçu et, secundo, qu'il avait l'habitude de garder ses distances.

Les gens qui travaillaient la nuit le faisaient pour toutes sortes de raisons. Qui sait si les raisons de Joel étaient les mêmes que les siennes : cela ne laissait pas trop de temps pour rencontrer quelqu'un et, si cela arrivait, les horaires décalés suffisaient pour que la relation ne s'éternise pas.

— Je vais faire du café ? demanda-t-il en lui souriant.

— Oh ! merci, vous êtes un…

Un amour ? Un sauveur ? De toute évidence, il était tout cela à la fois, et il était peut-être aussi bon amant.

— Bonne idée. C'est exactement ce qu'il me faut en cet instant précis.

Joel en proposa aussi aux quatre bénévoles assis dans des fauteuils puis se dirigea vers la machine à café.

Glen s'approcha du bureau et s'assit face à Robbie. Puis il la fixa, la tête entre les mains.

— C'est un recrutement de bénévole ou un rendez-vous galant ? murmura-t-il si bas que même elle eut du mal à l'entendre.

Joel était à l'autre bout de la pièce avec Rosie qui lui expliquait comment faire des capuccinos à la machine.

— Je le connais à peine, dit-elle. C'est un recrutement.

Glen sourit.

— Quand j'ai rencontré Carla, il m'a fallu à peu près quatre-vingt-dix secondes pour savoir.

— Oui mais Carla et toi, vous êtes faits l'un pour l'autre. Si le prince charmant existe, il a dû oublier ma pantoufle de vair dans le train en rentrant chez lui.

— Tu peux toujours aller voir aux objets trouvés.

Elle leva les yeux au ciel.

— Tu vas lui demander s'il veut travailler avec nous ?

— C'est à toi de décider, Glen. C'est toi le coordonnateur de la zone nord.

Elle ne voulait pas avoir à demander à Joel s'il envisageait d'être bénévole parce qu'elle rêvait qu'il dise oui.

— C'est toi qui a créé cette association, Rob. Et qui l'as financée, dit-il à voix basse pour que les autres personnes présentes ne l'entendent pas.

— Décide, Glen.

Robbie avait répété à Glen des dizaines de fois que les décisions lui revenaient. Lui pensait que l'engagement et la contribution financière de Robbie devaient être publiquement reconnus. Mais il savait que Robbie était plus à l'aise dans l'anonymat et il respectait son choix.

— Si tu insistes pour que je prenne les décisions, je te rappelle que j'ai aussi le pouvoir de déléguer, Rob.

— Mais tu es bien meilleur que moi dans ce domaine.

Il ne semblait pas convaincu. Il haussa les épaules et se leva en marmonnant. Puis il rejoignit Joel pour lui parler pendant que Rosie apportait les cafés au groupe assis dans les fauteuils. Après une conversation intense, Joel et Glen finirent par se serrer la main et Joel revint vers le bureau.

— Je suis des vôtres, dit il à Robbie avec un sourire qui en disait long.

Elle sentit un frisson parcourir son dos.

— Super ! Quand commencez-vous ?

— Glen veut mon permis de conduire et quelques documents pour faire les papiers. Il a dit que je pourrais commencer le week-end prochain.

Glen les rejoignit après être allé parler au groupe d'hommes.

— Robbie, puisque tu seras là aussi le week-end prochain, est-ce que tu pourrais montrer à Joel comment fonctionne l'association, s'il te plaît ?

Quand Glen avait une idée derrière la tête…

Mais elle venait d'affirmer une fois de plus qu'il était le chef alors elle ne pouvait décemment pas ne pas obtempérer.

— Samedi prochain ?

Glen et Joel hochèrent la tête de conserve. Soudain, l'espace entre le moment présent et le samedi suivant se transforma en vide sidéral. Elle dut se raisonner pour ne pas se mettre à compter les jours jusqu'à sa prochaine rencontre avec le nouvel urgentiste.

Le téléphone se mit à sonner. Elle tendit la main mais Joel la devança et décrocha avec un sourire charmant.

— Coursiers de nuit, bonsoir. En quoi puis-je vous aider ?

2.

Il fut plus facile pour Joel de résister à la tentation d'aller voir Robbie dans le service des urgences pédiatriques sachant qu'il allait passer la nuit du samedi avec elle à l'association.

Passer la nuit… Façon de parler. Ils allaient simplement travailler à l'association au même moment. Ils feraient plus ample connaissance. De toute évidence, Robbie avait envie qu'il s'engage comme bénévole aux Coursiers de nuit. Ce qui ne signifiait pas qu'elle ait envie d'autre chose avec lui. De toute façon, il n'était pas ce genre d'homme. Les relations ne l'intéressaient pas. Il avait appris la leçon très tôt dans sa jeunesse. À sept ans, il avait surpris son père avec une autre femme que sa mère et avait été réduit au silence. Son père lui avait dit que s'il révélait ce secret à sa mère, la famille éclaterait et ce serait de sa faute.

Alors il n'avait pas parlé. Ni enfant ni plus tard, quand il avait atteint l'âge de voir la situation d'un point de vue adulte. Quel intérêt de raconter que son père avait une maîtresse dix ans auparavant ? Mais, quand sa mère était morte, brusquement, à l'époque où il était en deuxième année de médecine, la culpabilité avait rendu le deuil plus lourd à faire. Il avait perdu un temps précieux mais aussi l'occasion d'assainir la situation.

La pratique de la médecine avait rempli le vide que le départ de sa mère avait laissé dans son cœur. Il ne voyait plus son père et n'avait aucune envie de fonder un couple et encore moins une famille. Travailler la nuit était un bon moyen de ne pas se compliquer la vie dans les relations. Il avait accepté le poste à l'hôpital Fitzrovia de Londres parce qu'il était sûr qu'on aurait besoin de lui tout le temps.

Mais en voyant Robbie, il avait d'emblée compris qu'une

aventure sans lendemain ne serait pas une solution. Et qu'il allait avoir un problème, cette fois.

Il parvenait à se convaincre qu'il s'était engagé parce qu'il avait un peu de temps libre et qu'il était content de participer au travail des Coursiers de nuit. Mais, à la fin de sa nuit, en ce vendredi matin, il avait du mal à se faire croire que l'excitation au creux de son ventre n'avait rien à voir avec le fait de revoir Robbie.

Épuisé, il regagna les vestiaires lorsque son téléphone se mit à sonner. Il regarda l'écran et décrocha, pensant que Glen avait besoin d'un autre document pour finaliser son dossier.

— Allô, Joel ? Vous êtes encore à l'hôpital ? demanda Glen sur un ton curieusement sec.

— Oui, je viens de terminer ma nuit.

— J'ai besoin que vous me rendiez un service. Robbie a eu un accident de moto, juste à l'entrée latérale de l'hôpital. Elle m'a prévenu et m'a dit qu'elle n'avait rien et qu'elle allait finir la livraison à pied mais je ne suis pas sûr qu'elle aille bien. J'imagine que…

— Je vais la chercher et je vous rappelle.

Joel raccrocha, sortit précipitamment par la porte réservée au personnel et scruta la route glissante qui menait de l'entrée latérale de l'hôpital au service des urgences.

Il l'aperçut aussitôt, à quelques mètres de l'entrée principale, avançant d'un pas mal assuré devant l'une des ambulances garées à l'extérieur, son sac de coursier sur l'épaule. Son autre bras pendait sur le côté, sans son casque. Si elle l'avait perdu ou abîmé, cela signifiait qu'elle devait s'arrêter immédiatement de marcher.

Joel courut la rattraper. Elle leva la tête et le regarda comme si elle venait d'être surprise en flagrant délit.

— Bonjour. Glen m'a dit que vous avez eu un accident. Où est votre casque ?

— Je l'ai laissé avec la moto. Je n'ai pas reçu de choc à la tête.

Cette information apaisa en partie ses craintes même si cela ne dispensait pas Robbie d'un examen médical. L'autre zone qui le préoccupait était son épaule. Il prit doucement le sac de coursier. Robbie parut en être soulagée et se redressa un peu.

— Il faut leur apporter…

Elle paraissait assez peu stable sur ses jambes. Il mit le sac en bandoulière et voulut la prendre par le bras pour la soutenir mais elle s'écarta et porta la main sur son épaule en grimaçant.

— Je vous suis, dit-elle.

De toute évidence, elle était blessée et probablement choquée. Souvent, l'approche directe était la plus efficace.

— Dois-je vous rappeler qui prend les décisions, dans de telles circonstances ? Prenez appui sur moi, nous sommes presque arrivés. Vous pensez pouvoir y arriver ? dit-il sur un ton aimable mais qui ne souffrait pas la contradiction.

— Oui, dit-elle en évaluant la distance qui les séparait de l'entrée.

Elle s'agrippa à lui, signe qu'elle n'était vraiment pas dans son état normal. Il la conduisit doucement jusque dans le hall de l'hôpital et la fit s'asseoir sur le premier siège qu'il trouva.

— Il faut lui donner le sac, dit-elle en désignant la réceptionniste d'un léger signe de tête.

Il était évident que le plus tôt le contenu du sac serait livré, plus tôt elle le laisserait s'occuper d'elle. Il lut l'étiquette sur le colis – c'était du lait pour un petit prématuré – et se dirigea vers le comptoir. Il s'assura que la réceptionniste livre le matériel à bon port le plus vite possible. Puis il revint vers Robbie.

— Ma moto… dit-elle les larmes aux yeux.

De toute évidence, la moto était le second objet de préoccupation de Robbie, après la livraison de lait.

— Ne bougez pas.

Il alla chercher un fauteuil roulant. Robbie le regarda revenir en écarquillant les yeux comme si elle voyait cet objet pour la première fois de sa vie.

— Je peux marcher.

— C'est le règlement.

Joel n'avait aucune idée du règlement de cet établissement en particulier mais la fermeté de son ton fit son effet. Robbie accepta son bras et s'assit dans le fauteuil sans protester. Puis il la conduisit dans un box.

— Il faut vous examiner. Il n'y a rien de plus urgent sur le planning et, de toute façon, j'ai fini mon service. Je vais rappeler Glen et puis nous nous occuperons de votre bras.

Il sortit son téléphone. Glen décrocha avant la seconde sonnerie.

— Je suis avec Robbie aux urgences et je vais l'examiner. Je viens de déposer la livraison de lait à la réception. Robbie est inquiète pour sa moto.

— J'appelle le service de néonatalité tout de suite. Et dites à Rob de ne pas s'inquiéter, j'ai envoyé quelqu'un chercher sa moto. On s'en occupe.

— Super, merci.

— Et ne vous laissez pas amadouer, Joel. Dites-lui d'arrêter de râler et d'écouter le médecin.

— Bien sûr, dit-il en ignorant la main que tendait Robbie pour parler à Glen, et il raccrocha.

— Qu'est-ce qu'il a dit ? demanda-t-elle d'un air légèrement agacé.

— Il a envoyé quelqu'un pour s'occuper de votre moto et il appelle le service de néonat pour les informer que le colis est arrivé.

Elle poussa un soupir et le laissa prendre son pouls.

— Et à la fin, qu'est-ce qu'il a dit ?

— Il espère que vous allez bien.

Elle fit un sourire en coin.

— Ça m'étonnerait qu'il ait dit ça.

— Vous avez raison. Il a dit qu'il fallait que vous arrêtiez de râler et que vous écoutiez les médecins. Laissez-moi faire, Robbie.

Les larmes perlèrent à ses yeux. Elle commençait à relâcher ses tensions. Avant d'examiner son épaule, Joel vérifia qu'elle n'avait rien de plus grave ailleurs et s'efforça de ne pas prêter attention à ses larmes.

C'était impossible. Ses pleurs silencieux lui brisaient le cœur.

— Voulez-vous me dire spontanément ce qui s'est passé ou est-ce que vous préférez que je vous pose des questions ? murmura-t-il en essayant de reprendre du recul.

La faire parler était aussi un bon moyen de vérifier sa vivacité d'esprit.

— Quelqu'un m'a foncé dedans et j'ai fait un vol plané par-dessus le guidon de la moto. Par chance, ma tête n'a pas heurté le sol et mon blouson m'a protégé les bras et le dos mais j'ai atterri sur l'épaule droite.

Elle s'arrêta quelques secondes.

— Et puis ?

Du regard, elle suivait le doigt de Joel, de droite à gauche.

— Et puis c'est tout. J'ai dit que ma tête n'a pas été touchée.

— Qui est le médecin ici ?

Elle lui jeta un regard noir.

— Je vais vous laisser croire que c'est vous.

— Très bien, merci. Je vais essayer de retirer votre blouson sans vous faire trop mal.

Elle hocha doucement la tête. Sa soudaine docilité était préoccupante. Si ce qu'il pensait s'avérait, la douleur était le symptôme le plus évident. Il ouvrit le blouson. Elle portait un sweat-shirt large et fermé, par chance, par une fermeture Éclair.

— On va y aller doucement. D'abord, le bras qui n'est pas blessé.

Il l'aida à sortir le bras du blouson et du sweat-shirt en même temps, sous lesquels il découvrit qu'elle portait un T-shirt blanc à manches longues.

— Bien. Maintenant, prenez appui sur moi si vous voulez.

Le plus douloureux restait à venir. Il prit sa main gauche et la posa sur sa propre épaule. Il serra les dents et tira sur la manche tout en s'efforçant d'ignorer les gémissements de douleur qui s'échappaient de ses lèvres.

Lorsque le blouson tomba sur le sol, elle était toujours accrochée à lui, les doigts repliés sur le tissu de sa blouse. Elle le lâcha brusquement et détourna les yeux comme pour cacher ses larmes. Il résista à la tentation de la consoler. Mieux valait en finir au plus vite. La palpation de son épaule confirma ce qu'il pensait.

— Je pense que vous vous êtes démis l'épaule. Une radio le

confirmera. Mais il faut que je l'examine de plus près. Vous êtes très attachée à ce T-shirt ?

— Vous pouvez le découper, si c'est la question.

Il sourit.

— Oui, je crois qu'il vaut mieux.

Il avait pensé à elle toute la semaine en s'efforçant de refréner son désir croissant. Mais sa priorité était à présent de la voir cesser de souffrir.

Il ouvrit l'armoire à pharmacie et en sortit des ciseaux. Lentement, doucement, il fit une grande entaille dans la manche de son T-shirt.

— Oui, je pense qu'il s'agit d'une subluxation.

Il sourit en la voyant se tordre le cou pour essayer de voir son épaule. Il aurait sans doute fait la même chose à sa place.

— Qu'est-ce que vous avez là ? demanda-t-il en indiquant ce qui ressemblait à une plaque d'eczéma, sur son avant-bras.

— Vous n'avez pas vu que c'est de l'eczéma ? Je ne sais pas si je peux vous faire confiance, dit Robbie d'une voix lasse.

— J'allais appeler une infirmière pour vous aider à enfiler une blouse. Mais je pense qu'il vaut mieux éviter tout ce qui a été lavé avec une lessive ordinaire, non ?

Il perçut une chaleur soudaine dans ses yeux. Puis les larmes se remirent à couler. De toute évidence, Robbie s'efforçait de garder le contrôle sur la situation mais il semblait être parvenu à la mettre suffisamment en confiance pour qu'elle baisse la garde.

— Vous avez raison, je préfère garder mon T-shirt. Enfin, ce qu'il en reste.

Elle lui décocha un sourire timide. Il résista à l'envie de la prendre dans ses bras mais ne put s'empêcher de poser la main sur son bras vaillant pour la réconforter.

— Voulez-vous un antalgique ? De l'Entonox ?

— Plus tard, peut-être.

Elle était consciente de ce qu'elle allait devoir affronter par la suite.

— Je vous appelle si j'ai besoin de quelque chose.

— D'accord. Je vais remplir les papiers et je vous emmène passer une radio.

— Ce n'est pas la p…

Joel ignora ses protestations et tourna les talons. Il n'avait rien d'autre à faire de précis et ne voulait vraiment pas la laisser seule.

Robbie avait eu besoin de toute sa détermination et de toute son obstination pour arriver jusque-là. En entrant sur le parking de l'hôpital, par l'entrée latérale, elle avait ralenti et regardé qu'aucune voiture n'arrive en face sur cette route glissante mais quelqu'un était arrivé derrière elle, avait heurté l'arrière de sa moto et l'avait envoyée dans les airs. La moto s'était couchée dans l'herbe, près du portail, et elle avait atterri de tout son poids sur l'épaule droite.

Par miracle, elle avait réussi à se lever. C'était une première étape. La deuxième consistait à retrouver sa moto. La troisième, à ouvrir le coffre et récupérer son sac de coursier. Mais la douleur à l'épaule était telle qu'elle ne pouvait pas se servir de son bras. Elle n'avait pas eu le temps de voir la voiture qui avait pris la fuite. Elle avait appelé Glen puis s'était autorisée à pleurer de douleur parce que personne ne pouvait l'entendre dans cet endroit. Alors était venue la quatrième étape. L'entrée des urgences lui avait paru loin mais elle s'était mise à marcher. Un pas après l'autre.

C'est à ce moment-là que Joel était apparu. Elle avait presque éclaté en sanglots en le voyant. Il l'avait déchargée du sac et pris les rênes de la situation en main. En se reposant enfin sur quelqu'un, elle n'avait pas pu retenir ses larmes très longtemps.

La douceur de ses gestes, son parfum avaient suffi à reléguer la douleur au second plan. Et, en voyant son eczéma sur son bras, il était resté détaché, ce qui avait aussi joué en sa faveur. Maintenant qu'elle était seule, elle pouvait se permettre le luxe d'avoir honte, sachant que Joel s'occupait de tout le reste.

Pour l'heure, sa honte était centrée autour de son T-shirt. Elle était toujours mal à l'aise rien qu'à l'idée de l'enlever. Elle aurait pu appeler une infirmière mais, comme Joel n'était plus dans le box, se débrouiller toute seule lui parut être la meilleure solution.

Elle attrapa les ciseaux qu'il avait laissés sur la table et coupa la bretelle gauche de son soutien-gorge sans trop de difficulté en dépit de la douleur. Couper la bretelle droite fut plus douloureux mais au moins pouvait-elle à présent dégrafer son soutien-gorge sans avoir à passer son T-shirt par-dessus la tête.

Les ciseaux glissèrent et tombèrent sur le carrelage. Elle ferma les yeux et respira pour apaiser la douleur. Puis elle entendit un petit coup sur la porte et Joel rentra dans le box avec, dans les mains, un dossier médical et une écharpe pour son bras. Ses yeux se posèrent sur les ciseaux, qu'il ramassa. L'idée qu'il voie son soutien-gorge en morceaux la fit rougir.

— Vous avez préféré ne pas attendre l'infirmière, dit-il en riant soudain. Moi qui pensais que les femmes avaient un secret pour retirer leurs sous-vêtements sans retirer leurs vêtements !

Chaque fois que l'humour de Joel la touchait, elle se remettait à pleurer.

— Si je vous le disais, ce ne serait plus un secret, répondit-elle en reniflant. Et, de toute façon, il faut deux épaules en état de marche.

Il lui tendit un mouchoir en papier.

— Dommage. Tenez, cela devrait vous soulager un peu jusqu'aux résultats de la radio.

Il lui mit le bras en écharpe puis l'emmena dans le service de radiologie désert, où ils n'eurent donc pas à faire la queue. Il passa un moment à analyser les résultats de la radio sur l'écran d'ordinateur dans un coin du box puis il se retourna.

— Vous voulez voir ?

— Volontiers.

Il tourna l'écran. Elle ne s'attendait pas à ce qu'il lui demande son avis. Elle scruta les images à son tour.

— C'est ce que je pensais, dit Joel. Vous vous êtes fait une luxation partielle antérieure, qui devrait se résorber sans trop de difficultés. Mais c'est douloureux, vous devrez prendre des antalgiques, si vous êtes d'accord.

— Oui.

— Entonox ? Ou plus fort ?

— Entonox, c'est parfait.

— Bien. Je vais vous trouver ça.

Il lui adressa un sourire encourageant et sortit du box. Quand il revint, il l'aida à retirer l'écharpe et le T-shirt et à s'allonger sur la table d'examen. Kat, l'une des infirmières du service, fit son apparition, un grand sourire sur les lèvres et, à la main, une bouteille d'Entonox. Joel prit le masque et se posta à sa gauche. Tout près d'elle. Elle sentit ses doigts sur son épaule et autour de son coude. Peut-être aurait-elle dû s'adresser à un autre médecin.

— Respirez profondément.

Elle inspira et sentit sa tête tourner sous l'effet du gaz.

— Essayez de vous détendre.

C'était un vrai défi. Elle savait ce qui l'attendait. Et la proximité de Joel n'aidait pas.

— Le problème, avec les médecins, c'est qu'ils savent ce qui les attendent, dit-il en souriant. Dites-vous que je vais avoir encore plus mal que vous, si cela peut vous réconforter. Inspirez encore une fois.

Elle se sentit soudain flotter sous l'effet du gaz. Et de la proximité de Joel, sans doute. Elle sentit à peine le contact de sa main sur son coude et la douleur vive qui résultat du mouvement rapide et précis qu'il imprima à son bras.

— Bravo. Bien joué, dit-il en souriant de nouveau.

Elle se sentit fondre. Elle retira le masque et tendit la main vers lui. Mais Kat lui remit le masque dans la main et l'incita à prendre une autre inspiration de gaz.

Elle parvint à se maîtriser mais vit, dans le regard de Joel, qu'il avait effectivement souffert en la faisant souffrir.

— Encore une radio, juste pour être sûr que tout est bien en place, puis je vous remettrai l'écharpe. Et vous pourrez rentrer chez vous.

3.

Pour Joel, Robbie méritait les meilleurs soins médicaux et il n'avait pas été capable de les lui donner. Parce que dispenser les meilleurs soins médicaux à un patient signifiait prendre du recul et le traiter avec attention et objectivité. Sur le plan médical, le cas de Robbie n'était pas compliqué, il n'avait jamais douté de la manière de le traiter. Par contre, il avait totalement échoué en ce qui concernait le recul et l'objectivité. Par chance, il était parvenu à le dissimuler.

Le service des urgences était plutôt calme. Il avait demandé à Kat, l'infirmière qui l'avait aidé à réduire la luxation, d'aider Robbie à se rhabiller et de lui mettre le bras en écharpe. Elle l'avait regardé d'un drôle d'air quand il lui avait répété d'insister auprès de Robbie pour qu'elle se repose et qu'elle ne bouge pas le bras pendant au moins trois jours.

« D'accord, je vous laisse faire votre métier », avait-il dit, un peu penaud.

Puis tout était devenu plus simple. En faisant la queue à la pharmacie pour acheter les antalgiques qu'il avait prescrits à Robbie, il avait appelé Glen. Puis il avait retiré sa blouse avant d'aller la retrouver, ce qui lui permettait d'endosser le rôle d'un ami plutôt que d'un médecin.

Elle était assise dans la salle d'attente, et avait posé sa veste sur la chaise voisine. Il s'assit donc sur la chaise suivante, content de pouvoir mettre un peu de distance entre eux, alors qu'il mourait d'envie de la prendre dans ses bras.

— Comment ça va ?

— Beaucoup mieux, merci.

— Vous avez autre chose à nous dire, avant de partir ?

Elle leva les yeux au ciel.

— Kat vient encore de me bombarder de questions, juste au cas où vous ayez oublié quelque chose.

— Elle a bien fait, dit-il en se calant sur son siège.

Puis il lui adressa un regard innocent.

— Est-ce qu'elle a réussi à vous tirer les vers du nez ?

— Je lui ai simplement dit que j'étais tombée aussi sur la hanche et que je risquais d'avoir un bel hématome demain. Et, non, il ne faut pas que je revienne. Elle m'a examinée et a conclu que c'était une ecchymose, rien de plus. Je veux rentrer chez moi maintenant.

Il hocha la tête.

— J'ai eu Glen au téléphone. Ils ont rapporté votre moto à l'association. Il a dit qu'elle était un peu éraflée mais qu'elle avait l'air en état de marche. Il pensait que cela vous ferait plaisir de le savoir.

— Oui, merci. Mais je ne vais pas pouvoir conduire pendant quelques jours.

— C'est vrai. J'ai dit à Glen que je vous ramènerai.

— C'est gentil, mais ce n'est pas nécessaire.

— Glen n'était pas de cet avis, apparemment. Il a insisté pour que je vous ramène à bon port.

De toute façon, il avait déjà pris la décision de la raccompagner avant de parler à Glen.

— Vous pouvez l'appeler, si vous préférez que ce soit lui qui vienne vous chercher.

Elle secoua la tête puis grimaça de douleur.

— Non. Je veux bien que vous me raccompagniez chez moi.

Il se dit que ce devait déjà être un gros effort pour elle de demander et d'accepter de l'aide. C'était une femme courageuse et indépendante. La voir faire de la livraison de lait une priorité lui avait serré le cœur.

— Au fait, le service de néonatalité a bien reçu le lait.

— Merci. C'est gentil.

— Et le taxi sera là dans cinq minutes.

Elle acquiesça d'un signe de tête, se cala sur son siège et ferma les yeux.

— Vous pensez toujours à tout ?

Robbie prit appui sur lui pour marcher jusqu'au taxi et le laissa l'aider à s'y installer. Il lui demanda son adresse et boucla sa ceinture par-dessus son épaule valide.

Le taxi ralentit près d'une place arborée. Le chauffeur se mit à chercher les numéros des immeubles et s'arrêta devant une grande bâtisse, une sorte d'hôtel particulier en pierre. Joel se demanda s'il ne s'était pas trompé mais Robbie défit sa ceinture de sécurité et tendit la main pour prendre son blouson. Elle poussa un soupir contrarié quand Joel se pencha pour régler la course.

Il prit le blouson et aida Robbie à sortir du taxi. Elle avança doucement jusqu'au perron de la maison puis se retourna.

— Les clés sont dans la poche du blouson.

Il lui tendit les clés, qu'elle lâcha en les prenant. De toute évidence, elle n'était pas en état de faire quelque geste pratique que ce soit. Il ramassa le trousseau et chercha la clé de la grosse porte d'entrée en bois. Il l'ouvrit et entra dans un grand hall d'entrée aux murs couverts de panneaux dorés.

Il n'aurait pas été surpris de voir Robbie vivre dans un endroit décalé et insolite mais jamais il ne l'aurait imaginée habiter dans un tel endroit. Pourtant, elle paraissait tout à fait à l'aise et poussa même un soupir de soulagement quand il referma la porte derrière eux. Elle avança jusqu'à l'ascenseur dont la porte s'ouvrit dès qu'elle appuya sur le bouton.

— C'est au dernier étage. Il faut la clé, dit-elle avant de s'adosser sur la paroi de la cabine et de fermer les yeux.

Il comprit soudain qu'elle avait mal et qu'elle rêvait d'être enfin tranquille, chez elle. Il trouva la clé pour actionner l'ascenseur. Au sixième étage, le palier ne comportait qu'une porte. Une fois encore, il chercha la clé dans le trousseau et l'ouvrit.

Il fit entrer Robbie dont il ne voyait plus que la fatigue et la douleur. Elle avança vers un salon spacieux et lumineux et s'assit sur le canapé. Joel trouva la cuisine et remplit un verre d'eau. De retour dans le salon, il lui tendit deux comprimés d'antalgique et le verre.

Elle lui décocha un sourire las.

— Je suis désolée…

— Vous n'avez pas à être désolée. Prenez ça, je crois que vous en avez besoin.

Elle acquiesça d'un petit signe de tête et avala les médicaments. Joel arrangea les coussins du canapé et l'aida à s'allonger confortablement.

— Vous pouvez vous faire un café, si vous voulez.

Il avait l'impression d'être un intrus dans ce cadre mais Robbie ne semblait pas gênée par sa présence. Ce qui suffit pour qu'il n'ait plus aucune envie de partir.

— D'accord. Vous voulez quelque chose ? Un thé, peut-être ?

— Je crois que j'ai envie d'un café.

Il connaissait cette sensation d'excitation mêlée de fatigue éprouvée à la fin d'une nuit de travail, qui rendait l'endormissement difficile. Robbie avait besoin de manger et de s'installer confortablement pour pouvoir dormir correctement.

— Vous voulez manger quelque chose ?

— Il y a des barres chocolatées dans le réfrigérateur. Servez-vous.

Robbie avait envie de café et de chocolat, c'était probablement tout ce qu'elle parvenait à envisager pour le moment. Mais elle dormirait mieux après un repas chaud. Elle n'arrêtait pas de changer de position et grimaça de nouveau en se penchant pour retirer ses boots.

Il s'agenouilla près du canapé, défit ses lacets, l'aida à se recoucher et la couvrit d'un plaid au crochet posé sur l'accoudoir.

— Je vais vous préparer quelque chose, dit-il, se félicitant qu'elle n'ait protesté à aucun moment.

— Et du café…

— Si je comprends comment me servir de la machine à café.

La cuisine était chic et étincelante et, quand il avait aperçu la machine à café en allant chercher un verre d'eau, il s'était demandé si une formation intensive de deux jours était nécessaire pour pouvoir l'allumer.

Elle leva mollement la main.

— Appuyez sur les boutons, vous trouverez bien, dit-elle.

Il trouva une brique de soupe dans le réfrigérateur et une grande tasse qu'elle pourrait soulever sans peine d'une main. La machine à café s'avéra moins compliquée à utiliser qu'elle n'en avait l'air. Il opta pour du café décaféiné, prit un plateau et y posa la tasse de soupe, du pain, des fruits et le café.

Les antalgiques commençaient à faire leur effet. Robbie semblait plus vive et plus à l'aise, ses joues étaient moins pâles. Elle se mit à manger de bon cœur. Il retourna dans la cuisine et en rapporta un pack de glace qu'elle appliqua sur sa hanche. Il repositionna les coussins pour faire bonne mesure et surtout pour le plaisir d'être près d'elle. Puis il s'assit et la regarda boire sa soupe comme si sa vie en dépendait.

— Ça va mieux, dit-elle en voulant poser la tasse vide sur le plateau.

Il la lui prit des mains pour qu'elle ne fasse pas d'effort et lui tendit la tasse de café.

— Vous pensez que vous allez dormir, maintenant ?

— Je ne sais pas. Je vais peut-être avoir l'énergie de bouger un peu.

Elle but une gorgée, puis une deuxième.

— C'est du décaféiné ?

— Je pensais que cela passerait inaperçu.

— Quand on travaille avec les enfants, on a un arsenal de petites astuces. Je suis experte en la matière, dit-elle en souriant.

— Vous risquez d'avoir encore mal pendant quelque jours. Mais il faut que vous vous reposiez.

— Pour l'instant ça va. Il faut que j'évite les mouvements brusques. Je pense que je vais somnoler sur le canapé un moment.

Il repensa à ses plaques d'eczéma sur ses bras, dont les soins devaient probablement compliquer le moment d'aller se coucher.

— Vous avez besoin d'appliquer quelque chose sur votre eczéma ? demanda-t-il prudemment.

La dernière fois qu'il avait évoqué son eczéma, il avait eu l'impression que c'était un sujet sensible.

— Pas vraiment. Je… Je suis désolée de vous avoir rembarré, la dernière fois, quand vous m'avez posé des questions sur mon eczéma. Vous aviez raison, à propos des détergents. Il faut croire que je n'étais pas tout à fait dans mon état normal.

Il secoua la tête.

— Ne vous inquiétez pas. J'en ai vu d'autres, et de bien pires. Pour moi, un patient qui ne m'envoie pas de coup de poing dans la figure est un patient modèle.

— Vous n'êtes pas très exigeant.

Ces quelques heures passées avec elle lui avaient montré une autre facette de sa personnalité. Elle faisait preuve de détermination, certes, mais aussi de patience et d'une capacité à trouver du positif en toute circonstance.

— Les gens vous font beaucoup de remarques sur votre eczéma ?

Elle hocha la tête.

— Je crois que c'est pour ça que je travaille avec les enfants. Quand ils voient ces drôles de plaques rouges, ils demandent ce que c'est et quand je le leur dis ils répondent « ah, d'accord » et passent à autre chose. Les adultes sont moins indulgents.

Il lui adressa un regard peiné.

— Ne vous inquiétez pas pour moi. J'ai l'habitude. Même si je suis toujours un peu étonnée qu'on me dise : « Vous ne pouvez pas mettre des manches ? » Ou « Quand même, vous avez bien les moyens de vous soigner ! »

Elle regarda le plafond, comme si elle voulait éviter de croiser son regard.

Il perçut la souffrance derrière ses mots. Il se demanda si « on » n'était pas une personne en particulier. Quelqu'un de proche, peut-être. Il s'interdit de poser la question. Quelle qu'en soit la réponse, elle ne le concernait pas.

— Comme si les médecins hospitaliers n'étaient pas aussi compétents que les médecins du privé, se contenta-t-il de dire.

— Oui, c'est sans doute quelque chose dans ce goût-là. Les

gens ont pris l'habitude de jauger les choses à l'aune de l'argent qu'ils doivent débourser pour les avoir.

Elle tourna soudain la tête vers lui.

— Vous vous demandez peut-être comment je peux me payer un appartement comme celui-ci avec un salaire de médecin hospitalier.

Il hésita. Mais il était évident que la question lui avait traversé l'esprit. Au prix où était le mètre carré dans ce quartier de Londres, rien que le salon dans lequel ils se trouvaient était au-dessus de ses moyens. Il n'avait pas vu tout l'appartement mais l'entrée, la pièce à vivre et la cuisine étaient spacieux. Les plafonds étaient hauts, décorés de moulures et peints dans différentes nuances de blanc crème qui agrandissaient l'espace. Les meubles étaient sobres mais de très bonne facture. Le seul objet qui ne soit pas discret était la suspension accrochée au milieu du salon. Un énorme globe de filaments de verre torsadés, parfaitement proportionné au volume de la pièce, à laquelle il donnait du style.

— Cela m'a traversé l'esprit, oui. Vous avez peut-être gagné au loto.

Elle pouffa de rire.

— Non, vous êtes loin du compte.

— L'héritage d'un oncle fortuné ?

— Vous vous rapprochez. En fait, cet appartement appartenait à mes grands-parents. J'en ai hérité quand mon grand-père est mort. J'avais dix-neuf ans.

Elle s'en excusait presque. Il avait l'impression qu'elle passait en revue tout ce dont les gens lui faisaient porter le poids – son eczéma, son appartement magnifique – comme pour le tester. Au simple fait qu'elle se soucie de ce qu'il pense, un frisson lui parcourut l'échine.

— Il est idéal pour organiser des soirées.

Elle sourit.

— C'est vrai. Les murs sont épais, on peut faire tout le bruit qu'on veut.

Sans compter qu'il n'y avait pas de voisins directs puisque

l'appartement occupait tout le dernier étage de l'immeuble. Il se demanda combien de pièces il comportait, outre celles qu'il avait déjà vues. Il pensa à la chambre de Robbie et sentit sa gorge s'assécher.

— Vous voulez que je vous aide pour autre chose ?

Il se sentit rougir et se demanda comment il pouvait s'exprimer de façon professionnelle.

— Vous avez fait une mauvaise chute et vous êtes encore sous le choc. Il ne faut pas que vous vous fassiez mal.

Elle le regarda avec douceur.

— Merci mais vous avez déjà beaucoup fait pour moi. Vous devez être fatigué.

Pas du tout, bien au contraire.

— Profitez de mes services tant que je suis là.

À quoi jouait-elle ? À le tester, apparemment.

Elle se fichait pas mal de ce que les gens pouvaient penser d'elle, tant qu'ils ne lui lançaient pas leurs réflexions à la figure. Chacun était libre de penser ce qu'il voulait. Elle avait travaillé là-dessus avec un thérapeute quand elle était adolescente.

Ses parents auraient pu ne rien faire de leur vie et profiter de leur fortune mais ils avaient préféré la dépenser non seulement en finançant toutes sortes de projets médicaux mais aussi en s'y impliquant personnellement. Et, où qu'ils aillent, ils emmenaient toujours leurs filles. Sa grande sœur Izzy et elle avaient grandi dans un monde où tout le monde était accepté pour ce qu'il était. D'ailleurs, quand elle repensait à son eczéma, elle se rendait compte qu'elle avait eu malgré tout moins de problèmes que la plupart des enfants qu'elle connaissait.

Mais un jour, l'eczéma en était devenu un. Un journal avait publié une photo de leur famille et attiré l'attention sur les plaques rouges qui recouvraient ses bras et son visage. On avait même fait un gros plan afin que les lecteurs puissent les examiner de plus près. Comme si c'était la seule chose qui comptait à son sujet.

Blessée, Robbie avait soudain pris conscience de la différence entre la peau sans défauts d'Izzy et la sienne, rouge et desquamée. Elle s'était enfermée dans sa chambre et n'avait plus voulu en sortir.

Le problème avait été résolu de la même manière que ses parents résolvaient tout ce qui concernait leurs deux filles de près ou de loin, à savoir avec du bon sens et beaucoup d'amour. Ainsi, Robbie avait appris à reconnaître sa propre valeur et recommencé à se sentir bien dans sa peau, mais elle n'avait jamais oublié ce qui s'était passé. Ses parents avaient respecté son besoin de protéger sa vie privée. Tout ce qu'ils désiraient, c'était qu'elle trouve sa voie et s'épanouisse dans ce qu'elle aimait faire.

Puis Rory était entré dans sa vie. Elle avait senti que son père ne l'appréciait pas mais elle ne comprenait pas pourquoi, à l'époque. Son eczéma semblait beaucoup préoccuper Rory. Qu'importe : elle pouvait couvrir ses bras et son cou, s'il préférait. Même si on ne lui avait jamais dit, jusque-là, que c'était nécessaire.

Mais Rory avait besoin de sentir qu'il valait mieux que tout le monde. La fortune de Robbie lui convenait parfaitement mais la réaction qu'il avait vis-à-vis de son eczéma était un moyen de la rendre inacceptable aux yeux du monde. Elle avait peu à peu miné sa confiance en elle, jusqu'à ce qu'il n'en reste plus une once.

Elle avait fini par craquer. Et avait soudain compris le jeu de Rory consistant à tout faire pour qu'elle se sente nulle. Elle était partie en vacances seule, sans lui, pour réfléchir hors de son champ d'influence.

À son retour, elle avait rompu. Et elle avait pu enfin entendre ce conseil de son père : « Deviens qui tu veux, Robbie. L'argent n'est un poids que si tu le laisses l'être. »

Alors Olivia Roberta Hampton-Hall avait pris le surnom qu'on lui donnait quand elle était petite et tronqué son nom de famille, bien trop reconnaissable quand il était entier. C'est ainsi qu'elle était devenue Robbie Hall.

Tous ses collègues de l'hôpital et des Coursiers de nuit la

connaissaient sous ce nom-là. C'était son havre de paix, son refuge contre la peur qu'on ne voie d'elle que deux choses, à savoir son argent et son eczéma.

Joel avait vu les deux mais il ignorait son histoire. Il ne savait pas que c'est grâce à l'argent de sa famille que les Coursiers de nuit existaient. Elle était parfois tentée de tout révéler. Quelles raisons avait-elle désormais de se cacher ?

En fait, ces secrets lui avaient permis de se sentir en sécurité et de garder les rênes de sa vie en main. Il serait tellement facile de tomber amoureuse d'un homme tel que Joel, qui avait déjà vu ce qu'elle dissimulait aux yeux des autres. Mais cela mettrait en péril tout ce qu'elle avait construit de stable dans sa vie.

Le salon était devenu silencieux. Joel n'avait pas cherché à en savoir davantage. Il s'était levé pour débarrasser le plateau et l'avait emporté dans la cuisine. D'après les sons qui lui parvenaient, il était en train de faire la vaisselle. Elle se demanda comment elle allait pouvoir s'occuper de ses plaques d'eczéma sans bouger l'épaule. Cette seule pensée la fit grimacer.

Joel était là et il lui avait proposé de l'aide.

Elle avala sa dernière gorgée de café et, avec elle, une bonne partie de son autonomie durement acquise.

— Je crois que je vais avoir besoin de votre aide, dit-elle quand il réapparut dans le salon. Si cela ne vous dérange pas.

— Bien sûr que non ! Qu'est-ce que je peux faire ?

Joel l'avait suivie jusqu'à la porte de sa chambre mais il s'était arrêté sur le seuil. Elle lui avait fait signe d'entrer et lui avait demandé d'ouvrir les tiroirs de sa commode, trop lourds pour être manipulés d'une seule main. Elle avait sorti une chemise de nuit confortable qui présentait par ailleurs l'avantage d'avoir des manches longues et de lui couvrir les jambes jusqu'au genou.

Puis, la situation était devenue un peu bizarre. Mais de toute évidence, Joel avait le don pour rendre ordinaire ce qui était un peu bizarre. Il l'avait aidée à s'asseoir sur le lit, avait retiré son écharpe et placé son bras sur un oreiller posé sur ses genoux.

Puis il avait déplié la chemise de nuit et l'avait étalée sur le lit, à côté d'elle. Après quoi il s'était retiré.

— Déshabillez d'abord le côté où vous ne vous êtes pas fait mal… Je reste là, dans le couloir.

— D'accord.

Passer son T-shirt par-dessus son épaule blessée fut relativement facile, grâce à l'entaille que Joel avait faite à l'hôpital. Enfiler la chemise de nuit s'avéra un peu plus compliqué mais elle parvint à enfiler la manche droite sans trop de difficulté.

— C'est plus facile que je ne le craignais, dit-elle.

Elle l'entendit pouffer.

— Je ne sais pas, je n'ai jamais essayé. Vous vous en sortez ?

— À peu près, répondit-elle en s'apercevant qu'elle avait oublié de déboutonner la chemise de nuit qui était coincée sur sa tête.

— Vous avez besoin d'aide ? Je peux fermer les yeux.

Elle tira sur la chemise de nuit et entendit le bouton céder et aller ricocher contre le mur. Peu importait, elle le retrouverait plus tard. Pour l'instant, il fallait enfiler la manche gauche.

— Comment voulez-vous m'aider si vous ne voyez pas ce que vous faites ? dit-elle. Et il faudrait que vous avanciez à tâtons pour me rejoindre.

Elle sourit en entendant son raclement de gorge gêné. Puis elle se mit à rire en pensant à l'incongruité de la situation. Deux médecins gênés pour enfiler une chemise de nuit.

Une douleur vive dans l'épaule lui fit pousser un petit cri et monter les larmes aux yeux. Puis elle sentit Joel passer un bras autour d'elle pour soutenir son épaule. Elle s'accrocha à lui et enfouit le visage dans sa chemise.

— Respirez. Voilà…

Oui, respirer. C'était exactement ce qu'elle avait oublié de faire. La première inspiration la fit gémir de douleur. La deuxième fut plus facile. La troisième était nettement plus agréable car elle emplit ses poumons de son parfum chaud et délicieux.

— Ça va mieux ?

— Oui, répondit-elle en dépit de la douleur lancinante dans

son épaule. J'espère que je ne me suis pas de nouveau démis l'épaule.

Elle sentit ses doigts palper son épaule avec délicatesse.

— Vous le sauriez, si elle était démise. Non, tout semble en ordre. Je vous avais dit que vous alliez avoir mal pendant encore quelques jours. C'est de cela que je parlais.

— J'essaierai de m'en souvenir quand je m'adresserai à mes patients, à l'avenir.

— C'est vrai qu'en général, il est plus difficile d'être le patient que le médecin.

Il recula et Robbie décela un voile de tendresse dans son regard, avant qu'il ne porte son attention sur l'écharpe qu'il remit en place pour soulager son épaule du poids de son bras.

C'est en cela que Joel était spécial. Il n'était pas seulement gentil. Il s'était rendu disponible pour elle et sa présence était à la fois émouvante et encourageante. Il ne devait probablement pas raccompagner toutes ses patientes chez elles ni leur faire de la soupe. Mais Robbie comprendrait qu'elles tombent un peu amoureuses de lui.

Il l'aida à retirer son jean sans que ses doigts ne touchent sa peau une seule fois, ce dont elle se demanda si elle s'en réjouissait ou si elle le regrettait. Puis il lui demanda de quelles crèmes et lotions elle avait besoin et alla les chercher dans la salle de bains.

Elle décida de s'occuper de son eczéma en priorité. Les soins du visage pouvaient attendre qu'il soit parti.

— Les mains, les genoux et les coudes ? demanda-t-il.

Il s'agissait des zones le plus souvent touchées par l'eczéma. Par chance, c'étaient aussi des zones accessibles et neutres.

— Oui. J'ai une plaque sur l'épaule gauche, que je ne peux pas atteindre, et celle que vous avez vue, juste au-dessus du coude droit.

— Je vais aller me laver les mains avant de vous toucher. Je peux emprunter votre savon ?

Rien ne lui échappait. Jamais elle n'avait considéré ses coudes comme une zone érogène jusqu'à présent. Au lieu de la détendre, le moindre contact des mains de Joel sur sa peau semblait l'électriser.

— Vous êtes gauchère, dit-il en s'efforçant manifestement de la mettre à l'aise.

Mais cela ne fonctionna pas. Il remarquait beaucoup trop de choses chez elle.

— Oui, mais je ne m'étais pas rendu compte que j'utilisais autant ma main droite.

Il hocha la tête et s'arrêta d'étaler la crème.

— Prête à vous coucher ?

Elle pourrait passer la journée à discuter avec lui. Mais il avait les traits tirés et elle-même sentait le sommeil la gagner. L'image d'elle, allongée et blottie dans ses bras, lui traversa l'esprit.

Peut-être qu'au réveil, elle se sentirait mieux. Elle se demanderait même pourquoi elle s'était accrochée à lui.

Joel était en train d'arranger les oreillers. Il ouvrit le lit. Le silence ne semblait pas lui peser. Il semblait avoir la situation en main. Robbie n'avait qu'à se laisser aller et suivre le mouvement.

Puis il se prépara à partir. Il alla chercher le téléphone de Robbie dans le salon et le déposa sur la table de chevet. Elle fit un dernier effort, pour qu'il reste encore un peu, en se redressant.

— Ne fermez pas les rideaux. Pas maintenant…

Il comprit l'allusion, approcha le gros fauteuil en osier et s'assit, les jambes tendues devant lui.

— Alors, je m'en sors bien ? Suis-je une patiente modèle ?

Il sourit.

— Eh bien… Un bon point pour l'autodiagnostic correct. Mais, malheureusement, vous ne remporterez pas le grand prix ce soir. Il revient à Edna.

— Je suis vexée. Qui est Edna ?

— C'est une femme d'un certain âge qui est arrivée à 2 heures du matin après avoir fait une chute, chez elle. Elle a aussitôt déclenché son alarme personnelle. Quand l'ambulance l'a amenée aux urgences, elle portait sa chemise de nuit et une robe de chambre avec un chapeau. Apparemment, elle a insisté pour que l'ambulancier aille chercher son chapeau avant qu'ils prennent la route.

— Je savais qu'il me manquait quelque chose, dit Robbie.

Parler des problèmes des autres était étonnamment relaxant.

4.

Robbie se réveilla à 17 heures. La douleur lancinante qu'elle ressentit dans l'épaule lui fit revivre le sentiment de panique qu'elle avait éprouvé en tombant de la moto. Sa hanche aussi était raide et endolorie.

Puis le reste lui revint. Le soulagement de voir Joel voler à son secours. La radio, le bol de soupe, entendre Joel lui raconter sa nuit à l'hôpital avaient remis de la normalité dans un monde dont elle avait le sentiment d'avoir perdu le contrôle. Elle s'était mise à piquer du nez pendant qu'il racontait une blague que l'une des infirmières lui avait faite, alors il avait retiré l'un des oreillers pour qu'elle puisse s'allonger.

Elle jeta un coup d'œil autour d'elle. Tout était à sa place. Les rideaux, tirés, et le fauteuil en osier, dans le coin habituel. Joel était-il parti ? La porte de la chambre était ouverte. Elle tendit l'oreille. Silence. Bien sûr qu'il était parti !

Une pensée dangereuse pénétra son esprit. Une pensée à laquelle il valait mieux ne pas faire de place.

Elle avait envie qu'il revienne. Elle se sentait seule, vulnérable et… elle avait juste envie qu'il soit là.

Elle pourrait pleurer, cela lui ferait sans doute du bien mais ce n'était pas sa façon habituelle de se défouler. Elle se sentirait mieux si elle trouvait de quoi s'occuper un moment.

Elle sortit précautionneusement du lit et jeta sa robe de chambre sur ses épaules. Elle se dirigea vers la cuisine, en priant pour que Joel ait laissé les antalgiques en évidence quelque part.

La porte du salon était ouverte et les volets fermés. Elle avança et trouva Joel allongé sous le plaid au crochet, qui dormait à poings fermés. Cette vue suffit à lui faire éprouver la gratitude qu'un patient peut éprouver à l'égard de son médecin. Mais ce médecin-là était beau comme un dieu, et aussi sexy que la veille. Elle aurait pu s'asseoir là et le regarder dormir pendant des heures.

Elle sentit les larmes lui monter aux yeux. Il était resté, et il était manifestement très fatigué pour que sa présence ne le fasse pas bouger d'un cil.

Elle alla dans la cuisine et sortit une bouteille d'eau du réfrigérateur. Elle eut du mal à sortir les comprimés d'antalgiques de leur plaquette et encore plus à enlever le bouchon de la bouteille qui lui échappa et se fracassa sur le carrelage. Super ! Pour ajouter à sa frustration, elle entendit du bruit dans le salon. Elle avait réveillé Joel, qui apparut dans l'entrebâillement de la porte.

— Je suis désolée, elle m'a échappée.

— Tout va bien ? Vous ne vous êtes pas coupée ?

— Non. Mais… Je voulais vous laisser dormir.

Elle était submergée par l'émotion à l'idée qu'il soit là.

— Vous êtes resté.

— Oui. Vous avez vaguement évoqué une chambre d'amis en vous endormant, alors j'en ai conclu que cela ne vous dérangerait pas que je reste.

— Vous avez bien fait. Vous auriez dû prendre la chambre d'amis. Ç'aurait été plus confortable.

Il portait son jean et sa chemise de la veille mais il était pieds nus et ses cheveux rebiquaient par endroit. Magnifique. Parfait.

— J'étais bien sur le canapé. J'étais persuadé, en me couchant, que je vous entendrais si vous vous leviez mais…

— Vous êtes fatigué. Je suis désolée de vous avoir réveillé. Et je vous suis très reconnaissante pour tout ce que vous avez fait pour moi ce matin.

Il sourit et se passa la main dans les cheveux.

— Avec plaisir. Laissez le verre, je vais m'en occuper. Vous avez faim ?

— Je veux bien un café. Avec caféine, cette fois.

Elle rouvrit le réfrigérateur et en sortit une autre bouteille d'eau, que Joel lui prit des mains pour l'ouvrir. Elle prit ses comprimés et alla s'asseoir. Si Joel avait décidé de s'occuper d'elle encore un moment, autant en profiter pleinement.

Le regarder était une activité très agréable à laquelle elle pouvait se consacrer effrontément quand il avait le dos tourné. Ses épaules larges, ses hanches fines mises en valeur par un jean qui avait l'air d'avoir été lavé cent fois tant il tombait bien. Elle devait être dans un sale état, quand ils étaient arrivés le matin, pour ne pas avoir remarqué tout cela.

Sans parler de son sourire, le plus renversant qu'elle ait jamais vu. Un peu nonchalant, donnant l'idée qu'on pouvait aussi rêver le jour, sans forcément attendre la nuit. L'immobilisation de son épaule devint soudain encore plus agaçante, parce qu'elle ne pouvait rien faire d'autre que sourire en retour.

La machine à café n'avait eu aucun secret pour lui. Il posa une tasse devant elle et s'assit.

— Il faut que je parte bientôt si je veux être à l'heure aux Coursiers de nuit. Avez-vous besoin d'autre chose ?

Robbie prit une profonde inspiration.

Plus il s'attardait, plus il lui était difficile de le laisser partir. Or, empêcher un homme de partir de chez elle ne faisait pas partie de ses projets. Cela ne pouvait pas continuer. Il fallait qu'elle se remette à voler de ses propres ailes.

— Non, je n'ai besoin de rien d'autre, merci. J'apprécie l'aide que vous m'avez apportée mais je crois qu'il est temps que je vous libère, dit-elle en espérant ne pas manquer de tact.

Ce qu'elle voulait dire, en réalité, était qu'il était temps qu'elle cesse de le reluquer.

Elle aurait voulu lui dire qu'elle avait besoin de son sourire. Ce qui, en soi, était une excellente raison de le mettre à la porte.

Il la regarda d'un air soucieux.

— Vous vous débrouillerez ?

— Oui.

— Vous allez vous reposer ?

Bonne question.

— Je préférerais aller travailler aux Coursiers de nuit ce soir et reprendre le travail demain soir.

Il lui décocha un regard alarmé.

— Mais cela ne risque pas de se produire.

— Vous devriez vous reposer ici jusqu'à votre visite de contrôle en traumatologie. Vous n'avez pas oublié ? ajouta-t-il face à son air interrogateur.

— Euh… Je ne sais plus. Vous me l'avez dit cette nuit ?

Un rendez-vous avec le traumatologue était-il vraiment nécessaire ? Elle était médecin et savait comment prendre soin de son épaule.

D'un autre côté, on ne la laisserait peut-être pas reprendre le travail si elle n'avait pas le feu vert du service de traumatologie.

— Êtes-vous en train de trouver des excuses pour ne pas y aller ? dit-il comme s'il avait lu dans ses pensées.

— Je cherche oui. Mais elle me paraissent un peu bancales et j'imagine que vous allez les balayer d'un revers de la main.

Il opina d'un air amusé.

— Ne me surestimez pas.

L'idée d'un affrontement pour voir lequel des deux aurait le dessus était tentant. Elle se leva et tenta de chasser de son esprit la sensation délicieuse qu'elle éprouvait quand elle était à ses côtés, et dont elle aurait voulu qu'elle ne s'arrête jamais.

— Je vais me débrouiller. Je vais faire tout ce qu'on m'a dit de faire, promis.

Elle s'efforça de ne pas trouver d'autres raisons pour que Joel reste avec elle. De fait, il se leva, finit son café et traversa le salon pour se chausser.

— Vous avez mon numéro ?

— Vous me l'avez donné la semaine dernière.

— Alors n'hésitez pas si vous avez besoin de quoi que ce soit.

Elle hocha la tête.

Elle le rejoignit à la porte d'entrée pendant qu'il appelait l'ascenseur. Puis elle estima qu'il valait mieux ne pas lui envoyer un message ambigu alors elle le salua d'un geste de la main, le remercia encore et referma la porte.

Elle demeura un moment adossée à la porte, entendit la porte de l'ascenseur s'ouvrir et se refermer. Elle ferma les yeux et sentit une boule se former dans sa gorge. L'appartement lui parut tout à coup trop grand, trop vide.

Quelle idiote ! se dit-elle avant de retourner dans le salon. Joel était venu, s'était occupé d'elle, était reparti. C'était exactement ce qu'elle voulait. Il fallait qu'il emmène sa merveilleuse personne à un endroit où elle ne provoquerait pas autant de dégâts. La prochaine fois qu'elle le verrait, ce serait un bénévole comme un autre et non un homme qui lui faisait chavirer le cœur.

Une heure plus tard, elle était encore en train de réfléchir à la façon dont elle allait se doucher et s'habiller. Était-ce bien nécessaire, puisqu'elle n'avait pas l'intention de sortir et qu'elle pouvait rester bien au chaud sur le canapé ? Puis on sonna à la porte.

Rosie entra, un bouquet de freesias à la main, et se dirigea vers la cuisine en laissant derrière elle un sillage odorant, et en donnant des ordres. Il ne fallait pas que Robbie bouge, elle allait chercher un vase. Au pire, elle pouvait toujours arranger les fleurs dans le vase pendant qu'elle préparait le thé.

— À vos ordres, dit Robbie en souriant, contente de voir quelqu'un s'activer autour d'elle.

— Ne te moque pas, Rob, dit Rosie qui prenait son rôle d'infirmière très au sérieux. Glen a dit qu'il passerait et il t'apportera sans doute à manger. Il faut que tu reprennes des forces.

Glen arriva, en effet, avec des boîtes remplies de bonnes petites choses cuisinées par sa femme et dont l'arôme se mêla à celui des fleurs.

— Du poulet. C'est la recette de la maman de Carla ? demanda Rosie.

— Il n'en n'existe pas d'autre, que je sache, répondit Glen en riant. Il y en a pour deux personnes, au moins.

Rosie le remercia chaleureusement et disparut dans la cuisine.

— Comment ça va ? demanda Glen en s'asseyant sur le canapé à côté de Robbie.

Elle poussa un profond soupir.

— Ça pourrait aller mieux. Joel a réduit la luxation et ça va un peu mieux depuis, mais j'ai toujours mal. J'en ai pour une bonne semaine.

— Oh oui, au moins, dit Glen.

— On verra. Je vais peut-être vous étonner par mes incroyables pouvoirs de récupération.

Elle prit son téléphone et envoya un message à Carla.

— Oh ! non ! J'ai écrit « Merci pour le boulet ». C'est dur d'envoyer des messages d'une seule main.

Elle renvoya un message.

— À quelle heure es-tu rentré chez toi ce matin ?

En général, Glen travaillait de jour à l'hôpital et se rendait à l'association soit en début de soirée, soit en fin de nuit, pour voir si tout allait bien.

— 10 h 30, à peu près. Juste à temps pour emmener les enfants au parc avant qu'ils ne saccagent la maison.

— Et non sans avoir demandé à Joel de me raccompagner…

— C'est lui qui a insisté, je t'assure. Il m'a dit que ce n'était pas la peine que je me déplace, qu'il te ramènerait chez toi et veillerait à ce que tu aies tout ce qu'il faut.

Joel avait dit que Glen avait insisté pour qu'il la ramène. Un frisson lui parcourut le dos. De Joel ou de Glen, qui croire ? peu importait. Ce n'était pas le moment de poser trop de questions.

— Au fait, j'ai quelque chose pour l'anniversaire d'Amelia. Tu veux bien le lui apporter ? Je ne suis pas sûre de pouvoir aller à sa fête la semaine prochaine…

— N'y pense même pas, Rob. Dix gamins de huit ans ne font pas bon ménage avec une convalescente qui s'est luxé l'épaule. Si tu veux passer, viens plutôt dîner un soir.

— Merci. Prends quand même le cadeau, pour qu'elle l'ait le jour de son anniversaire. Il est sur l'étagère, dans l'entrée. Un sac bleu et blanc.

Glen alla chercher le sac, l'entrouvrit et sourit.

— Oh ! c'est le livre qu'elle voulait !

— J'espère qu'il va lui plaire. Papa était à une soirée, l'autre jour, et il le lui a fait dédicacer. Mais je ne l'ai pas encore emballé.

— Elle va être folle de joie. Remercie David de ma part. Tu as dit à tes parents que tu avais eu un accident ?

— Pas encore. Ils ont passé la semaine en Irlande et ils rentrent ce soir. J'appellerai maman demain matin. Elle sera ravie de venir s'occuper de moi.

— Bien. Dans ce cas, je dirai aux Coursiers de nuit que tu n'as plus besoin d'eux, dit Glen d'un air entendu.

— Pas sûr. Cela me fera peut-être du bien de voir du monde, sans quoi je risque de m'échapper de l'appartement par la fenêtre, en me laissant glisser le long de la gouttière.

Avec un peu de chance, le message parviendrait aux oreilles de Joel.

— Cela ne risque pas. Pas tant que je suis dans les parages, dit Rosie, un plateau dans les mains.

Elle posa le plateau sur la table basse et prit le livre et le papier cadeau pour l'emballer.

Robbie était heureuse d'être aussi bien entourée. Elle aimait la gentillesse et la simplicité de ses amis. Cela lui faisait oublier l'homme auquel elle s'était mise à penser un peu trop souvent ces derniers temps.

De toute façon, sa relation avec Joel était terminée. Terminée avant d'avoir commencé. Elle y avait cru – peut-être que lui aussi, avait été tenté d'y croire – mais c'était un rêve qui ne se réaliserait pas. Elle y veillerait.

Joel avait compris le message : Glen était passé chez Robbie, et se réjouissait qu'elle aille bien et qu'elle se repose. Rosie restait dormir chez elle, après quoi la mère de Robbie prendrait le relais pendant quelques jours.

Robbie n'avait donc pas besoin de lui. Ce qui tombait bien, parce qu'il n'avait aucune intention d'aller plus loin avec elle. Il se connaissait bien. Ses relations ne duraient jamais très longtemps et Robbie était le genre de femme qui méritait plus qu'une relation qui s'effiloche d'elle-même au bout de quelques semaines.

Il fallait qu'il réfléchisse. Il avait connu Robbie alors qu'elle se trouvait dans un moment de grande vulnérabilité et il savait que les patients ne se comportaient pas de la même manière quand ils étaient souffrants et choqués. Dans ce cas, il était censé faire preuve de professionnalisme et de recul.

Avec Robbie, c'était chose impossible. L'attente était insupportable tant il était impatient de la revoir. Il ne pouvait pas s'empêcher de se demander comment elle allait, même en sachant qu'elle était bien entourée.

C'était mieux ainsi, d'ailleurs. La dynamique de leur relation était faussée depuis le début, à cause de sentiments déplacés qu'il risquait de regretter tôt ou tard.

Mieux valait attendre. Quand Robbie se serait remise de son accident, elle accepterait peut-être qu'ils soient amis. Et cela lui conviendrait. Il n'avait pas le choix.

5.

Robbie sortit de sa salle de consultation de traumatologie avec des feuilles de soin. Ses oreilles bourdonnaient. La chef du service ne se dérangeait pas en général pour une simple subluxation de l'épaule mais elle l'avait reçue. Jamais elle n'avait rencontré une personne aussi inflexible. C'était à se demander si elle ne s'était pas liguée contre elle avec Glen, Joel et ses parents.

Soudain un rayon de soleil illumina sa journée. Joel était assis dans la salle d'attente. Elle hésita à faire comme si elle ne l'avait pas vu et à se diriger vers la sortie mais ses jambes, qui semblaient être animées par une force indépendante de sa volonté, la conduisirent tout droit vers lui. Elle sentit chacune de ses cellules sourire, même dans son épaule endolorie.

— Bonjour ! Qu'est-ce que vous faites-là ? demanda-t-elle en s'asseyant à côté de lui.

Il ne répondit pas d'emblée.

— Glen m'a dit que vous aviez rendez-vous avec le Dr Thompson.

— Oh… C'est lui qui vous a dit de venir ?

— Non, c'est moi qui le lui ai demandé. J'avais envie de savoir comment vous alliez.

En cinq jours sans le voir, elle s'était persuadée que ce qu'elle éprouvait envers lui n'était rien d'autre que de la gratitude. En cinq secondes, elle venait de changer d'avis. Et de trouver déjà des tas de bonnes raisons de lui demander de l'aide, toutes plus acceptables les unes que les autres.

— Mes parents m'ont rendu visite pendant quelques jours. J'étais contente de les voir mais ils se sont occupés de moi à un point que j'ai craint un moment pour ma santé mentale. Et là, je me suis fait remonter les bretelles par le chef du service de traumato. Si vous avez des patients pénibles, pensez à avoir recours à elle. Elle est effrayante !

— Vous n'avez pas l'air si effrayée que cela.

— C'est parce que l'agacement est plus fort que la peur.

— Ah bon ? Qu'est-ce qu'elle vous a dit ?

Il grimaça comme s'il regrettait d'avoir posé la question.

— C'est l'ami qui vous pose la question, pas le confrère.

— L'ami ? demanda-t-elle, prise entre ses sentiments spontanés pour lui et ce qu'elle avait prévu de faire de sa vie.

Son regard s'adoucit.

— Oui, votre ami, si vous le voulez bien.

Le cadre était donc posé. L'amitié recouvrait toutes sortes de réalités, chacun y trouverait probablement son compte.

— Elle m'a donné des exercices à faire, dit-elle en brandissant les feuilles qu'elle tenait à la main.

Joel y jeta un coup d'œil et hocha la tête.

— Et elle me passera un savon si je ne les fais pas tous les jours. Elle dit que je vais pouvoir reprendre le travail, ce qui est une bonne chose, mais qu'elle va appeler mon chef de service pour lui suggérer d'alléger mon planning. Et il faut que je retourne la voir avant de reprendre le travail, c'est elle qui donnera le feu vert.

— Il y a des allègement de service aux urgences ?

Elle fit une moue.

— Je ne savais pas non plus que c'était possible. Je pensais que je m'en sortirais avec l'aide d'une infirmière à mes côtés mais apparemment, je ne suis même pas autorisée à exercer autrement qu'en écoutant les patients, sans les toucher. Le Dr Thompson dit que je peux répondre à leurs questions et les conseiller, une fois qu'ils auront vu un médecin.

— C'est une bonne idée. Ce serait même bien d'avoir quelqu'un qui joue ce rôle à plein temps. Je regrette de ne pas toujours pouvoir passer plus de temps avec certains patients.

— L'idée est bonne mais je n'ai simplement pas envie que cela tombe sur moi !

Il se cala sur son siège et sourit.

— Quelque chose me dit que ce que je pense ne va pas vous plaire.

Elle aimait cette facette de la personnalité de Joel. Ils pouvaient ne pas être d'accord sans pour autant se disputer.

— Dites toujours.

— Vous pensez que le Dr Thompson ne vous a pas bien examinée ?

— Pas du tout. Elle est redoutable mais c'est un excellent médecin.

— Ce que vous avez fait samedi matin a été incroyablement courageux. Vous étiez sous le choc de l'accident, avec une épaule démise, et pourtant, vous avez réussi à récupérer votre sac pour aller livrer le lait à la maternité. Mais vous avez le droit de lâcher prise, maintenant.

Elle se souvint des efforts que cela lui avait coûtés et frémit. Elle détourna le regard en priant pour que les larmes qui menaçaient de jaillir ne coulent pas.

— Regardez-moi, dit-il avec douceur.

Elle lui en voulut un peu. Sa gentillesse lui donnait encore plus envie de pleurer.

— Vous pouvez faire une pause, Robbie. Vous y êtes arrivée, à la fois à assurer cette livraison de lait et à demander de l'aide. Si le Dr Thompson est un bon médecin, vous pouvez la laisser décider et vous dire à quel rythme vous devez avancer pour vous remettre tout à fait de l'accident. C'est son boulot, pas le vôtre.

Elle eut soudain l'impression qu'on lui retirait un poids des épaules. Elle le regarda, le cœur empli de gratitude et d'une autre émotion sur laquelle elle préféra ne pas s'attarder.

— Vous avez fait ce que vous aviez à faire, Robbie. Cela a généré toutes sortes d'émotions, c'est normal. Mais je pense qu'à présent, vous pouvez prendre des décisions de manière plus rationnelle.

Ses paroles avaient le goût d'une promesse. Une promesse qu'elle avait envie de faire et que Joel semblait faire aussi. Ce qu'ils éprouvaient l'un pour l'autre était trop fort pour être nié ou ignoré.

— Je dois admettre que vous avez raison, Joel, même si cela me coûte de le dire.

— Je n'en attendais pas moins de vous.

Les bruits de fond et les va-et-vient du personnel de l'hôpital semblèrent revenir au premier plan. La normalité revenait et Joel était là, adorable et bienveillant. Elle pouvait accepter son amitié et se débrouiller avec tout ce qui arriverait en chemin.

— J'ai envie d'un petit déjeuner. Cela vous dit ?

Il sourit.

— Toujours.

— Venez, je connais l'endroit idéal pour cela.

Robbie le guida dans un dédale de petites rues et le fit s'arrêter en chemin devant une pâtisserie. Elle connaissait la zone comme sa poche, probablement à force de la parcourir à moto lors de ses livraisons de nuit. Au bout d'un moment, il comprit qu'ils se dirigeaient vers l'église en fer peinte en bleu turquoise. Il se gara sur le parking derrière le bâtiment, près des deux véhicules de l'association, et coupa le moteur.

— Les Coursiers de nuit vous manquaient trop, dit-il en souriant.

— C'est juste une petite visite de courtoisie.

Elle ouvrit la portière et réussit à s'extraire de son siège sans son aide. Il se contenta de prendre le sac de la pâtisserie. Il s'en dégageait des effluves délicieux.

Le chemin de halage était désert. Ils firent le tour de l'église. Robbie ouvrit la porte et traversa la grande salle jusque derrière les bureaux, puis elle ouvrit une autre porte.

Joel ne put cacher sa surprise. Il se doutait qu'ils avaient une salle dans laquelle entreposer le matériel mais ne l'avait pas imaginée aussi spacieuse. Les murs étaient couverts d'étagères remplies de matériel et parfaitement rangées.

— Il faut être organisé et autonome quand on travaille de nuit, dit Robbie.

Elle indiqua des tables et des chaises pliantes.

— Vous voulez bien sortir une table et deux chaises, s'il vous plaît ? On va s'installer au bord de la rivière.

Il s'exécuta puis alla retrouver Robbie qui s'escrimait avec la machine à café. Elle parvint malgré tout à faire deux expressos qu'elle posa sur un plateau, avec les pâtisseries. Il prit le plateau et la suivit.

L'air était frais. Robbie s'assit et referma sa veste. Joel ouvrit le sac et en sortit deux croissants encore chauds et deux serviettes. Un homme grand et sec, à la barbe grise, sortit de l'une des péniches amarrées le long du chemin. Il portait une chemise de bûcheron et tenait une tasse vide à la main.

— Bonjour Robbie ! Qu'est-ce qu'il t'est arrivé ? demanda-t-il en indiquant son bras en écharpe.

— On m'a renversé à moto et je me suis démis l'épaule.

L'homme grimaça.

— Il paraît que ça fait mal.

— Je confirme. Mais j'ai eu de la chance, cela m'est arrivé juste au moment où j'entrais sur le parking de l'hôpital.

Robbie se tourna vers Joel.

— Joel, je vous présente Roy, qui vit sur cette péniche.

Les deux hommes se serrèrent la main.

— Vous travaillez aux Coursiers de nuit, non ? On s'est vus l'autre soir.

— Oui, je viens de commencer.

Il avait vu la file de péniches amarrées le long du chemin de halage mais jamais il n'avait imaginé qu'elles pouvaient être habitées.

— Tout se sait, ici, dit Roy en souriant.

Joel ne voyait pas cela comme un inconvénient. Le secret que son père lui avait imposé de porter avait pesé trop lourd sur sa vie d'enfant et d'adulte. L'idée d'un endroit où tout le monde était au courant de tout était loin de le rebuter.

— Pourtant, peu de gens savent que nous sommes ici, dit Robbie.

— C'est vrai. Et c'est peut-être mieux comme ça.

— Tu sais où se trouve la machine à café, dit Robbie.

Roy hocha la tête et se dirigea vers l'église. Un jeune couple avançait dans leur direction. C'étaient Chloe et Grant, deux Australiens qui passaient l'été ici et repartiraient dans un mois. Chloe déposa une boîte de biscuits sur la table et suivit Roy, tandis que Grant allait chercher des chaises et une autre table.

Joel comprit pourquoi Robbie avait acheté autant de croissants. Des gens continuaient à sortir des péniches pour se joindre à eux. Clara et Joan vivaient là parce qu'elles aimaient la rivière. Elles avaient monté une entreprise de vêtements en tricot. Terry travaillait dans le restaurant-péniche amarré un peu plus loin et Kamal, dans une troupe de théâtre locale. Roy était écrivain. Il alla chercher l'un de ses livres pour Joel qui se rendit compte qu'il avait devant lui l'auteur de plusieurs best-sellers. Quelqu'un apporta un jeu d'échecs et un petit groupe se rassembla autour de l'une des tables pour regarder et commenter la partie.

La nouvelle de l'accident de Robbie avait fait le tour de la communauté et tout le monde venait lui demander comment elle allait et si elle avait besoin de quelque chose. Clara était retournée dans sa péniche pour en rapporter un joli châle en laine, qu'elle avait déposé délicatement sur ses épaules. Joan et elle durent insister pour que Robbie accepte ce cadeau mais cette dernière finit par céder.

— Vous vous réunissez souvent comme ça ? demanda Joel lors de l'un des rares moments où Robbie n'était pas en train de parler à quelqu'un.

— Pratiquement tous les matins. Quand on est là, on ouvre toujours l'association. Sinon, les gens se retrouvent ailleurs sur le chemin de halage, ou sur une péniche, quand il fait trop froid. Au départ, l'église a été construite pour accueillir les gens qui travaillaient sur les péniches qui remontaient et descendaient la rivière. Les circonstances ont changé mais l'association essaie d'assurer une présence constante dans cette communauté. Deux après-midi par semaine, nous ouvrons un dispensaire médical. Nous aimerions faire davantage mais nous manquons de bénévoles.

Joel secoua la tête.

— Jamais je n'aurais imaginé qu'il se passait autant de choses ici.

— Peu de gens le savent, en réalité. Ils traversent la rivière sur les ponts ou se baladent sur le chemin de halage. Ils voient les bateaux mais ils n'imaginent pas que des gens vivent ici.

— Et vous préférez que cela ne se sache pas ?

Robbie réfléchit un moment.

— On ne se cache pas. Mais je crois que cela nous convient. C'est même l'une des choses qui m'a attirée…

Elle s'interrompit.

— C'est parfait pour les Coursiers de nuit d'être un peu à l'écart. Cela nous permet aussi de travailler efficacement, ajouta-t-elle.

— Pourtant, on connaît cette association et le travail que vous faites dans tous les établissements médicaux de la ville.

— Nous faisons notre possible.

Il jeta un coup d'œil autour d'eux.

— Tout le monde ici a l'air de vivre en bonne intelligence.

— Ça dépend. C'est comme dans tous les groupes humains. Il y a toujours quelqu'un qui va écouter de la musique un peu trop fort ou déranger ses voisins d'une manière ou d'une autre. Mais chacun fait de son mieux pour que tout se passe bien, conscient qu'il serait impossible de vivre ici sans se soutenir les uns les autres.

Des tas de questions lui venaient à l'esprit. Mais la plupart pouvaient attendre. Robbie était sollicitée de toutes parts et elle semblait ravie de parler avec tout le monde.

Il avait l'impression d'avoir atterri dans un petit village, un peu à l'écart du reste du monde, dont il observait les habitants et leurs règles.

L'une de ces règles était apparemment que le café du matin dure une heure mais guère plus. Tout à coup, on se mit à ranger les échecs, à débarrasser et à replier les tables et les chaises. Tout le monde se salua. Les riverains retournèrent à leurs péniches, se mêlant aux marcheurs qui allaient et venaient au bord de la rivière.

— Merci, j'ai passé un très bon moment, dit Joel. Vous rentrez chez vous, maintenant ?

— Oui. Il vaut mieux que j'aille me reposer si je veux être en forme pour reprendre le travail ce soir.

— Ce soir ? s'exclama-t-il en peinant à cacher son plaisir.

— Le Dr Thompson a parlé au chef du service des urgences et à celui des urgences pédiatriques et a trouvé une solution qui leur convient à tous les deux, apparemment. Je vais travailler aux urgences générales, du lundi au vendredi plutôt que du dimanche au jeudi.

Joel sentit son cœur faire un bond dans sa poitrine.

— C'est une bonne idée. Les week-ends peuvent être parfois très chargés aux urgences. Il faut que vous repreniez doucement. Vous voulez que je passe vous prendre et vous conduise à l'hôpital ?

Elle sourit.

— Je serais tentée de dire que je vais me débrouiller mais rien que l'idée du métro bondé me paralyse.

Elle avait encore du mal à accepter son aide. Mais il avait appris une chose, ce matin.

S'il avait envie d'être présent pour elle, ce n'était pas seulement parce qu'elle était convalescente et vulnérable. Ces circonstances lui avaient permis de lui ouvrir son cœur, dans lequel elle s'était engouffrée et avait élu domicile. Il commençait à se demander s'il n'était pas en train de créer une relation durable avec elle. S'il ne pouvait pas la considérer comme une attirance éphémère vouée à disparaître avec le temps, il faudrait qu'il l'appelle « amitié ». Une amitié qui paraissait déjà plus forte et plus importante que toutes celles qu'il avait connues dans sa vie jusqu'à présent.

L'idée qu'elle apprécie cet homme simplement parce qu'il était venu à son secours ne tenait plus debout. Joel n'était pas seulement un ange venu lui prêter main forte dans un moment où elle en avait besoin, et Robbie se débattait à présent avec la tentation de se rapprocher de lui. Ils étaient suffisamment importants l'un pour l'autre pour sortir de la dynamique médecin/patient et commencer à être amis. Et le rester.

C'était sans compter sur sa nouvelle assignation aux urgences générales et sur le fait qu'ils allaient désormais travailler dans le même service, même si elle devait passer la majeure partie de ses nuits au calme dans un bureau plutôt que dans les salles de consultation. Mais elle était confrontée à une queue de patients agités et pressés de rentrer chez eux qui n'allégeaient pas vraiment le poids de son travail. Joel avait remarqué la pression qu'elle subissait et avait suggéré une modification : les médecins urgentistes pourraient l'appeler dans le box quand ce serait le bon moment pour eux, ce qui lui permettrait de s'occuper d'un patient à la fois au lieu de les subir tous en même temps. Ce serait plus efficace et bien moins stressant pour elle.

La modification fut acceptée.

Joel lui avait proposé de l'emmener prendre le petit déjeuner quelque part le samedi matin.

— J'espère que cela vous plaira.

— Ne dites rien, j'adore les surprises.

— C'est vrai ? Je tâcherai de m'en souvenir.

Ils sortirent du centre de Londres et, au bout d'une demi-heure, Joel se gara devant une rangée de maisons mitoyennes à un étage.

— Vous habitez ici ? demanda Robbie en sortant de la voiture.

— Oui.

La rue eut soudain l'air beaucoup plus attrayante. En particulier la maison aux volets de bois et à la porte verte vers laquelle il se dirigeait.

Lorsqu'ils entrèrent, elle aperçut en passant les murs couverts de livres du salon et le suivit jusque dans une grande cuisine à l'arrière, dont la cloison avec l'arrière-cuisine avait été abattue. De toute évidence, Joel aimait les matériaux naturels et traditionnels. Les étagères en bois brut étaient recouvertes de nattes de jonc de mer. Un poêle en fonte était adossé au mur et la pièce donnait sur une petite terrasse en briques.

— Vous préférez être dedans ou dehors ?

— Dehors.

Le soleil était suffisamment chaud pour atténuer la fraîcheur matinale.

Elle s'assit sur l'un des fauteuils en osier et contempla les plantes en pot disséminées dans le petit jardin clos. Cet endroit était un havre de paix. Joel la rejoignit et posa une bouteille et deux verres sur la table.

— J'ai pensé que nous pourrions trinquer à votre convalescence. C'est du vin sans alcool mais il a des bulles.

— C'est ce qui compte, dit-elle, consciente que les antalgiques ne faisaient pas bon ménage avec l'alcool.

Le bouchon sauta gaiement et Joel emplit les verres. Il en tendit un à Robbie et leva le sien.

— À votre détermination sans faille. Et à votre convalescence déjà en bon chemin.

Robbie sourit et but une gorgée.

— C'est gentil, merci. Mais je ne suis pas sûre que vous appréciiez tant que ça ma détermination sans faille.

— Il en faut pour guérir.

— En tout cas, j'ai appris beaucoup de choses ces derniers jours, dit-elle.

— C'est vrai ? À quel sujet ?

— Au sujet des patients et des questions qu'ils se posent quand nous pensons que nous avons terminé notre travail. Et de ce qu'ils ressentent.

Joel hocha la tête.

— Vous devriez écrire tout cela. Cela serait utile pour tout le monde, les médecins autant que les patients.

Grâce à Joel, le travail auquel elle avait été assignée aux urgences générales, le temps de sa convalescence, était devenu un terrain d'expérimentation aussi bien pour elle que pour le reste du service.

— Je ne sais pas combien de temps je vais rester là.

Il se cala dans son fauteuil, tout en observant un rouge-gorge qui s'était posé sur la mangeoire, au fond du jardin.

— Ce n'est pas vous qui décidez, si ? dit-il.

Elle poussa un gros soupir.

— J'ai du mal avec ce sur quoi je n'ai aucun contrôle, admit-elle.

Son sourire s'élargit soudain.

— Du mal à lâcher prise ? Dites-moi tout…

La lueur malicieuse qu'elle vit dans son regard lui donna envie de lui dire des choses qu'il valait peut-être mieux qu'elle taise. Pouvait-elle lui raconter pourquoi elle tenait tant à garder le contrôle sur sa vie et sur ses émotions ? Et en quoi cela lui simplifiait les choses ?

— J'ai de l'eczéma depuis que je suis petite. Je n'y pensais pas vraiment, à part quand il me démangeait. Mais tout a changé à l'adolescence.

— À l'âge où on a l'impression que tout le monde nous regarde ?

De fait, tout le monde l'avait regardée. L'article de ce maudit journaliste l'avait violemment mise sur le devant de la scène. Il lui avait aussi fait comprendre que l'anonymat était la meilleure des protections. Mais elle ne tenait pas à s'étaler sur cet aspect de sa vie.

— Y avait-il des choses qui vous mettaient mal à l'aise quand vous étiez adolescent ? demanda-t-elle.

Elle avait du mal à imaginer à quel genre de problème il avait été confronté.

Rien de bien original. En premier lieu, le fait de prendre vingt centimètres en un an et d'être aussi gauche qu'un girafon.

Joel était grand mais semblait avoir une parfaite maîtrise de ses gestes.

— Oui, tous les garçons adolescents sont un peu dégingandés.

— Vous avez souffert, vous, à cette époque ?

— Oui, ça n'a pas été simple. Mais j'ai appris à me protéger et à accepter que certaines personnes puissent être désagréables. Mais je ne perds plus mon temps avec elles.

Il hocha lentement la tête, attendant patiemment la suite. C'était sa manière de fonctionner, elle l'avait vu faire à l'hôpital, quand il travaillait. Il attendait, et les gens lui parlaient. Il ne leur soutirait pas les informations, il cherchait à comprendre, à se mettre dans le même état d'esprit qu'eux. Elle poursuivit.

— Les garçons m'ont fait du mal, à l'époque. Un, en particulier.

— Les garçons peuvent être terribles. Je sais, j'en étais un.

De nouveau, il se tut.

— J'étais en dernière année de fac. J'avais des poussées d'eczéma, sans doute à cause de la pression. Quand on sortait ensemble, il me demandait de les cacher, de mettre des manches longues. Il me demandait sans arrêt de changer de vêtements ou de mettre du fond de teint pour cacher les plaques… Il trouvait même des prétextes pour ne pas sortir quand mon eczéma était trop visible.

— Vous l'avez envoyé balader, c'est ça ?

Cela n'avait pas été simple. Elle était jeune et recherchait l'approbation et l'acceptation de ce garçon qu'elle croyait aimer, à l'époque. Et qui ne l'aimait pas en retour.

— J'étais amoureuse de lui. Mais le fait de ne pas être assez bien pour lui a profondément entamé mon estime et ma confiance en moi. Il m'a fallu du temps.

— C'est plutôt lui qui n'était pas assez bien pour vous, dit Joel.

— Il voulait une potiche. Quelqu'un qui obéisse aux ordres tout en s'estimant heureuse de l'avoir rencontré.

Joel éclata de rire.

— Il est mal tombé, alors. Il y a beaucoup de mots dont je pourrais vous qualifier, mais « potiche » ne m'est jamais venu à l'esprit.

Il serait intéressant de savoir comment il la qualifierait … Mais n'était-ce pas retomber dans le même piège, la quête de l'approbation ?

Elle se demanda si elle devait lui raconter le reste. L'argent de sa famille, l'exposition médiatique… Et l'idée que Rory ne l'aimait peut-être que pour sa fortune.

Garder le secret lui avait sauvé la vie. Les secrets étaient tels des coussins rembourrés qui la protégeaient et lui permettaient d'être appréciée pour ce qu'elle faisait et non pas pour qui elle était. Elle pouvait en révéler un mais les révéler tous était trop risqué.

— Un jour, j'ai décidé d'arrêter de jouer la potiche. Et, bien entendu, dès que j'ai trouvé ma solution au problème et que je l'ai quitté, l'eczéma s'est atténué, comme par enchantement. Même s'il réapparaît dès que je suis stressée.

— Raison de plus pour vous reposer. Votre convalescence doit être votre priorité.

— C'est ce que j'essaie de faire. Un jour, je serai une patiente modèle.

Il sourit.

— En attendant, il faut reprendre des forces. Vous avez faim ? Je peux faire des hamburgers. En général, je fais cuire la viande au barbecue, pour prolonger l'été. Mais je ne suis pas sûr que mes voisins apprécient que j'allume le barbecue à 9 heures du matin.

— Au barbecue ou à la poêle, ce sera parfait.

Il lui adressa un autre de ses sourires renversants avant de retourner à la cuisine.

6.

Joel ne pouvait pas s'empêcher de penser que Robbie ne lui avait pas tout dit. À sa manière de réfléchir pendant les silences, comme si elle choisissait ses mots. Il connaissait trop bien le poids du silence et le sentiment de culpabilité qui l'assaillait à l'idée que l'avenir de ses parents et de leur couple ait pu dépendre de ce qu'il choisirait de dire.

Il n'avait jamais eu le courage d'exprimer ce qu'il avait dans le cœur, alors qu'il rêvait de pouvoir se débarrasser du poids de ces paroles non dites. Il s'était parfois demandé si sa mère était au courant…

Aujourd'hui, il ne supportait pas l'idée que Robbie puisse lui cacher des choses. Il chassa cette pensée de son esprit et se concentra sur le repas à préparer : hamburgers au bacon, fromage, salade, oignons et frites.

Le regard que posa Robbie sur l'assiette qu'il mit devant elle valut bien les vingt minutes qu'il passa en cuisine à essayer de croiser son regard.

— C'est magnifique ! Vous coupez toujours les hamburgers en quatre ?

— Non, mais je ne voulais pas que vous vous sentiez mise à l'écart, alors j'ai aussi coupé le mien.

Plaisanter avec elle était devenu l'un de ses passe-temps favoris. Et Robbie faisait partie des gens qui ne se vexent que des choses qu'on ne dit pas.

— Vous avez bien fait. Je me sens totalement intégrée, dit-elle avant de mordre dans un morceau de hamburger. Hmmm ! C'est délicieux !

— Vous avez de la sauce, dit-il en lui tendant une serviette en papier.

Elle tendit le menton sans lâcher son hamburger. Il leva les yeux au ciel et essuya la sauce comme s'il s'agissait d'une corvée pénible.

— J'ai pensé à quelque chose, dit-elle plus sérieusement.

— Faut-il que je m'inquiète ? dit-il en riant.

— C'est à vous de me dire. J'apprécie beaucoup que vous m'ayez amenée et ramenée de l'hôpital depuis l'accident mais je pense que je vais pouvoir prendre le métro la semaine prochaine. Qu'en dites-vous ?

— J'en dis que c'est une très mauvaise idée. Cela ne me dérange pas de passer vous prendre. Je préfère ça à l'idée de vous imaginer écrasée par la foule dans un wagon. Et je me suis habitué à vous avoir près de moi. J'aime beaucoup votre compagnie.

Dans certains cas, il valait mieux être direct. Il se demanda s'il pouvait l'être avec Robbie. Elle le regarda d'un air intrigué.

— Vous n'allez pas me répéter, vous aussi, qu'il ne faut pas que je fasse trop d'efforts ?

— Non, mais j'ai bien entendu ce que vous disiez, tout à l'heure, sur le fait de définir ses propres besoins plutôt que de réagir à ceux des autres. Alors j'ai décidé de vous faire part de *mes* besoins et de vous laisser établir les vôtres.

Elle le fixa puis elle éclata de rire.

— Vous écoutez trop bien, Joel.

Le compliment lui alla droit au cœur. Effectivement, il ne perdait pas une miette de ce qu'elle disait.

— Alors, de quoi avez-vous besoin ?

Son regard se fit malicieux.

— Moi aussi, je vous ai bien écouté. J'ai besoin de me détendre et de guérir, au lieu de faire comme si tout allait bien. Aussi, j'accepte votre proposition de m'amener à l'hôpital et de me ramener chez moi, si cela vous convient.

— J'en serais ravi.

Quelque chose avait changé entre eux et Joel s'en réjouit.

Ils commençaient à oser se montrer tels qu'ils étaient. S'ils se débarrassaient des vieux schémas du passé, l'espace qu'ils pouvaient occuper ensemble serait plus grand. Or, tout ce dont il avait besoin, à présent, c'était de plus d'espace et de plus de temps à passer avec elle.

Joel se demanda que faire en entendant le petit garçon hurler dans le box voisin. Tout le service devait l'entendre, d'ailleurs. Pourtant, Kat était avec lui. Il était impossible qu'un enfant résiste à la douceur et aux paroles rassurantes de cette infirmière. Mais le petit garçon s'époumonait.

— Il veut être avec moi, dit sa mère en s'asseyant péniblement sur la table d'examen.

— Sarah, il faut que je vous examine, dit Joel en essayant de la raisonner.

— Non ! Vous ne me toucherez pas tant que je n'aurai pas vu mon fils !

Un médecin ne pouvait certainement pas examiner une femme qui était tombée dans les escaliers et pouvait avoir des blessures graves, tant que son fils de cinq ans hurlait dans le box d'à côté.

— D'accord. Ne bougez pas. Je vais le chercher, dit Joel.

Il jeta un coup d'œil à l'infirmière qui se trouvait avec eux et qui lui répondit d'un léger hochement de tête.

Il sortit du box en se demandant si les cris de l'enfant avaient attiré l'attention de la seule personne qu'il avait envie de voir. Justement, Robbie était là, agenouillée auprès du fils de Sarah qui à présent sanglotait, recroquevillé dans le coin du box.

L'expérience qu'elle avait auprès des enfants en détresse serait probablement d'une grande utilité.

— Kat, emmenez-le voir sa maman, dit-il.

Kat hocha la tête et se pencha vers le petit garçon qui se releva dès qu'il entendit le mot « maman » et lui donna la main, le visage rouge et baigné de larmes.

— Que se passe-t-il ? Kat fait des miracles d'habitude, dit Robbie d'un air préoccupé.

— Ils viennent d'arriver en ambulance. La mère est tombée dans les escaliers, son fils s'est levé et lui a apporté son téléphone pour qu'elle puisse appeler les secours.

— Comment va-t-elle ?

— Difficile à dire. Elle refuse que je l'examine tant que son fils n'est pas avec elle. Apparemment, il est bouleversé mais nous avons pris le temps de lui parler et de lui expliquer que sa mère allait bien. C'est la première fois que je vois une telle angoisse de séparation à la fois chez le parent et chez l'enfant.

Robbie réfléchit.

— Est-il neurodivergent ?

— Sa mère dit que non. Elle répète en boucle qu'il veut simplement être avec elle.

— Ils étaient seuls, dans la maison ?

— Quand l'ambulance est arrivée, ils étaient tous les deux. Ils ont emmené Eliot pour le faire examiner en pédiatrie mais il se met à hurler dès qu'il perd sa mère de vue et rien ne peut le calmer. Je suis content que tu puisses me donner ton avis.

— Le mieux est peut-être qu'il soit avec elle pendant l'examen général. Il se sentira mieux s'il a l'impression qu'on le fait participer.

Il hocha la tête. Depuis que Kat avait amené le petit garçon dans le box contigu, les hurlements s'étaient interrompus, comme si on avait actionné un interrupteur. Robbie le suivit et entra à son tour dans le box.

— Je cherche un petit garçon qui s'appelle Eliot. Je suis le Dr Robbie.

Eliot la regarda d'un air suspicieux.

— Robbie, c'est un nom de garçon.

— C'est mon surnom. Si tu veux, je te dis mon vrai prénom.

Elle se pencha et lui murmura à l'oreille. Joel résista à la tentation de lui demander de dire son vrai prénom à voix haute. En tout cas, elle était parvenue à attirer l'attention de l'enfant.

— C'est quoi ? Tu t'es fait mal ? demanda ce dernier en voyant les plaques rouges sur ses bras.

Robbie ne recula pas comme elle le faisait quand on s'approchait trop près d'elle.

— Ici ? Non. Je me suis fait mal à l'épaule, en tombant à moto. C'est pour ça que j'ai le bras en écharpe. Le Dr Joel l'a remise en place et je serai bientôt guérie.

— Maman aussi, elle est tombée. Dans les escaliers.

— Oui, on m'a dit que tu as été très courageux, que tu lui as apporté le téléphone pour qu'elle appelle l'ambulance. Tu sais, le Dr Joel va s'occuper de ta maman pendant que moi, je vais t'examiner, toi.

Eliot regarda Joel qui lui sourit. Mais Eliot n'eut pas l'air convaincu.

— Qu'est-ce qu'il va lui faire ?

Robbie fit semblant de réfléchir.

— Il va nous l'expliquer lui-même. Et je te ferai la même chose en même temps et tu me diras ce que tu en penses.

La même idée avait traversé l'esprit de Robbie en même temps que le sien : le petit garçon essayait de protéger sa mère. Peut-être avait-il été témoin de violences. Les examens le confirmeraient ou l'infirmeraient.

— D'accord ? dit Robbie.

Eliot hocha la tête. Robbie se tourna vers sa mère.

— Vous aussi, vous êtes d'accord ?

— Oui, merci docteur. Je suis là, Eliot, avec le Dr Joel, toi avec le Dr Robbie.

Kat prit le petit garçon dans ses bras pour l'asseoir sur une chaise, tandis que Joel s'approcha de la table d'examen sur laquelle se trouvait sa mère.

— Excusez-nous, répéta-t-elle, il faut juste qu'il me voie.

— C'est normal. Il a eu peur et vous aussi, répondit Joel sur un ton rassurant.

Puis il haussa la voix de sorte qu'Eliot et Robbie l'entendent.

— Maintenant, je vais examiner vos côtes…

Sarah ne lâcha pas son fils du regard et Joel dut attirer son attention plusieurs fois pour qu'elle réponde à la question qu'il venait de lui poser. De son côté, Robbie, avec l'aide de Kat, examinait l'enfant manifestement soulagé de savoir ce qu'on faisait à sa mère, qu'il appelait de temps en temps pour lui dire que le Dr Robbie lui faisait la même chose et que tout allait bien.

À en juger par le ton de Robbie, Eliot n'avait aucune lésion physique.

Sarah, par contre, avait une cheville enflée, probablement fracturée, tout comme l'un de ses poignets. Ses côtes étaient pleines de contusions et elle souffrait d'une légère commotion cérébrale. Il faudrait qu'elle passe au moins une nuit en observation à l'hôpital.

— Est-ce que quelqu'un peut s'occuper d'Eliot pendant ce temps ?

— Ma mère. Elle va venir le chercher.

Sarah regarda son fils qui était en train de murmurer quelque chose à l'oreille de Robbie. Elle devint blême.

— Que se passe-t-il, Sarah ?

— Je... Je ne sais pas quoi faire, dit-elle en se mordant nerveusement la lèvre.

— Votre mère ne va pas pouvoir s'occuper de lui ?

— Non, mes parents s'occupent de lui tout le temps. Il les adore.

— Il sera content de partir avec eux, même sans vous ?

— Oui. C'est juste que...

Elle plaqua la main sur sa bouche pour retenir ses sanglots.

Un lourd silence tomba dans le box.

— Sarah ? dit-il doucement, est-ce que quelqu'un vous a fait du mal ?

Elle hocha la tête et regarda de nouveau son fils. Joel se retourna et croisa le regard de Robbie. Il sut alors que la priorité était de protéger l'enfant.

— Sarah, il faut qu'Eliot parle. Il ne faut pas qu'il garde cela pour lui. C'est trop lourd à porter pour un petit garçon de cinq ans. Mais il y a une chose que vous pouvez faire pour l'aider.

— Ah bon ? dit Sarah avec, dans les yeux, une expression de peur mêlée d'espoir.

— Je sais que c'est difficile, Sarah, mais il faut que vous parliez.

Elle prit une profonde inspiration.

— C'est mon ex, le père d'Eliot, dit-elle dans un filet de voix. Eliot l'a vu me pousser dans les escaliers. Je lui ai demandé de ne rien dire à personne. Je ne voulais pas qu'il ait à dire du mal de son père.

Joel hésita mais il devait poser la question.

— Est-ce qu'il avait déjà été violent vis-à-vis de vous, ou d'Eliot ?

— Non, jamais.

Joel chercha ses mots. Dans ce genre de situation, il fallait être le plus clair et le plus honnête possible.

— Comme Eliot a été témoin de la scène, la loi exige que je fasse un signalement parce qu'il faut faire passer ses intérêts avant tout le reste. La priorité, c'est lui. Vous avez le choix de dénoncer son père ou non, mais si j'étais vous, c'est une chose à laquelle je réfléchirais.

Sarah hocha la tête.

— Si vous êtes obligé de faire un signalement… Tant que vous faites ce que vous avez dit. De faire passer les intérêts d'Eliot en premier.

— C'est ce que tout le monde va s'efforcer de faire ici. Nous avons une équipe spécialisée dans le domaine des violence domestiques et une psychologue qui est actuellement en service. Elle a une grande expérience de ce genre de situations. Si vous voulez, je peux l'appeler et lui demander de venir parler avec vous.

— Je ne sais pas… dit Sarah tandis qu'une larme roulait sur sa joue. Je ne sais pas si c'est la peine d'appeler ces gens. C'est la première fois que ça arrive. Il n'a jamais fait ça auparavant.

— Non, mais il l'a fait une fois. Et, non seulement il vous a blessée physiquement mais il a aussi fait du mal à Eliot, et nous voulons nous assurer qu'il est conscient de la gravité de ses actes et qu'il est prêt à réparer ce qui peut l'être. Personne ne va vous juger ni l'un ni l'autre. Mais je crois vraiment que l'aide de professionnels pourra vous aider.

Elle hocha la tête.

— Vous avez raison. Je vais voir cette psychologue. À condition qu'Eliot soit sa priorité, parce que je suis sa mère et qu'il est ma priorité à moi, dit-elle avec une détermination qui le fit sourire intérieurement.

— Dans ce cas, je vais l'appeler puis je vous emmènerai passer une radio.

Il laissa Sarah aux bons soins de l'infirmière et sortit du box. Quelques instants plus tard, Robbie le rejoignit.

— Quelle est la version d'Eliot ? demanda-t-il.

— Il dit que son père a poussé sa mère dans les escaliers. Qu'il ne lui a jamais fait de mal auparavant, ce que l'examen médical confirme. C'est un enfant tout à fait bien portant, il n'a aucune trace de violence physique. Et Sarah ?

— Elle a raconté la même chose. Et qu'Eliot a vu la scène.

Robbie grimaça.

— Pauvre petit…

— Et qu'elle lui a demandé de garder le silence.

— Par chance, il a parlé. Il en avait besoin. Je n'ai pas eu à attendre longtemps. Simplement à gagner sa confiance.

— Je crois que sa mère l'a vu murmurer quelque chose à votre oreille et qu'elle a pris conscience qu'il valait mieux qu'elle dise la vérité.

Il se demanda ce qui se serait passé si quelqu'un comme Robbie avait gagné sa confiance quand il était petit et qu'il avait pu lui confier le secret qu'il avait porté toute sa vie.

— Vous prenez rendez-vous avec la psychologue ?

— Oui.

Il ne restait plus qu'à appliquer des procédures précises qui visaient à protéger Eliot et Sarah. Mais Joel avait du mal à lâcher prise.

— Ça va ? demanda Robbie qui sentait probablement que quelque chose le tracassait.

— Mmm… C'est juste que certains cas sont plus marquants

que d'autres. Mais vous devez avoir l'habitude. Vous êtes confrontée sans arrêt à ce genre d'histoires, où les enfants sont en première ligne.

— Pas sans arrêt, mais parfois. Mais, détrompez-vous, on ne s'y habitue pas. Ou alors, si je m'y habitue un jour, c'est que j'aurai un problème.

Elle se rapprocha de lui.

— Il y a des procédures à suivre. Retrouvez-moi à l'entrée du personnel à la pause.

— La pause ? Je ne sais pas si je pourrai. Il y a pas mal d'activité, ce soir.

Robbie sourit.

— Vous trouverez le temps. Appelez-moi.

Phillipa, la psychologue spécialisée dans les violences domestiques, était en rendez-vous quand Joel était allé la voir. Robbie s'était donc proposée pour rester avec Sarah et Eliot en attendant qu'elle se libère. Eliot était resté blotti contre sa mère, sauf quand elle était allée passer la radio. Les résultats confirmaient qu'elle avait une fracture de la cheville et du poignet. Joel les avait rassurés et leur avait expliqué en détail quelle serait la suite des événements si bien que, quand Phillipa arriva, Sarah était tout à fait disposée à prendre les mesures nécessaires pour sa protection et celle de son fils.

— Dans deux minutes, murmura Robbie quand il prit le chemin du bureau pour compléter le dossier de Sarah.

— Trois, corrigea-t-il, et elle se dit qu'il lui en faudrait certainement quatre.

Il arriva au bout de cinq minutes, au moment où la fraîcheur de l'air commençait à la faire frissonner. Joel souriait mais il y avait de la fatigue dans son regard.

— Voilà ce qu'on va faire, dit-elle. Tout d'abord, prenez une profonde inspiration.

Elle l'invita à inspirer et expirer en même temps qu'elle.

— Maintenant, dites la première chose qui vous passe par la tête.

— Sérieusement ?

— Oui, c'est très sérieux. Faites ce que je vous dis.

— Le bleu de vos yeux est plus foncé dans cette lumière.

— C'est vraiment la première chose qui vous est venue à l'esprit ?

— Oui. Et vous ?

— Je vous ai dit…

Mais elle s'interrompit pour ne pas avoir à se dépêtrer d'une conversation qui prenait une drôle de tournure.

— Bref. Maintenant, on se prend dans les bras.

Joel sourit et la prit dans ses bras en veillant à ne pas exercer de pression sur son épaule. Elle se blottit contre lui, l'oreille contre son cœur, dont elle entendait les battements. Elle n'avait aucune envie que ce moment cesse et eut le sentiment qu'il n'en avait pas envie non plus. Ce n'était pas seulement agréable, c'était enivrant.

— Vous avez raison, ça marche, dit-il avant de la regarder dans les yeux.

Pendant une fraction de seconde, elle s'imagina qu'ils couraient jusqu'à la voiture de Joel, fonçaient chez elle et commençaient à se déshabiller dans la cabine de l'ascenseur s'il ne montait pas les six étages assez vite.

Elle se félicita de ne pas avoir à lui dire ce qui venait de lui traverser l'esprit. De toute façon, on avait besoin d'eux à l'hôpital. Cette nuit. Toutes les nuits. C'était autour de cela qu'ils avaient construit leur vie.

Elle s'écarta de lui et sentit les bras de Joel se relâcher.

— Vous êtes prêt à y retourner ? demanda-t-elle sans pouvoir éviter son regard.

— Rentrez, vous frissonnez. Je vais rester là pour respirer encore un peu.

— Mais ça va ?

— Oui, ça m'a fait du bien. J'ai juste besoin d'être seul quelques instants.

De toute évidence, ces quelques moments de répit n'avaient pas suffi à apaiser toutes les préoccupations de Joel.

Cela arrivait. La situation de certains patients réveillait des souvenirs chez le personnel médical qui s'occupait d'eux. Mais il fallait faire avec et aller de l'avant, pour le bien des patients comme pour celui des soignants.

Apparemment, la situation de Sarah remuait Joel. Mais lorsqu'elle le vit revenir au bureau pour chercher le dossier de son patient suivant, il semblait s'être ressaisi. Il croisa son regard et lui sourit, puis articula « merci » en silence. Ce qui signifiait qu'elle n'avait pas fait tout cela pour rien.

7.

La nuit aux Coursiers de nuit était plutôt calme et il y avait suffisamment de bénévoles pour répondre aux appels. Joel avait raccompagné Robbie chez elle, sachant qu'ils restaient tous deux à disposition de l'association au cas où l'on ait soudain besoin d'eux.

C'était ce qui expliquait que Robbie soit en train de cuisiner à 1 h 30 du matin. Et qui se traduisait par une pagaille sans nom dans la cuisine, l'éparpillement de plusieurs feuilles sur lesquelles étaient imprimées les recettes, quelques bruits inquiétants parfois suivis de quelques jurons. Si bien qu'il finit par se lever du canapé et aller voir ce qui se passait.

— Mais qu'est-ce que…

Le désordre semblait avoir augmenté de façon exponentielle depuis que Robbie l'avait chassé de la cuisine. Comme elle ne pouvait toujours rien porter avec le bras gauche, elle s'était manifestement épargné l'étape consistant à remettre les choses dont elle n'avait pas besoin à leur place, une fois qu'elle avait trouvé ce qu'il lui fallait. On aurait dit qu'elle avait vidé le contenu de ses placards sur les plans de travail.

— Je sais… C'est une recette que m'a donnée ma sœur, en me disant qu'elle était rapide et facile à faire. J'ai dû passer à côté de quelque chose…

— C'est peut-être une recette qu'elle fait souvent. Quand vous l'aurez faite plusieurs fois, vous saurez exactement de quoi vous avez besoin…

Il se mit à ranger les ustensiles dans les placards ouverts.

— Vous avez une sœur ?

Elle arborait le même sourire en mentionnant sa sœur que

quand elle parlait de ses parents. Ce devait être une famille unie. Il ne put s'empêcher de ressentir une pointe d'envie.

— Oui, avec laquelle je m'entends bien. Mais on ne se voit pas très souvent. Elle vit en Irlande avec son mari. On s'appelle régulièrement. C'est une très bonne cuisinière. J'ai eu envie de me mettre à la cuisine, moi aussi, à mes heures perdues. Et maintenant que j'ai du temps…

Il hocha la tête. Mieux valait qu'elle s'y colle seulement à ses heures perdues, vu les efforts que cela lui demandait.

— Qu'est-ce que vous faites ?

— Un gâteau au chocolat, répondit-elle en agitant plusieurs feuilles de papier. Mais je n'ai pas l'impression qu'il va ressembler à ça.

— Pourquoi ? Si vous suivez la recette…

— Pour moi, faire des gâteaux c'est passer du temps seule dans la cuisine pour exprimer ma créativité. La créativité ne va pas sans un peu de désordre, dit-elle en souriant. Mais là, j'ai dû utiliser le robot, à cause de mon bras. Izzy m'a dit que c'était possible.

Elle consulta le mode d'emploi du robot en question qui était sans doute capable d'une multitude de tâches puis tourna un bouton. Le mixeur s'enclencha. Elle se redressa et le regarda d'un ait satisfait.

— Et ça ? dit Joel en désignant un saladier contenant ce qui ressemblait à du chocolat fondu.

— Oh ! ça ? C'est le glaçage. Je l'ai fait en premier parce que ça avait l'air facile.

Elle s'approcha et trempa un doigt dans le mélange.

— Je me demande s'il n'est pas un peu trop liquide, dit-elle après l'avoir goûté.

Elle se frotta le front et y laissa une trace de chocolat. Puis elle écarta une mèche de cheveux et la trace s'étala.

— Vous vous en êtes mis de partout, dit-il en venant à sa rescousse. Non, ne touchez pas. Laissez-moi faire…

Il prit un torchon et frotta la tache. Puis il plongea son regard dans ses grands yeux bleus. Elle sourit.

— Tenez, goûtez ! dit-elle en trempant le doigt dans le saladier.

Il s'approcha et lécha son doigt tendu. Il se demanda si l'embrasser serait aussi bon que tout ce qu'il avait pu imaginer. Alors il fit ce qu'il avait envie de faire depuis l'instant où il avait vu Robbie pour la première fois. C'était encore mieux que dans ses rêves. Plus doux, plus inattendu, plus spontané.

Elle se colla contre lui et passa la main derrière sa nuque. Il eut l'impression de perdre l'équilibre et de se retrouver dans un endroit où ils n'étaient plus que tous les deux et où plus rien d'autre ne comptait.

— Tu sens le chocolat, dit-elle.

Elle devait aimer cela parce qu'elle se remit à l'embrasser. Elle aussi avait un goût de…

Le goût d'une vie différente, dans laquelle il se donnait à elle sans limite. Dans laquelle il n'était plus seul.

Il lui caressa la joue.

— J'ai peur, avoua-t-il.

— De quoi ?

— Je sais que tu as souffert. Moi aussi, j'ai souffert. Il faut que je te dise quelque chose…

Le bleu de ses yeux s'obscurcit, voilé par une émotion qu'il ne parvint pas à identifier clairement.

— Je t'écoute.

Par où commencer ? Il était si difficile de confier un secret, même si le garder était sans doute plus destructeur. Il le fallait pourtant, avant que les choses deviennent plus sérieuses entre Robbie et lui.

Son téléphone se mit à vibrer dans sa poche mais il l'ignora. Le monde pouvait bien s'écrouler, tant qu'il pouvait encore passer quelques instants avec elle.

Il tendit le bras et prit le portable, qui s'arrêta de sonner.

— Appel manqué.

Mais le téléphone se remit à sonner.

— Allô ? dit-il d'une voix qui lui parut étrangement rauque.

— Joel ? C'est Glen. Désolé de vous déranger…

Joel se ressaisit, ce qui exigea de lui un effort surhumain, d'autant que, de son autre main, il tenait toujours Robbie par la taille.

— Dites-moi.

— Est-ce que Robbie est avec vous ?

— Oui.

— C'est pour un don d'organe, à aller chercher à Tower Bridge et à apporter à Birmingham. Vous pouvez y aller ? Il faut que Robbie vienne avec vous, elle a l'autorisation de transporter des organes.

— Je vois ça avec elle et je vous rappelle.

Il raccrocha et s'adressa à Robbie.

— Un don d'organe, de Londres à Birmingham.

— Oui, bien sûr, allons-y ! dit-elle en reculant brusquement.

Il eut la sensation d'un grand vide, comme si on venait de lui retirer quelque chose de précieux.

— Je ne savais pas que les Coursiers de nuit transportaient aussi des organes.

— C'est plutôt rare mais ça arrive. Les autres coursiers habilités doivent être pris. Allez, en route !

Robbie éteignit le robot et mit la pâte et le glaçage dans le réfrigérateur. Joel rappela Glen qui lui donna les coordonnées et les noms des personnes à contacter. Deux minutes plus tard, ils étaient dans la voiture.

En deux minutes, tout était redevenu comme avant. Ils n'avaient pas d'autre choix que de remettre leur conversation à plus tard. Elle devrait patienter avant de savoir ce que Joel avait de si important à lui dire.

— Mieux vaut éviter Covent Garden et couper par la City et Waterloo, dit-elle.

— Très bien. J'écoute tes instructions.

Robbie connaissait tous les raccourcis et les moyens de contourner les embouteillages. Covent Garden était toujours bondé le samedi soir, contrairement à la City, déserte.

— C'est aussi pour ça que j'adore travailler la nuit. On a un regard complètement différent sur les choses.

— C'est vrai.

La City était l'un des quartiers les plus peuplés et les plus embouteillés pendant la journée. La nuit, il ne restait plus que la solidité silencieuse des bâtiments. Joel et elle étaient seuls dans leur bulle et elle eut l'impression que Londres leur appartenait, des églises en tôle ondulée aux palais royaux.

Ils passèrent sur le pont de Waterloo. Sur leur gauche, le Tower Bridge était tout illuminé.

Lorsqu'ils arrivèrent à l'hôpital, ils durent faire les démarches administratives habituelles et attendre que le rein soit prêt à être transporté. Puis il repartirent, chargés du précieux colis. Robbie rappela Glen pour l'informer qu'ils étaient en route pour Birmingham.

Ils sortirent de Londres et Robbie put se détendre.

— Nous avons moins de trente-six heures pour apporter le rein à bon port, dit-elle.

Les chiffres tournaient en boucle dans son esprit depuis qu'on leur avait remis l'organe.

— Nous devrions mettre moins de temps, dit Joel en souriant.

C'était la première fois qu'elle effectuait une livraison depuis son accident. Elle se remémora le long trajet entre l'entrée du parking et l'endroit où Joel l'avait retrouvée, près de l'entrée des urgences.

L'autoroute était déserte mais ils étaient ensemble.

Joel se pencha et alluma la radio. Mais l'émission était aussi soporifique que la lumière des réverbères qui apparaissait et disparaissait à intervalles réguliers.

— Tu veux bien trouver de la musique ? demanda-t-il en lui jetant un coup d'œil.

— De la musique pour conduire ?

Il sourit.

— Oui, pour conduire. Je ne vois pas ce que je peux faire d'autre pour l'instant.

Ils arrivèrent à Birmingham deux heures plus tard. Ils se garèrent sur le parking de l'hôpital et se dirigèrent vers l'entrée principale avec leur colis. Joel fredonnait le dernier morceau qu'ils avaient entendu dans la voiture. L'interne en chirurgie qu'ils avaient eu au téléphone sur la route les attendait dans le hall.

Ils eurent de nouveau des papiers à remplir et à signer puis le jeune chirurgien les laissa, emportant l'organe qui sauverait sans doute la vie d'un être humain.

— Y a-t-il un endroit où on peut manger et boire quelque chose ? demanda Robbie à une infirmière.

— Essayez la cafétéria, même si, à cette heure, il ne doit plus rester grand-chose. Sinon, il y a un petit café, à trois cents mètres à droite, en sortant de l'hôpital. Ils font des choses à emporter. Il ne paie pas de mine mais leurs produits sont bons.

— Merci beaucoup. Bonne nuit !

— Attendez, dit l'infirmière. On m'a dit que vous étiez bénévoles dans une association ?

— Oui, les Coursiers de nuit, dans le nord de Londres.

— On m'a demandé de vous remercier, de la part d'un enfant et de toute sa famille.

— Merci à vous, dirent-ils, un grand sourire sur les lèvres, avant de regagner la voiture.

Joel se gara devant une petite bicoque et descendit. Robbie se demanda s'il allait revenir bredouille mais elle le vit réapparaitre, quelques minutes plus tard, avec des cafés et un sac en papier.

— Cet endroit est incroyable. Les murs sont couverts de carreaux de faïence verts et blancs, à l'ancienne, et les meubles sont en bois décapé. J'ai eu l'impression de voyager dans le temps. Mais tout est impeccable, à l'intérieur, et ce qu'ils vendent a l'air délicieux.

Robbie sourit.

— Encore un trésor au beau milieu de la nuit.

Il lui tendit le sac et redémarra. Il roula sur quelques kilomètres, sûr de lui, puis s'arrêta devant un grand entrepôt qui avait été transformé en logements. Elle vit de l'eau scintiller de l'autre côté de la route. Ils descendirent de la voiture.

— Il y a une rivière ?

— Non, il n'y a pas de rivière à Birmingham, mais des canaux.

— Tu as trouvé cet endroit par hasard ou tu le connaissais ? demanda-t-elle en le suivant sur une petite passerelle.

— J'ai travaillé deux ans à Birmingham. Cela te dit qu'on se pose un moment pour manger ?

— Oh oui ! répondit-elle, ravie de se dégourdir les jambes.

Il s'arrêta au milieu de la passerelle et posa les cafés sur le garde-corps, puis ouvrit le sac en papier. L'arôme qui s'en dégagea lui mit l'eau à la bouche. Elle croqua dans son sandwich chèvre-tomate.

— Hmm ! Délicieux. Qu'est-ce que tu faisais à Birmingham ?

Joel n'avait jamais parlé de son passé. Avec elle, il évoquait plutôt le présent et l'avenir.

— J'ai trouvé un bon poste et je l'ai accepté.

— Et à Londres ?

— Pareil. J'ai trouvé un autre boulot intéressant et je l'ai accepté. Comme j'aime bien Londres, je suis resté. Quand le poste s'est libéré à l'hôpital Fitzrovia, je ne l'ai pas laissé passer. C'est un hôpital où il se passe beaucoup de choses intéressantes.

Ses questions n'avaient pas l'air de le gêner. Robbie s'aventura à en poser une autre.

— D'où est-ce que tu viens ?

— Du Surrey. Mais j'ai fait mes études à Londres et, comme il n'y avait pas beaucoup d'opportunités dans le Surrey quand j'en suis parti, je n'y suis pas retourné.

Elle décida d'arrêter là pour ne pas avoir l'air de le soumettre à un interrogatoire, et contempla le reflet des lampadaires dans l'eau du canal. Elle finit tranquillement son sandwich et froissa le sac, qu'elle glissa dans sa poche. Joel lui tendit un gobelet de café.

Il y avait pourtant une chose qu'elle avait envie de savoir. Ils s'étaient embrassés dans sa cuisine mais elle avait la sensation que, même si Glen n'avait pas appelé, ils n'auraient pas passé la nuit ensemble. Il fallait qu'elle en ait le cœur net.

— Qu'est-ce qui se passe entre nous, Joel ?

— Je t'ai embrassée, parce que j'en avais très envie.

Il se tut, pensif, comme s'il se remémorait le moment.

— Nous avons tous les deux de bonnes raisons d'être prudents.

— Ce n'était peut-être pas une bonne idée, mentit-elle, pour lui laisser une marge de manœuvre.

— Je ne sais pas. Parfois, les mauvaises idées sont celles qu'on préfère.

Gentleman, comme toujours, il voulait lui éviter de regretter de l'avoir embrassé.

C'était peut-être à cause de l'eczéma…

Mais Joel n'était pas Rory. Joel était soucieux des effets que l'eczéma avait dans sa vie à elle, pas dans la sienne.

— Est-ce qu'on pourrait rectifier le tir ? demanda-t-il, soudain gêné.

— Tu veux qu'on fasse comme si rien ne s'était passé ?

Il secoua la tête.

— Non, pas du tout. Mais qu'on pense à ce baiser comme à quelque chose qui nous a rapprochés et qui ne nous empêche pas d'être amis.

Il avait raison. Les émotions qu'elle éprouvait lui donnèrent envie de le supplier de changer d'avis. Mais, si elle écoutait sa raison, elle était d'accord avec lui.

— D'accord, soyons amis.

Il glissa son bras sous le sien pour retourner à la voiture. Mais, dès qu'il ouvrit la portière, elle sut que rien, entre eux, ne serait plus comme avant.

8.

Joel était satisfait du travail qu'ils avaient accompli. Et content que Robbie ait eu l'occasion de reprendre les missions aux Coursiers de nuit qu'elle affectionnait tant.

Mais il regrettait de l'avoir embrassée.

Enfin, regretter n'était pas le mot. Ce baiser avait été merveilleux, bien plus merveilleux que tout ce qu'il avait pu imaginer. Et il avait entrouvert les vannes de son imagination. Il s'était mis à s'imaginer se réveiller à ses côtés. Se coucher à ses côtés. Et tout ce qu'ils pourraient faire entre l'heure du réveil et celle du coucher.

Mais quelque chose le retenait. Il avait l'impression que le secret qu'il avait porté pendant des décennies l'empêchait encore de vivre. À cause de lui, il avait toujours tenu les femmes à distance et s'interdisait de rêver de fonder un couple et, à plus forte raison, une famille. S'il n'était pas capable de supporter le reproche dans les yeux de Robbie quand il se confierait à elle, ce secret abîmerait leur relation comme il avait corrodé toutes les autres.

Sur le chemin du retour, ils mirent la même station de radio mais aucun d'entre eux ne chanta. Quand il déposa Robbie chez elle, l'aube poignait. Elle lui sourit, comme à son habitude, mais ne lui demanda pas de monter chez elle.

Puis la vie reprit son cours. Il continua à passer la prendre le soir pour aller travailler et à la ramener chez elle le matin. Ils échangeaient des informations sur les patients et parvenaient parfois à prendre un café et un sandwich ensemble à la pause. Mais quelque chose avait changé. Ils étaient tous les deux trop aimables, trop polis, et le regard de Robbie avait perdu son éclat.

Jusqu'au jour où Tom et Babs débarquèrent aux urgences.

Joel vit Robbie accompagner un couple d'une cinquantaine d'années dans un box. Mais quelque chose dans sa manière de marcher derrière eux comme pour les couvrir attira son attention. Puis il vit des infirmières rire en cachette. Quelques instants plus tard, Robbie sortit du box et vint à sa rencontre.

— Je peux te parler ?

— Oui, j'attends des radios. Dis-moi.

— J'ai besoin d'aide pour soulever une patiente. Mais tu ne dois pas rire.

Il la regarda, intrigué. Il n'avait pas l'habitude de rire des patients même si certains patients débarquaient aux urgences après s'être mis dans des situations parfois cocasses.

— En fait, j'ai un couple de patients, dans le box, Tom et Babs. Il se trouve que la main de Tom est collée à la fesse de Babs. Il faudrait aider Babs à se mettre dans une position confortable pour elle et pratique pour moi, afin que je puisse dissoudre la colle.

— Je vois. C'est à ça aussi que servent nos dix ans d'études, n'est-ce pas ?

Elle le regarda, un sourire en coin sur les lèvres.

— Ils sont tellement adorables ! Si un couple doit être collé, c'est bien eux. Mais je redoute le risque de brûlure. J'ai vérifié : la jupe de Babs ne contient pas de coton. Je pense néanmoins qu'il faut les séparer le plus vite possible.

Elle avait raison. Le cyanoacrylate contenu dans les colles pouvait enflammer le coton. Il avait déjà vu certains patients brûlés pour avoir renversé de la colle sur leurs vêtements.

— Ils t'ont dit de quel type de colle il s'agissait ?

— Tom a dit que c'était de la colle à maquettes. Sa main s'est collée presque instantanément. Le côté positif, c'est qu'ils n'ont pas mal, ni l'un ni l'autre.

Il la suivit jusque dans le box. Babs était perchée sur le bord de la table d'examen, s'efforçant apparemment de ne pas peser trop lourd sur la main de son mari. Ils se présentèrent.

— Le Dr Mason va jeter un coup d'œil, si vous n'y voyez pas d'inconvénient, Babs.

— Bien sûr que non, répondit cette dernière en souriant à Robbie. Vous devez vous demander comment nous nous sommes mis dans une situation pareille.

— On voit toutes sortes de choses, aux urgences, vous savez.

Joel se mit à examiner les doigts de Tom tandis que Babs racontait ce qui leur était arrivé.

— Tom adore les maquettes d'avion. J'ai fait du thé et je suis venue le boire avec lui. Je me suis assise pour regarder ce qu'il faisait…

— Elle s'est assise sur la colle, intervint Tom.

— Oui, j'ai entendu le tube éclater mais je n'ai pas compris tout de suite. Puis j'ai fait un bond et Tom a réussi à retirer le tube. Mais ma jupe était imbibée de colle et collée à ma peau et, quand Tom a mis la main, il est resté collé, lui aussi.

— Vu la position de votre main, il va être difficile de vous décoller si votre femme reste debout. Mieux vaut que vous vous couchiez sur le ventre, Babs.

— D'accord.

— Et Tom, on va vous trouver une chaise.

Robbie régla la hauteur de la table, sur laquelle Joel aida Babs à s'allonger. Puis il alla chercher un tabouret réglable. Une infirmière apporta une cuvette d'eau savonneuse et une bouteille de solvant.

— Je vous laisse, dit Joel.

Robbie s'installa pour séparer les deux patients.

— Merci Joel !

— Merci docteur ! dirent Tom et Babs à l'unisson.

Joel ne put s'empêcher de repasser un peu plus tard, entre deux patients. Robbie avait réussi à décoller les doigts de Tom qui n'était plus retenu à sa femme que par la paume. Leur peau était un peu rouge mais indemne.

Lorsqu'il revint prendre de leurs nouvelles, Tom et Babs

étaient enfin décollés. Babs avait eu la sagesse d'apporter un pantalon de rechange.

— Ah, docteur. Nous voulions vous saluer avant de partir. Et vous remercier.

— Je vous en prie. Vous n'avez pas trop de séquelles.

— Juste un souvenir, répondit-elle en riant : j'ai l'empreinte de la main de Tom sur le derrière.

Robbie intervint.

— La peau est légèrement irritée mais la marque devrait s'atténuer d'ici quelques jours.

— C'est bien dommage, dit Babs d'un air faussement déçu. En tout cas, merci à vous, Robbie. Et merci pour les conseils que vous m'avez donnés sur les crèmes hydratantes.

— Avec plaisir. J'espère que vous n'aurez pas à revenir aux urgences de sitôt.

— Je vais garder mes distances vis-à-vis de cet homme, dit Babs en jetant à son mari un regard qui exprimait tout le contraire.

Joel ferma la porte du box derrière eux et se retourna. Robbie était secouée par un fou rire.

— Oh ! je suis contente que tout soit rentré dans l'ordre, murmura-t-elle en reprenant son souffle.

— Moi aussi. Je ne sais pas comment tu as fait pour ne pas trembler.

— Moi non plus. D'autant qu'ils n'arrêtaient pas de dire des bêtises, autant l'un que l'autre. Et quand Babs a découvert la trace de la main sur sa fesse, elle était enchantée !

Robbie s'éventa puis grimaça et porta la main à son épaule.

— Ça va ? dit Joel en se rapprochant. La consultation a été longue.

— Oui, ça va. Il faut simplement que j'arrête de rire.

Elle leva les yeux vers lui et lui sourit. C'est alors qu'il comprit qu'il s'était trompé. Ce qui comptait, ce n'était pas la nature des difficultés qu'on rencontrait, mais la personne à laquelle on pouvait en parler. Il attendrait le bon moment, mais il lui parlerait, certain qu'elle ne le jugerait pas et ne le rejetterait pas. Et, qui sait, il se libèrerait peut-être du fardeau qu'il portait depuis trop longtemps.

— J'ai vraiment cru qu'elle allait te montrer sa main rouge sur sa fesse ! dit Robbie avant de se remettre à rire.

Et, cette fois, il rit avec elle.

La semaine avait été inégale. Elle avait mal commencé. L'embarras entre Joel et elle s'était peu à peu transformé en politesse idiote qui lui serrait le cœur. Puis il y avait eu l'épisode de Tom et Babs, dont l'humour et la joie de vivre avaient servi de catalyseur et leur avait permis de se rapprocher.

Le lendemain soir, Robbie avait dû finir sa nuit plus tôt parce qu'un garçon récalcitrant de dix ans avait tiré sur son bras pendant qu'elle essayait de l'examiner. Il avait de la fièvre et était probablement sorti de la consultation en meilleur forme qu'elle.

Joel ne fit aucun commentaire désobligeant. Il se contenta de dire qu'un accident pouvait arriver et que la douleur s'atténuerait rapidement avec du repos. Le lendemain soir, quand elle était retournée travailler, elle sentait qu'il la surveillait. Mais pouvait-elle lui en vouloir de s'inquiéter pour elle ?

Lorsqu'il la déposa chez elle, après la nuit du vendredi, elle l'invita à boire un verre. Elle avait une bouteille de prosecco au réfrigérateur qui n'attendait que d'être ouverte. Ils s'installèrent dans le boudoir tapissé de livres, plus douillet que le grand salon.

— À quoi trinquons-nous ? demanda-t-il en levant son verre.

Comme s'il ne savait pas.

— Trois semaines se sont écoulées depuis l'accident. J'ai fait mes exercices tous les jours et, à part le soir où ce garçon a tiré sur mon bras, je ne sens pratiquement plus la douleur. Et je ne prends plus de médicaments. Si bien que je peux boire un verre.

Ils trinquèrent et burent en même temps, en se regardant dans les yeux, comme les amoureux.

— Bravo, dit Joel. Le plus dur est passé.

Il jeta un coup d'œil sur la bibliothèque bien fournie.

— Tu as lu tous ces livres ?

Elle secoua la tête d'un air navré.

— J'ai dû en lire la moitié.

— Tu aimes lire ?

— Oui, beaucoup. Ceux-là, à droite, forment ma bibliothèque personnelle. Et les livres avec une belle reliure appartenaient à mes grands-parents. C'étaient tous deux de grands lecteurs et adoraient les classiques.

— C'est beau de pouvoir lire les mêmes livres que ses grands-parents.

— Oui, j'aime les imaginer, assis ici, plongés dans leur lecture, quelques décennies avant moi. Je sais que j'ai de la chance, dit-elle en contemplant les bulles qui remontaient dans sa flûte.

— Tu as l'air de le regretter.

— Je me suis mal exprimée. Ce que je veux dire, c'est que je leur suis reconnaissante. Beaucoup de gens n'ont pas été aidés autant que moi au départ.

— Tu es la personne la plus travailleuse que je connaisse et tu passes ton temps à rendre service aux gens. Tu n'as vraiment pas à culpabiliser.

Ses paroles lui mirent du baume au cœur. Joel jugeait les gens en fonction de ce qu'ils faisaient, pas de ce qu'ils possédaient. C'étaient les valeurs que ses propres parents lui avaient inculquées.

— Je m'ennuierais si je n'avais rien à faire.

— Tu fais déjà beaucoup. Les journées n'ont que vingt-quatre heures.

Il sourit et posa la main sur sa joue. Robbie frissonna. Ils se retrouvaient au même point que le jour où ils s'étaient embrassés. Elle en rêvait tout en redoutant la déception qui suivrait sans doute le rapprochement.

Elle ne voulait pas le perdre une seconde fois. Elle prit sa main dans les siennes, déterminée à profiter du moment présent, et plongea son regard dans le sien. Étaient-ils capables de s'autoriser un baiser qui serait, soit la meilleure chose qui puisse leur arriver, soit la plus grossière erreur qu'ils puissent commettre ?

— Je me fiche de savoir ce qui va se passer ensuite, Joel. J'ai juste besoin de savoir si nous serons ensemble pour le vivre.

Et j'espère que je ne te donne pas l'impression de vouloir tout contrôler.

— Pas du tout, répondit-il en passant un doigt sur ses lèvres. Je suis surtout content que tu me donnes une seconde chance. Je ne la laisserai pas passer.

— Je sais que tu ne veux pas aller trop vite et cela me va. Moi aussi j'ai un peu peur.

— C'est normal si tu as souffert, dit-il.

— Toi aussi, tu as souffert…

Elle voulait lui faire comprendre que, s'il souhaitait parler, elle l'écouterait.

— C'est… C'est compliqué.

Mais il sourit brusquement.

— En fait, compliqué, ça veut dire que tu as le droit de savoir, avant qu'il se passe quoi que ce soit entre nous.

— Non, je crois que cela veut plutôt dire que tu as le droit d'en parler, si tu en as envie. Quand tu veux.

— Dans ce cas… Je veux bien parler maintenant.

Il se pencha vers elle et prit sa main dans les siennes.

— Robbie, je ne sais pas où tout cela va nous mener.

— Je ne le sais pas plus que toi. Mais je suis impatiente de le découvrir.

9.

Les yeux de Robbie étaient bleu saphir à la lumière des flammes. Le moment qui lui paraissait inévitable était arrivé. Il prit une profonde inspiration.

— À l'âge de sept ans, j'ai surpris mon père avec sa maîtresse.

— Oh non ! murmura Robbie en grimaçant.

— Si. Il m'a fait jurer de ne rien dire en m'expliquant que la famille éclaterait à cause de moi si j'en parlais à ma mère.

— Un homme courageux, donc.

Elle plaqua soudain la main sur sa bouche.

— Désolée, c'est ton père…

— Ne t'excuse pas, je pense exactement la même chose. Pendant des années, il m'a utilisé comme alibi. Il disait à ma mère qu'il m'emmenait quelque part puis il me laissait tout seul dans un parc et réapparaissait au bout de quelques heures. Quand on rentrait, il fallait que je raconte à ma mère à quel point nous nous étions bien amusés tous les deux. D'ailleurs, ma mère me demandait toujours ce que nous avions fait, comme si elle se doutait que je mentais. Je détestais ce moment.

— C'est monstrueux, Joel. C'est de la maltraitance.

Joel haussa les épaules.

— Ce n'est pas comme ça que je le voyais.

— Quand un adulte fait sciemment du mal à un enfant, c'est de la maltraitance. Tu as été manipulé et menacé. Et on t'a fait croire que tu serais coupable si tu parlais. Je travaille auprès des enfants et je sais de quoi je parle. Je le répète : c'est de la maltraitance.

L'indignation de Robbie lui mit du baume au cœur. Il se demanda de nouveau ce qu'aurait été sa vie s'il avait rencontré une adulte comme elle, qui l'aurait écouté et défendu. Peut-être était-il aujourd'hui moins vulnérable qu'il ne le croyait face à ce secret. Peut-être allait-il s'en libérer une fois pour toutes.

— Je me sentais coupable. Je portais un secret dont je savais qu'il pouvait faire du mal à ma mère. Je ne supportais pas l'idée de le lui dire. Mais me taire était tout aussi douloureux.

— Je suis désolée que tu aies eu à vivre cela. Et encore plus que tu t'en sois senti coupable, parce que rien de tout cela n'était de ta faute.

Il aimait la passion et la certitude avec lesquelles elle s'exprimait. Il avait envie de la croire.

— Ta mère n'a jamais su ?

Le fait qu'il n'ait jamais pu lui parler était le poids le plus lourd à porter. Car il n'avait jamais pu se faire pardonner pour ce qu'il avait fait enfant.

— Si elle l'a su, ce n'est pas moi qui le lui ai dit. Quand j'ai été admis à la faculté de médecine, à Londres, j'ai quitté la maison et j'ai tout fait pour ne pas avoir à y revenir. C'était trop dur. Je ne suis même pas revenu à Noël. Je ne voulais pas voir mon père. Or, ma mère est morte subitement au mois de février… sans que j'aie pu lui parler. Tant qu'elle était vivante, je me demandais si je devais le lui dire et si oui, comment. Je portais ce secret depuis si longtemps que je ne savais plus que faire. Mes relations avec le reste de ma famille se sont dégradées aussi – avec mon frère cadet et ma tante, la sœur de ma mère.

— Ils n'ont jamais été au courant ? demanda-t-elle en posant sur lui un regard empli de douceur et de chaleur.

Il commençait à ressentir les bienfaits de lui parler.

— Non. Mon frère n'a pas compris pourquoi j'avais disparu. Cela fait longtemps que nous ne nous sommes pas vus. Je passe voir ma tante de temps en temps mais… C'est dur. Je voudrais lui parler mais je n'y arrive pas et je sens l'écart se creuser entre nous.

— Ta tante et ta mère s'entendaient bien ?

— Oui, elles étaient très proches. Ce qui ne facilite pas les choses. Je ne veux pas faire de mal à tante Carrie.

Robbie réfléchit un moment.

— Tu n'as jamais pensé que…

Elle pressa les lèvres comme si elle hésitait à poursuivre.

— Il y a certainement beaucoup de choses auxquelles je n'ai pas pensé. Aide-moi.

Robbie hocha la tête.

— Ma sœur et moi sommes très proches et, en général, nous savons qu'il se passe quelque chose avant même d'en parler. Es-tu vraiment sûr que ta tante n'était au courant de rien, ou du moins qu'elle ne se doutait de rien ? Tu pourrais peut-être essayer d'en parler avec elle.

Cette pensée ne lui avait pas traversé l'esprit mais, à y réfléchir, il ne la trouvait pas invraisemblable.

— Tu as raison. Il n'est peut-être pas trop tard pour renouer le dialogue avec tante Carrie, même si je n'ai pas pu le faire avec ma mère.

Robbie se pencha et prit sa main entre les siennes.

— Ce n'est pas à toi de tout réparer, Joel. C'était la vie de couple de tes parents. Peu importe ce que ta mère savait ou ignorait et ce que ton père voulait lui cacher. Tu n'étais coupable de rien, ni de te taire quand tu étais enfant, ni de parler à ta mère une fois adulte.

Tout paraissait si simple quand Robbie le disait.

— Tu crois ?

— Oui. Je crois que ton père s'est vraiment mal comporté et que tout ce qui en a résulté était sa responsabilité, pas la tienne. Je comprends mieux pourquoi tu es aussi méfiant dans tes relations.

Il sentit un poids se soulever de sa poitrine.

— Méfiant n'est peut-être pas le mot. Il implique que j'aie effectivement eu des relations.

— Tu veux dire que…

Elle cherchait ses mots. Elle l'avait écouté lui avouer la chose qu'il n'avait jamais pu dire à quiconque et, curieusement, cette révélation avait été beaucoup moins difficile qu'il ne l'aurait cru.

Il lui prit la main et la porta à ses lèvres. Leur proximité, le fait de pouvoir la toucher et de s'ouvrir à elle le bouleversait. Robbie paraissait, elle aussi, sous le coup d'émotions contradictoires. Elle se mit à rougir. Il posa la main sur ses joues.

Elle déglutit.

— Joel, es-tu en train de me dire que tu n'as jamais couché avec une femme ?

— Pardon ? Tu me demandes si j'ai déjà couché avec une f…

— Oublie ce que je viens de dire. Désolée.

Ses joues étaient pourpres.

Joel se mit à rire. Cette conversation était bien plus drôle qu'un échange froid entre deux personnes qui savent ce qu'elles veulent et sont sûres que l'engagement ne se trouve pas dans la liste.

— Bien sûr que j'ai déjà couché avec une femme !

Il se retint de donner plus de précisions.

— Mais j'ai l'impression d'être vierge en matière de relations.

Elle écarquilla les yeux et le repoussa. De toute évidence, cela lui posait problème. Mais Joel devait bien avouer que c'était un défi intéressant à relever.

— Tu es sûr que je suis celle qu'il te faut, Joel ? Je travaille la nuit, je passe une demi-heure dans la salle de bains avant d'aller me coucher et je ne supporte pas qu'on me touche quand j'ai des poussées d'eczéma. Je ne suis probablement pas la meilleure personne pour une première fois. Et ne souris pas comme ça, cela me trouble.

Parfait. C'était exactement ce qu'il ressentait lui-même. Il s'efforça de redevenir sérieux mais il avait du mal à cesser de sourire intérieurement.

— Est-ce que je te plais, Robbie ?

— Oui. Tu me plais beaucoup. Vraiment beaucoup.

— Autant que j'ai envie de t'embrasser ?

Elle sourit et se pencha vers lui. Leurs lèvres s'effleurèrent. Ils étaient en train de se faire la cour. Avec tous ses pièges et ses écueils, et le plaisir exquis consistant à chercher ce qui lui plaisait, à elle. Il répondit à son baiser et la sentit frissonner.

— Il faut que… que je te dise quelque chose, dit-elle soudain.

Contre toute attente, il n'éprouva aucune frustration, car le bonheur de Robbie comptait plus que tout.

— Bien sûr. On arrête.

Joel était convaincu qu'il n'y connaissait rien en relations ! Elle n'en revenait pas. En fait, il savait tout ce qu'il y avait à savoir et probablement bien plus de choses qu'elle. Il se laissa aller contre les coussins du canapé.

Il se pencha vers elle.

— Robbie, je t'ai confié mes secrets, tu les as accueillis et transformés en quelque chose de différent. Si je te dis que je veux être avec toi, ce n'est pas une façon détournée de dire que j'ai envie de faire l'amour avec toi. Cela signifie vraiment que j'ai envie d'être avec toi.

C'était presque trop beau pour être vrai. Mais ce n'était pas une raison pour ne pas le croire.

— D'accord.

— Dans ce cas, est-ce que tu veux bien que j'aille chercher mon rasoir dans la voiture ? Ensuite, nous ferons tout ce que nous avons envie de faire ensemble.

Nous... Pas *je* ni *tu*. Aucune impatience dans sa voix. Elle n'avait même pas eu à lui expliquer que le frottement de sa barbe risquait de lui faire mal, il y avait déjà pensé.

— Les clés sont accrochées derrière la porte, dit-elle avant de déposer un baiser sur sa joue.

Il se leva, lui décocha le regard le plus sexy qu'elle ait jamais vu puis disparut avant même qu'elle ait pu le supplier de se dépêcher.

Le silence de l'appartement la rendit nerveuse. Elle se précipita dans la salle de bains et regarda son visage dans le miroir. Et s'ils n'y arrivaient pas ? Et s'ils se réfugiaient dans la sécurité d'une aventure sans lendemain et qu'ils perdaient l'amitié qui était devenue si importante pour elle ? Et si ce qu'elle ne lui avait pas encore dit lui revenait en pleine figure ? Il ne savait pas grand-chose d'elle, de sa famille…

— Tu es là ?

Elle n'avait pas entendu la porte d'entrée. Elle devait s'être perdue dans ses pensées. Joel était là, dans l'encadrement de la porte.

— Tu n'as pas changé d'avis ?

— Non.

Elle n'avait plus qu'une idée en tête : qu'il l'embrasse. Et la caresse.

Mais Joel semblait avoir d'autres idées en tête. Il entra dans la salle de bains et posa son rasoir sur le rebord du lavabo. Puis il retira son pull et son T-shirt. Pas mal… Elle s'approcha de lui mais il recula.

— Je peux regarder mais pas toucher, c'est ça ? dit-elle. Cela dit, j'apprécie beaucoup ce que j'ai sous les yeux.

Elle aimait le fait qu'il ose se déshabiller de la sorte devant elle.

— Et rien ne m'empêche d'imaginer que je te touche.

— Tu me raconteras tout ça tout à l'heure.

Elle se tourna et ouvrit le robinet de la baignoire.

— J'aime bien ce jeu. À toi de jouer.

Il retira ses chaussures puis son jean, ses chaussettes et, enfin, son caleçon. Il avait un corps magnifique. Il se glissa dans la baignoire. Robbie prit le savon et se mit à lui savonner les épaules.

— À toi, maintenant.

— Ce n'est que justice, répondit-elle en retirant son grand sweat-shirt puis son T-shirt qu'elle lança sur le tas de vêtements de Joel. Elle parvint à dégrafer son soutien-gorge d'une main, excitée à l'idée qu'il la regarde.

Elle entra à son tour dans la grande baignoire et ils se lavèrent mutuellement. Puis Joel sortit du bain, prit deux draps de bain et aida Robbie à sortir à son tour. Il lui passa de la crème dans le dos tout en la massant plus énergiquement de chaque côté de la colonne. Robbie lui rasa le visage, en caressant ses joues dès qu'elle le pouvait.

Quand elle le conduisit dans sa chambre, il ne fut pas question de tirer les rideaux. Elle préférait voir le soleil caresser toutes les lignes de son corps. Il s'assit sur le lit. Robbie sortit des préservatifs de la table de chevet et vint se poster, debout, entre ses jambes tendues, de sorte qu'il ait accès au moindre recoin de son corps.

Elle l'embrassa.

— Viens, dit-il en l'aidant à s'agenouiller sur le lit, à califourchon sur lui. Comme ça, tu aimes ?

— Oui, un peu trop même.

— On ne peut pas aimer ça trop.

S'ils n'y prenaient pas garde, tout finirait trop tôt.

Elle sentit ses mains agripper ses hanches pour qu'elle arrête de bouger. Elle retint son souffle. Puis il se remit à l'embrasser et à la caresser sans cesser de la regarder dans les yeux.

Elle cria en jouissant et, encore secouée par des frissons de plaisir, elle sentit son sexe entrer en elle. Elle se remit à bouger les hanches jusqu'à sentir les ondes de choc qui le traversèrent de la tête aux pieds.

Le corps tremblant, il l'aida à s'allonger et se coucha à côté d'elle. Puis il prit sa main dans la sienne, et la serra.

Elle entendit sa respiration s'apaiser et ils demeurèrent immobiles et silencieux. Puis elle le sentit bouger. Il se tourna vers elle.

— Désolé, je n'avais pas l'intention de m'écrouler et de m'endormir.

Elle posa le doigt sur ses lèvres.

— Ne sois pas désolé, Joel. J'aime bien l'idée qu'un homme ait tellement donné qu'il a besoin de reprendre son souffle, un moment.

— Tu dois avoir des pouvoirs particuliers.

— Qui sait.

Il lui caressa la joue et descendit lentement le long de son cou et de ses épaules. Elle sentit chaque centimètre de sa peau réagir au passage de ses doigts.

Lorsque l'air frais de la chambre la fit frissonner, il alla chercher un coussin pour caler son épaule et remonta la couette.

Elle n'avait pas envie d'être sur le dos et de regarder le plafond. Elle avait envie de dormir, blottie dans ses bras, même si elle devait avoir mal à l'épaule le lendemain. Mais il ne céda pas à ses supplications et se contenta de lui tenir la main.

— Dors, dit-elle en embrassant le dos de sa main.

Elle sentit son corps se détendre, bien au chaud sous la couette.

— Pas question de recommencer, Joel. Du moins pas avant ce soir.

Elle l'entendit pouffer de rire.

— Tu as raison. Je n'en aurais pas la force…

— Moi non plus.

Ses paupières étaient lourdes et le sommeil n'était pas loin. Mais elle pria pour que le soir arrive le plus vite possible.

10.

Joel regarda Robbie dormir jusqu'à ce que la fatigue s'empare de lui et que son bras n'ait plus la force de soutenir sa tête. Sans lâcher sa main, il s'allongea et se blottit contre elle en veillant à ne pas la réveiller.

Était-ce ce à quoi devait ressembler une relation ? Il chassa cette idée de son esprit. Il se trouvait en compagnie de Robbie, cette femme pleine de force et de douceur, à qui il avait pu confier tout ce dont il n'avait jamais parlé auparavant à quiconque. De son côté, elle lui avait fait part de ses doutes et de ses peurs.

Il sentit le sommeil le gagner et se demanda si ces révélations allaient changer sa vie. Robbie avait déjà fait de lui un homme meilleur que celui qu'elle avait rencontré quelques semaines auparavant. Un homme qui pourrait passer sa vie à l'embrasser et à la caresser.

Il se réveilla en début d'après-midi. La pluie frappait contre les vitres.

— Ne bouge pas, lui murmura Robbie à l'oreille.

Si Robbie voulait qu'il reste immobile, il resterait immobile. Si toutefois il en était capable. Robbie enfouit sa tête sous la couette et posa les lèvres sur son torse. Le désir s'empara de lui. Il tendit les mains vers elle mais elle les repoussa.

Il prit une profonde inspiration et tenta de se concentrer sur les choses pratiques.

— Tu ne t'appuies pas sur ton épaule, j'espère ! parvint-il à articuler.

— Pas du tout.

Il sentit sa langue tourner autour de son téton et poussa un gémissement. C'était trop bon pour qu'il ait envie que cela s'arrête. Il croisa les mains derrière sa tête, prêt à accueillir la suite, quelle qu'elle soit. Quand Robbie en aurait fini avec lui, il lui resterait encore plein de temps pour s'occuper d'elle…

Ils venaient de passer douze heures au lit. Joel avait fait en sorte que Robbie ait huit heures de sommeil et, le reste du temps, ils avaient parlé et fait l'amour. Plus fait l'amour que parlé, d'ailleurs, parce que les actes étaient plus éloquents que les mots.

Il était temps de se lever. Ils étaient attendus aux Coursiers de nuit à partir de minuit, pour huit heures d'affilée. Robbie alla se doucher et s'habiller pendant qu'il préparait des sandwichs œuf-bacon. Une fois prêts, ils coururent jusqu'à la voiture sous la pluie.

À l'association, le bruit de la pluie tombant sur la tôle dans laquelle avait été construite l'église était amplifié. Ava, qui avait répondu au téléphone dans la première partie de la nuit, rangea ses affaires et les salua. Robbie referma la porte derrière elle et se retourna, un grand sourire sur les lèvres.

— J'adore entendre la pluie ! Cela me rappelle quand j'étais petite. Nous avions une cabane et quand il pleuvait, cela faisait le même bruit.

Les souvenirs d'enfance de Robbie étaient plus joyeux que les siens.

— Moi, cela me rappellera ce moment avec toi, ici et maintenant.

— À moi aussi. Ce sera notre premier souvenir de pluie.

Imaginer qu'il y en aurait d'autres était peut-être s'avancer un peu, parce que leur relation venait à peine de commencer. Mais, dans tous les cas, cela resterait le premier souvenir commun de pluie, même si Robbie décidait de le quitter le jour même et qu'il ne la revoyait plus jamais.

Ce qui, il l'espérait, n'arriverait pas. Il y veillerait.

Il déballa les sandwichs, qui étaient encore chauds, et alla faire du café pendant que Robbie prenait le premier appel. Puis le téléphone demeura silencieux un moment et ils se mirent à manger.

— C'était Glen, dit-elle. Les enfants ont attrapé la rhino qui traîne à l'école et l'ont même passée à Carla. Il va peut-être l'attraper, lui aussi. En attendant, il reste à la maison pour leur faire du citron chaud et des câlins.

— Il venait aux nouvelles ?

Elle hocha la tête.

— Je lui ai dit que tout allait bien, que nous étions là tous les deux et qu'il pouvait se reposer. Il est déjà suffisamment occupé…

Un énorme fracas les fit sursauter. Robbie regarda le plafond et retint un cri. Joel suivit son regard et comprit son effroi. De l'eau s'écoulait entre deux panneaux de bois du plafond et se répandait sur le sol, près de l'un des canapés.

— Comment est-ce possible ? Le toit a été refait l'an dernier !

— C'est peut-être un objet qui est tombé, dit-il en se levant. Il y a des seaux quelque part ?

— Dans la réserve.

Elle ouvrit la porte derrière elle et réapparut quelques instants plus tard, un seau à la main. Elle le déposa sous la fuite tandis qu'il fouillait sous l'évier pour trouver une serpillère. Quand il revint, le fond du seau était déjà recouvert d'eau.

— À ce rythme, il sera vite plein.

— D'ici une demi-heure, soupira Robbie.

— Je vais voir ce qui se passe dehors. Vous avez une torche ?

— Oui, dit Robbie en enfilant son ciré. J'y vais.

— Non, tu restes ici et tu surveilles le téléphone.

— Je suis ici chez moi…

Elle avait beau être très attachée à cet endroit, ce n'était pas à elle de sortir sous une pluie battante pour aller inspecter le toit.

— Il faut ménager ton épaule, Robbie et tu es…

Il hésita.

— Nous sommes ensemble, finit-il par dire.

Elle lui décocha un regard noir.

— Et alors ? Je suis censée me transformer en gentille petite femme obéissante ? Tu rêves !

Toute la journée, elle avait été plus femme que jamais mais il se garda bien de le lui rappeler. Elle était suffisamment contrariée comme cela.

— Non, cela signifie que nous sommes une équipe. Il s'agit que chacun fasse ce pour quoi il est le plus doué. Indépendamment de l'état de ton épaule, je suis plus grand que toi.

— Tu as raison. Même si cela me coûte de le dire.

Il se mit à rire. Son indépendance farouche était l'une des qualités qui le séduisaient le plus chez elle.

— Cela ne t'empêche pas de répondre au téléphone. Et de me dire où je peux trouver une torche.

Elle alla chercher la torche dans la réserve pendant qu'il enfilait sa parka. Il prit la torche et se dirigea vers la porte.

— Sois prudent, mon chéri ! dit Robbie d'une voix étrangement aiguë.

Il se retourna. Elle tenait un mouchoir à la main, qu'elle agitait en le regardant d'un air éploré. Il éclata de rire.

— Je te laisse faire ton ménage tranquille…

Il ouvrit la porte et sortit avant qu'elle ne lui lance un objet à la figure et affronta la tempête.

Génial. Robbie consulta sa montre. Ils étaient ensemble depuis seize heures et elle avait déjà laissé ses peurs prendre le dessus.

Évidemment que Joel était plus grand et plus fort qu'elle ! Et évidemment qu'elle n'était pas en mesure de faire grand-chose tant que son épaule n'était pas tout à fait en état de marche ! Et, comment pouvait-il savoir que l'église en fer lui appartenait et qu'elle avait mis tout son cœur dans sa restauration, si elle ne le lui avait jamais dit ?

Elle avait réagi comme la jeune femme blessée qu'elle était quand elle sortait avec Rory. Rory passait son temps à souligner ses défauts et à la rendre dépendante de lui pour justifier qu'elle lui fasse profiter de son argent. Il avait mis à mal sa confiance en elle. Sa solution avait consisté à se dire qu'elle était capable de tout. Y compris d'aller réparer un toit sous une pluie battante avec une épaule démise en voie de guérison.

Elle regarda le téléphone en espérant qu'il se mette à sonner pour avoir une chance de se prouver qu'elle pouvait servir à quelque chose. C'était ridicule. Joel ne lui avait jamais dit qu'elle était inutile. D'ailleurs, il ne l'avait jamais pensé, elle le savait.

La porte se rouvrit.

— Joel, je suis désolée…

Mais ce n'était pas Joel. C'étaient Clara et Joan, dans leurs cirés dégoulinants.

Elle se leva.

— Ça va ? Entrez, entrez !

— Oui, ça va, dit Clara en retirant sa capuche. On a mis les bâches sur le pont avant et le pont arrière, et on a desserré les amarres mais la péniche tangue comme une folle.

— Venez vous mettre à l'abri. Le téléphone risque de sonner mais au moins, vous serez au chaud et au sec.

Joan sourit et retira son ciré.

— Merci. Être debout sur un sol qui ne bouge pas est déjà un progrès énorme.

— Il y a une fuite ? dit Clara en s'approchant du seau.

— Oui, cela vient de se produire, à l'instant. Joel est allé voir ce qui se passe dehors. Avec un peu de chance, on pourra la réparer de l'intérieur.

— On peut enlever le bardage ? demanda Clara.

— Oui, les lattes s'enlèvent pour qu'on puisse avoir accès au toit. On a de quoi colmater les trous dans la réserve.

Un craquement suivi d'un coup sec leur fit lever la tête. L'eau se mit à couler moins vite.

— Apparemment, il est intervenu. Ça goutte moins, dit Clara, un œil sur le seau.

Un autre craquement et un autre coup, plus fort, cette fois, les firent sursauter. Robbie porta instinctivement la main à son épaule. Le débit de la fuite ralentit encore puis cessa tout à fait.

— Ça ne coule plus ! s'exclama Joan.

Quand Joel réapparut dans l'encadrement de la porte, trempé et ébouriffé, Robbie se retint de courir se jeter à son cou.

— Alors ? lança-t-il, avant de voir Clara et Joan. Oh ! vous êtes là ? Tout va bien ?

— Oui, mais ça tangue, répondit Joan.

— Ça ne fuit plus ! dit Robbie. Qu'est-ce que tu as fait ?

— Une branche était venue se coincer entre deux plaques de tôle. J'ai réussi à la dégager puis je suis monté pour recaler les plaques pour qu'elles jointent.

Elle décida de ne pas lui demander comment il était monté sur le toit par ce temps. Il avait sans doute pris appui sur le rebord de la fenêtre.

— Merci. Il faudra faire venir un couvreur demain matin pour qu'il y jette un coup d'œil. Mais en attendant, cela ne fuit plus !

Joel la regarda, un immense sourire sur le visage, puis il s'approcha d'elle. Robbie détourna la tête, consciente que Joan et Clara les regardaient. Joel s'arrêta et fit un imperceptible hochement de tête.

Leur relation était trop fraîche pour ce genre de démonstrations en public. D'ailleurs, garder le secret encore un peu ne rendait la situation que plus excitante.

Pour elle, en tout cas. Mais peut-être pas pour Joel, à qui le poids des secrets avait gâché la vie. Elle se ravisa et tendit la main pour l'attirer vers elle. La présence de Joan et Clara ne devait pas la dissuader de lui montrer son affection. Il la regarda d'un air intrigué mais elle se hissa sur la pointe des pieds pour l'embrasser. Pour lui faire comprendre qu'elle assumait pleinement leur relation, qu'elle était capable de passer outre ses doutes, ses peurs et son besoin de contrôle. Même si elle avait encore des choses à lui dire.

Il se détacha d'elle et sourit. Il lui adressa un « merci » reconnaissant. Clara et Joan se regardèrent. D'ici le lever du soleil, toute la petite communauté serait au courant, mais Robbie s'en fichait.

— La péniche rouge et verte, un peu plus loin, c'est celle de Roy ? demanda Joel.

— Oui, pourquoi ?

— J'ai vu que les autres riverains avaient bâché les ponts avant et arrière de leur péniche mais pas lui. Il faudrait peut-être aller le réveiller, non ?

— Je me demande comment on peut dormir par un temps pareil. En général, Roy est le premier à protéger son bateau quand on annonce du mauvais temps, dit Robbie.

— Tu as raison, dit Clara. Maintenant que j'y pense, je ne l'ai pas vu de la journée. Et toi, Joan ?

Joan haussa les épaules.

— D'habitude, il nous dit quand il s'en va, pour que nous jetions un œil sur sa péniche.

— Mieux vaut aller voir, dit Robbie. On en a pour cinq minutes. On peut mettre le répondeur.

— Je peux rester là, dit Clara. Je répondrai.

— Note tous les appels, avec les noms, les coordonnées et le matériel dont ils ont besoin. Si c'est un coursier, dis-lui de rentrer, il n'y a pas d'autres livraisons à faire pour l'instant.

— Compris, dit Clara. Je m'installe à ton bureau, Robbie ?

— Bien sûr ! répondit-elle en enfilant son ciré.

Le chemin de halage était éclairé par des lampadaires mais la péniche de Roy se trouvait dans l'obscurité. Joel brandit la torche.

— Il y a un problème, dit Robbie. Il n'a même pas tiré les rideaux.

— Où est sa chambre ?

— À l'arrière, je crois. Par ici.

Joel éclaira l'intérieur. Robbie se pencha pour mieux voir. Elle crut déceler une silhouette sur ce qui lui parut être un lit.

— Je ne vois pas grand-chose, Joel, mais il y a quelque chose qui ne va pas. Je pense qu'il vaut mieux entrer.

Joel hocha la tête et enjamba le plat-bord. Une fois sur la péniche, il se retourna et prit Robbie par la taille, la souleva et la déposa sur le bateau.

Puis il se dirigea vers la porte, frappa et appela Roy.

Aucune réponse. Pas de lumière non plus. Joel jeta un coup d'œil autour de lui comme s'il cherchait le moyen de forcer la porte. Mais ce n'était peut-être pas nécessaire. Robbie actionna la poignée et la porte s'ouvrit.

Joel la regarda, surpris.

— En général, les gens ne ferment pas dans journée quand ils sont là.

Elle entra et alluma la lumière. Mais la lumière ne s'alluma pas. Elle actionna plusieurs fois l'interrupteur, en vain.

— La batterie doit être à plat.

Joel opina et rappela Roy. Cette fois, un murmure leur parvint. Ils avancèrent tant bien que mal en dépit de l'obscurité et du roulis. Une vague plus forte que les autres lui fit perdre l'équilibre. Joel la rattrapa par la taille.

— Je suis là, dit-il avec, dans les yeux, la même passion que quand ils faisaient l'amour.

— Je sais, murmura-t-elle.

L'intérieur de la péniche était étonnamment spacieux. Ils traversèrent le salon, la cuisine, un bureau dont les étagères étaient garnies de livres retenus par une petite tringle. Ils finirent par ouvrir la porte de ce qui devait être une chambre. Dans la pénombre, Robbie distingua un corps allongé sur le lit, une main tendue pour se protéger de la lumière vive de la torche. Joel s'approcha du lit. Robbie s'accrocha à l'encadrement de la porte pour garder l'équilibre.

— Roy, c'est Joel et Robbie. Nous sommes venus voir si tout allait bien.

— Non, ça ne va pas, dit Roy d'une voix rauque.

— Depuis quand ?

— Je ne sais pas. Depuis ce matin.

— Qu'est-ce qui vous arrive ? demanda Joel en posant la main sur son front puis en prenant son pouls.

— J'ai mal aux jambes… J'ai mal partout. J'ai vomi.

Il devait être sérieusement malade pour ne pas avoir eu la force d'aller demander de l'aide à ses voisins ou à l'association.

— J'ai mal à la tête, aussi…

Joel lui palpa le crâne pour déceler une éventuelle bosse ou lésion mais la péniche tangua et le projeta contre l'étagère, à côté du lit. Ils n'y arriveraient pas dans ces conditions.

— Il faut qu'on le sorte d'ici, dit Robbie comme si elle lisait dans ses pensées. Il y a une civière dans la réserve. Va la chercher. Et essaie d'appeler Grant. Ils habitent la deuxième péniche, de ce côté. Je reste ici avec Roy.

Joel se releva et débarrassa le dessus d'un petit meuble afin qu'elle puisse s'y asseoir.

— D'accord. Je reviens le plus vite possible. Tu as ton portable ?

— Oui, je t'appelle si son état empire.

Elle ne pouvait pas faire grand-chose à part vérifier le pouls et la respiration de Roy. Le son de sa voix semblait l'apaiser alors elle continua à lui expliquer que Joel allait revenir et qu'ils l'emmèneraient dans l'église, où on pourrait le soigner.

Au bout d'un moment qui lui parut étonnamment court, elle entendit des voix se rapprocher et des bruits de pas sur la péniche. Elle se pencha et vit Joel apparaître à l'autre bout de la péniche, suivi de Grant. Ils avaient du matériel dans les mains et avaient du mal à marcher droit.

— Comment va-t-il ? demanda Joel quand il les rejoignit.

— Il a un peu de fièvre mais son pouls est régulier et il respire normalement, apparemment.

Elle se tut et secoua la tête. Joel capta le message. Il était très difficile de savoir ce qui se passait mais Roy était de toute évidence très malade.

Elle se leva et avança en se tenant aux meubles fixes, et se félicita que Joel et elle aient passé la nuit ensemble, sans quoi il n'aurait jamais osé poser les mains là où il venait de les plaquer pour l'empêcher de tomber.

Elle expliqua à Grant comment positionner la civière tandis que Joel aidait Roy à se lever. Ce qui aurait pu se transformer en une tentative maladroite et périlleuse se révéla être une manœuvre exécutée de main de maître. En quelques minutes, ils avaient installé, couvert et sanglé Roy dans la barquette.

Robbie sortit la première, la torche sous le bras gauche pour pouvoir se tenir de l'autre main. Lorsqu'elle ouvrit la porte, à l'autre bout de la péniche, elle se hissa sur le pont. Là, plusieurs personnes l'attendaient et l'aidèrent à revenir sur la terre ferme. Une petit groupe s'était formé et attendait, sous la pluie, d'avoir des nouvelles de Roy.

— Reculez un peu, dit-elle. Chloe, veux-tu aller aider Joel et Grant ? Ollie et Rachel, vous voulez bien rester avec moi ? Il faudra attraper la civière. Est-ce que quelqu'un peut me prêter un parapluie ?

Elle saisit l'un des parapluies qu'on lui tendit.

Joel et Grant apparurent et firent passer la civière aux personnes postées sur le chemin. Robbie plaça le parapluie au-dessus de Roy, pour le protéger du mieux qu'elle le pouvait et le groupe prit le chemin de l'association.

À l'intérieur, Geoff, l'un des coursiers bénévoles, était assis au bureau pour répondre au téléphone. Joan et Clara avaient déplacé des meubles et aménagé une sorte de box protégé des regards par un rideau suspendu à un chevron.

Joel posa la civière sur le sol et retira sa parka. Il jeta un coup d'œil au groupe qui chuchotait à l'autre bout de la salle et posa la main sur le cœur en souriant. Robbie lui répondit d'un hochement de tête. Ces gens pouvaient parfois se montrer impétueux et indisciplinés, et beaucoup d'entre eux vivaient là parce qu'ils n'aimaient pas se couler dans le rang, mais la solidarité et la préoccupation dont ils faisaient preuve les uns envers les autres était touchante.

Joel détacha Roy. Chloe et Grant l'aidèrent à le transporter sur le lit de camp. Robbie retira son ciré et alla chercher une trousse dans la réserve. Roy gémissait en protégeant ses yeux de la lumière.

— Roy, nous avons besoin de la lumière pour vous examiner. Fermez les yeux et détendez-vous.

Joel ouvrit la trousse de secours. Il en sortit du gel pour qu'ils se lavent les mains. Puis il enfila des gants.

— Tu fais l'examen, je prends des notes ? dit-elle en riant.

— D'accord.

Il passa la tête derrière le rideau et demanda du papier et

un stylo. C'était plus rapide de travailler de cette manière, sans se gêner.

Cela faisait des heures que Roy avait mal au ventre et vomissait, en plus d'avoir mal partout, dans le corps et à la tête, et de la fièvre. Et, lorsque Joel lui découvrit les pieds, ils étaient couverts de points rouges.

Il jeta un coup d'œil à Robbie qui hocha la tête. Il n'était pas nécessaire de se mettre d'accord sur la suite, ils l'étaient déjà.

— Roy, il faut que j'examine vos yeux. Je vais les protéger de la lumière, mais il faut que vous les ouvriez.

Roy souleva les paupières puis cligna des yeux. Cela suffit pour confirmer ce qu'ils pensaient. Ils s'éloignèrent de la civière et ouvrirent la bouche en même temps. Joel sourit.

— Après toi.

— Pour moi, c'est le premier stade d'une leptospirose. Il en a tous les symptômes, y compris l'éruption cutanée, les yeux rouges et l'ictère…

Le blanc des yeux de Roy était jaune et strié de rouge.

— Je suis d'accord. Je pense qu'il s'agit d'un cas bénin. Il est déshydraté parce qu'il a vomi mais pas au point d'avoir besoin d'être perfusé. Il n'en est pas au deuxième stade.

Quand la leptospirose ne guérissait pas spontanément, le deuxième stade était la maladie de Weil, plus grave. Dans le cas de Roy, elle avait été diagnostiquée tôt et, avec des antibiotiques pour empêcher son développement, il serait rapidement de nouveau sur pied.

Joel avait l'air préoccupé, néanmoins.

— En général, je prescris une prise de sang pour confirmer le diagnostic, avant de prescrire des antibiotiques. Mais on ne peut pas le renvoyer sur sa péniche dans cet état. Il faut que quelqu'un veille sur lui.

— Il a quelqu'un.

Robbie sourit devant l'expression de surprise de Joel.

— Il possède une grande maison, à dix minutes à pied d'ici. Sa fille et son gendre en occupent une partie et Roy passe la plupart du temps dans sa péniche. Mais il lui arrive d'aller passer quelques jours là-bas quand ça lui chante.

— Ah. On appelle sa fille, alors ?

— Oui. Je sais qu'ils s'entendent bien. Je l'ai rencontrée. Elle est très sympa et elle a l'air d'avoir la tête sur les épaules. En attendant, on peut déjà lui faire une prise de sang.

— D'accord. J'emmènerai la prise de sang à l'hôpital et j'en profiterai pour lui faire une ordonnance. Connais-tu le nom de son médecin traitant ?

— Oui. C'est l'un des médecins qui viennent ici deux fois par semaine. Je l'appellerai tout à l'heure, dans la matinée. Tu sais comment il a pu attraper ça ?

— C'est une maladie véhiculée par l'eau. La plupart des gens qui vivent sur des péniches savent comment l'éviter. On ne l'attrape pas simplement en vivant sur l'eau. Je vais essayer de me renseigner pendant que tu vas à l'hôpital. Roy est peut-être tombé, il a peut-être avalé une gorgée de la Tamise.

— Peut-être, dit Joel. J'espère que tu sais quoi dire à tous ses supporters, ajouta-t-il en désignant le groupe qui bavardait à mi-voix derrière le rideau.

— Je leur dirai la même chose que s'ils l'avaient accompagné aux urgences. Qu'il doit se reposer et qu'il pourra bientôt retourner sur sa péniche. Et que, si quelqu'un veut veiller sur lui, il peut le faire à condition de le laisser se reposer.

— Parfait. Je te laisse aller parlementer avec le voisinage. Moi je m'occupe de la prise de sang.

11.

Il était 9 heures du matin. Joel et Robbie auraient pu partir plus tôt mais ils eurent envie de profiter du calme qui régnait enfin à l'association et de boire un café, les pieds sur le bureau.

— Qu'est-ce que j'écris dans le rapport ? « Sauvetage fluvial » ?

Joel la regarda d'un air navré.

— À trois mètres du chemin de halage ?

— Mais nous n'étions pas sur la terre ferme. Demande aux riverains ce qu'ils en pensent.

— Dans ce cas, il faut aussi écrire « entrée par effraction ».

Robbie secoua la tête.

— Non, la porte était ouverte. « Diagnostic, traitement et contact avec la famille ».

Kirsty, la fille de Roy était venu le chercher à 6 heures et Joel lui avait expliqué la maladie, les symptômes et le traitement de son père.

— Oui. Et aussi « tempête et réparation du toit ».

Robbie leva la tête. Le bardage était en train de sécher tranquillement.

— Bravo pour ton efficacité.

— Merci. Tu peux ajouter aussi « pédagogie médicale ». Chloe était inquiète parce qu'elle a trempé les pieds dans l'eau il y a trois semaines. Et « liaisons téléphoniques avec les coursiers ». Cela compte double, d'ailleurs.

— C'est vrai. Même si Clara a pris le relais pendant que tu étais à l'hôpital et que j'étais avec Roy. Elle a dit que, comparé au fait de prendre des mesures pour un pull sur leur petite fille de cinq ans, prendre des messages au téléphone était d'une facilité enfantine.

Joel se mit à rire.

— Tu lui as dit que l'association avait besoin de bénévoles ?

— Oui. Elle a dit que ça lui plairait. À condition qu'elle puisse apporter son tricot.

— Alors ajoute « recrutement » sur la fiche. On a noté tout le reste ?

Robbie passa en revue les événements de la nuit.

— Je crois, oui. Je n'en reviens pas de tout ce qu'on a fait depuis hier.

— C'est vrai. Il s'est passé beaucoup de choses…

— Oh ! et Clara m'a demandé si un pull te ferait plaisir. Elles font des pulls avec les restes de laine. J'ai répondu « merci mais non ».

— Tu gères ma garde-robe maintenant ?

— Non, je ne gère rien du tout. C'était gentil de sa part et c'est un moyen de reconnaître que tu es des nôtres maintenant. Mais quand je lui ai dit qu'elles ne m'avaient jamais tricoté de pull, Clara a répondu qu'elles nous feraient deux pulls assortis. Et qu'il faudrait qu'on les porte.

— Je vois, dit Joel. Tu as bien fait. Les pulls assortis, c'est un peu exagéré.

Son regard s'adoucit.

— Cela ne te dérange pas qu'elles soient au courant, pour nous ?

De toute évidence, Joel était plus à l'aise ainsi et elle était contente d'avoir surmonté ses réticences.

— Non, cela ne me dérange pas. Même si je pense qu'il vaut mieux rester discrets à l'hôpital pendant un temps.

— Tu as raison. Nous n'avons pas besoin de le crier sur les toits. Mais c'est bien de l'avoir dit aux gens que tu aimes bien. Encore que tout le monde ici doit être au courant à l'heure qu'il est.

— À part Roy, mais c'est seulement parce qu'il n'est pas dans son état normal, dit Robbie en riant. Du coup, on n'a pas besoin de se cacher. Alors, on va chez toi ou chez moi ?

Le sourire de Joel s'élargit.

— Je serais ravi de t'inviter chez moi, mais il faut d'abord que je fasse la lessive et des courses. Si du moins il n'est pas trop présomptueux de ma part de penser que tu risques d'entrer en contact avec mes draps et de prendre une douche chez moi.

— Je pensais justement te mettre en contact avec les miens dès que possible. Donc, non, cela n'a rien de présomptueux. On peut aussi passer prendre des draps et du gel douche chez moi et aller dormir chez toi.

— Comme tu préfères. Tout est possible.

Elle lui sut gré de penser à la qualité des détergents et des produits cosmétiques avec lesquels sa peau allait entrer en contact. Rory n'aurait jamais été aussi attentionné.

— Merci d'accepter que j'apporte mes propres affaires. Et merci d'y avoir pensé avant même que j'en parle.

Il lui sourit et elle eut l'impression que la salle s'illuminait.

— Tu es prête ?

Elle jeta un coup d'œil autour d'elle. La tempête s'était calmée vers 4 heures du matin mais tout le monde était resté jusqu'au départ de Roy, pour aider à ranger. Puis chacun avait regagné ses pénates et il ne restait plus une trace de tous les événements qui s'étaient enchaînés toute la nuit.

— Oui, je suis prête.

Ils avaient passé une semaine ensemble et Robbie commençait à se dire qu'ils étaient peut-être en train de commencer une histoire sérieuse et durable.

Ils étaient allongés sur le lit de Joel et regardaient le soleil se lever.

— Est-ce que tu penses qu'on pourrait travailler de jour ? demanda-t-il à brûle-pourpoint.

Elle le regarda, étonnée.

— De jour ? Mais nous sommes des oiseaux de nuit, non ?

Et pas seulement parce qu'ils faisaient effectivement du bénévolat à l'association des Coursiers de nuit. Ils adoraient l'atmosphère de l'hôpital, la nuit. La ville, la nuit. Se retrouver dans une bulle pendant que tout le monde dormait.

— Oui, mais nous ne sommes pas des vampires. Nous n'allons pas prendre feu à la lumière du jour.

— Je passe beaucoup de temps à la lumière du jour, dit-elle. C'est important pour la vitamine D, pour la peau et pour le taux de dopamine et de sérotonine. Je vois probablement le soleil plus souvent que la plupart des gens en hiver, parce que je rentre du travail à l'heure où il se lève.

— C'est vrai. Mais je crois que j'ai envie de me lever le matin et de pouvoir profiter de la journée.

Il porta sa main à ses lèvres et déposa des baisers sur ses doigts.

— J'ai envie de faire l'amour encore une fois, puis d'aller faire un tour avec toi.

— On peut toujours faire l'amour encore une fois, dit-elle d'un air entendu.

— Tes désirs sont des ordres, dit-il en laissant ses doigts glisser sur son cou, entre ses seins, jusque sur son ventre…

Robbie l'arrêta.

— Tu sais que j'adore faire l'amour avec toi, Joel, mais j'aimerais aussi savoir ce qui te donne soudain envie d'arrêter les nuits.

Il sourit.

— Je pense que les gens qui travaillent la nuit le font pour toutes sortes de raisons. Parce que c'est mieux payé, plus pratique… Bref. Mais justement, si c'est mieux payé, c'est parce que ce sont des horaires décalés. Et je pense que les gens qui aiment les horaires décalés sont eux-mêmes un peu décalés. Un peu à l'écart du reste de la société.

— Tu trouves que nous nous tenons à l'écart ?

— Pour moi, travailler la nuit a toujours été une bonne excuse pour ne pas m'engager dans mes relations. C'est effectivement une façon de me tenir à l'écart. Je sais qu'on a besoin de gens qui travaillent la nuit aux urgences. Mais je suis sûr que je serais tout aussi utile de jour. Et, le jour, on a accès à plus de formation continue et aux spécialistes, qui travaillent aussi dans la journée.

Robbie réfléchit.

— C'est vrai… J'ai commencé à faire les nuits dans une

période où ma confiance en moi était réduite en bouillie et ou je ne rêvais que de disparaître.

Il se pencha pour l'embrasser.

— Et maintenant, dans quel état est-elle ? Est-ce que je peux faire quelque chose pour la doper ?

Elle le poussa sur le dos et s'allongea sur son torse.

— Ne te sers pas du sexe pour éviter la conversation.

— D'accord. Alors dis-moi ce que tu penses de mon idée.

— Je suis d'accord sur le fait que nous avons commencé à travailler la nuit pour des raisons précises et que certaines de ces raisons ne sont plus valables aujourd'hui. Il est peut-être temps de changer, nous aussi. Le problème, c'est qu'il faut que nous le fassions tous les deux en même temps. Si l'un travaille de jour et l'autre continue à faire les nuits, nous ne nous verrons jamais.

— Oui, si nous changeons, il faut changer ensemble. De plus, j'ai envie de continuer à travailler pour les Coursiers de nuit.

— L'association a aussi besoin de bénévoles en soirée ou tôt le matin. Et elle va sans doute s'agrandir. Le conseil d'administration a déjà repéré quelques endroits autour d'Oxford.

Robbie se mordit la lèvre. Son père, qui faisait partie du conseil d'administration, avait effectué pratiquement toutes les démarches dans ce sens.

— Il faut que je te dise quelque chose, Joel…

— Tu vas avoir plus de responsabilités si l'association s'agrandit ?

— Non… Enfin, si… Et…

Elle sentit la main de Joel monter et descendre doucement dans son dos et frissonna. Elle sentit qu'elle était sur le point d'utiliser le sexe pour ne pas poursuivre la conversation. C'était peut-être la meilleure chose à faire, après tout. Quel endroit plus confortable que les bras de Joel ? Elle avait besoin de se sentir aimée et en sécurité, si elle devait lui confier ces secrets qu'elle gardait pour se protéger.

— On en parle plus tard ?

Il hocha la tête, la fit rouler sur le dos et se mit à l'embrasser.

— Oui, plus tard…

Ils avaient des projets. Ils avaient envie de partir en week-end, d'inviter des gens à dîner. Robbie avait évoqué un voyage en Irlande, chez sa sœur. Ce qui était le préambule à une rencontre avec ses parents. Joel ne pouvait pas lui présenter sa famille, mais elle savait pourquoi et elle le comprenait.

Il avait l'impression de s'être débarrassé du sentiment de culpabilité qui l'avait écrasé pendant des années et de commencer enfin à vivre. Robbie lui avait suggéré de rendre visite à sa tante Carrie, ne serait-ce que pour rétablir la communication avec elle, et il y réfléchissait sérieusement.

Non seulement Robbie lui apportait un autre point de vue sur les choses, mais être avec elle lui donnait envie de changer.

Deux semaines. Il n'avait fallu que deux semaines pour que son existence se transforme. Jamais il n'avait été aussi heureux de sa vie.

Le samedi matin, Robbie était rentrée chez elle. Elle avait envie de cuisiner. Lui était resté un peu plus longtemps à l'hôpital avec un patient.

Quand il arriva chez elle, il régnait déjà dans la cuisine un chaos indescriptible.

— Je fais une pizza. J'ai une recette rapide et facile de Carla. Et du pain à l'ail, avec une salade.

— D'accord. Veux-tu un coup de main ? demanda-t-il en apercevant l'essoreuse à salade.

— Non, c'est moi qui cuisine. Tu as cuisiné samedi dernier.

Le poulet rôti et la garniture qu'il avait préparés ne lui avaient pas demandé autant d'efforts que ceux que Robbie semblait déployer en cet instant. Mais elle était contente de cuisiner, quels que soient les résultats, et elle avait un lave-vaisselle.

— Veux-tu que je fasse autre chose ?

— Non ! Tu es en repos, ce soir. Nous allons dîner, parler et faire l'amour, dit-elle en riant.

— Dans cet ordre ?

Elle traversa la cuisine et l'embrassa.

— Dans cet ordre. J'ai quelque chose à te dire mais avant, il faut que… Oh !

Le minuteur s'était mis à sonner.

— Je ne me rappelle plus pourquoi il sonne. Il faut que je regarde la liste de Carla.

— Je te laisse tranquille, dit-il.

Robbie paraissait un peu nerveuse. Mieux valait sans doute ne pas intervenir. Elle scruta un bout de papier aimanté sur la porte du réfrigérateur.

— Faire lever la pâte. C'est fait. Au fait, Joel, j'ai retrouvé mon mémoire sur les enfants aux urgences dont nous parlions l'autre jour. Il est dans le boudoir. Un dossier bleu, à droite de la cheminée.

— D'accord. Je vais y jeter un coup d'œil.

Le mémoire de Robbie était certainement un travail précis et perspicace, comme tout ce qu'elle faisait sur le plan médical. Faire la cuisine était une bonne occasion de s'autoriser un peu de désordre dans sa vie, et une autre manière de nourrir son âme. D'ailleurs, le fait qu'elle le laisse entrevoir ces moments où elle lâchait prise montrait à quel point elle avait confiance en lui.

Il entra dans le boudoir et parcourut des yeux les rayonnages, à droite de la cheminée. Ils repéra trois ou quatre dossiers bleus, rangés sur deux étagères différentes, et prit le plus accessible.

Il l'ouvrit. C'était un album de photographies. On y voyait deux petites filles sur une plage, dont l'une était immanquablement Robbie. Il sourit. Résistant à la tentation de regarder tout l'album, il le referma et le reposa sur l'étagère. Le deuxième dossier bleu était aussi un album de photos mais plus tardives, sur lesquelles Robbie, un peu plus âgée, était tout aussi ravissante. Il le referma mais une feuille s'en échappa et tomba sur le sol. C'était une coupure de journal, dont le gros titre lui sauta aux yeux.

Tout était sous contrôle. Plus ou moins. La pâte à pain et à pizza était en train de lever et la garniture était prête. Robbie avait rangé tout ce dont elle n'avait plus besoin et avait envie de se servir un verre de vin avant l'étape suivante.

Elle avait décidé qu'elle parlerait à Joel ce soir. D'ailleurs, elle avait proposé qu'ils aillent voir sa sœur et son beau-frère d'ici peu. Cela lui donnait une date d'échéance, avant laquelle elle devait lui raconter d'où elle venait. Elle allait tout lui dire, que c'était elle qui avait conçu l'idée des Coursiers de nuit et que l'association était financée par son fonds fiduciaire. Que les projets d'agrandissement à Oxford étaient déjà en cours de réalisation et que…

Elle était sûre qu'il serait content. C'était un projet qu'ils pourraient partager et dont ils pourraient se réjouir ensemble. Le petit frisson d'incertitude dans son ventre était sans doute ses vieilles peurs qui revenaient la hanter. Joel se fichait pas mal de l'argent, elle le savait. Mais il ignorait qu'elle en avait beaucoup car elle ne le lui avait jamais dit.

Elle tourna la tête. Il était là, dans l'embrasure de la porte, silencieux.

— Tu l'as trouvé ? Je m'apprêtais à ouvrir une bouteille de vin.

— Je suis désolé, Robbie. Je suis tombé sur tes albums de photos. Ils sont bleus, eux aussi.

— Ah… Non, le mémoire est sur l'étagère au-dessus des albums. C'est la même couverture mais…

Elle se figea. Joel tenait à la main une coupure de journal. *La* coupure de journal.

Elle prit une grande inspiration. Ce n'était pas grave. Elle allait lui en parler, de toute façon.

Mais quelque chose dans le regard de Joel lui fit comprendre que, si, c'était grave.

— Elle est tombée quand j'ai refermé l'album. Je ne comprends pas… dit-il en posant la coupure sur le plan de travail.

— C'est justement de cela que je voulais te parler ce soir. De ma famille…

— Tu es la fille de David Hampton-Hall. Olivia Hampton-Hall…

— Oui. Roberta est mon deuxième prénom. Mais tout le monde m'appelait Robbie.

En fait, son surnom lui avait simplement permis de mettre de la distance entre elle et son image publique.

— Les Coursiers de nuit sont l'une des associations caritatives de ton père ?

— Non, c'est moi qui l'ai créée, avec mon fonds fiduciaire. Mon père fait partie du conseil d'administration mais c'est moi qui le lui ai demandé parce qu'il a beaucoup d'expérience dans les associations et qu'il est de bon conseil. Et il respecte le fait que les Coursiers de nuit soient sous ma responsabilité.

Son père lui avait toujours dit qu'il était fier de ce qu'elle avait fait des Coursiers de nuit.

— En fait, ce n'est pas Glen qui dirige. C'est toi ?

— Si, Glen prend les décisions concernant l'antenne du nord de Londres et je travaille sous ses ordres. Personnellement, je… je m'occupe de l'aspect financier de l'association. Et de son expansion.

— Tu fais partie du conseil d'administration, avec ton père.

— Oui. Toutes les associations caritatives doivent avoir un conseil. J'ai engagé des gens qui pouvaient m'aider à conduire les Coursiers de nuit dans la bonne direction. Mon père, deux de ses connaissances du secteur caritatif ainsi qu'un avocat, qui s'occupe des problèmes légaux.

Joel était silencieux et impassible, comme s'il n'éprouvait rien. Elle eut envie de le serrer dans ses bras ou de le secouer, n'importe quoi, pourvu qu'il dise quelque chose.

— C'est si important ?

— C'est important parce que tu m'as menti. Au sujet d'un organisme dans lequel je me suis impliqué.

— Je ne t'ai pas menti, Joel. Et, de toute façon, j'allais t'en parler. Je te rappelle que je n'ai aucune idée de ce que fait ton père ni du métier qu'il exerce, parce que tu ne m'as jamais parlé de lui non plus. Je ne sais pas comment s'appelle ton frère et j'ai l'impression que tu ne vas pas me le présenter de sitôt. Mais je l'accepte parce que c'est ta famille et que c'est à toi de décider ce que tu veux me dire d'elle.

— Ce n'est pas pareil, Robbie, dit-il, une pointe de colère dans la voix.

Elle en fut presque soulagée. Elle préférait la colère à l'absence de réaction.

— J'ai conscience que je ne peux pas tout savoir de toi, comme tu ne peux pas tout savoir de moi. Mais tu as délibérément caché des informations parce que tu pensais qu'elles changeraient mon regard sur toi. Tu l'as fait sciemment.

— Ce n'est pas vrai.

Ça l'était tout de même un peu. Mais elle était sur la défensive. Joel était dans sa cuisine, en train de l'accuser sans écouter ce qu'elle avait l'intention de lui dire.

— D'accord, dit-elle en levant les bras. D'accord, il y a des choses que je ne t'ai pas dites mais j'avais de bonnes raisons de le faire. Tu te rappelles du type dont je t'ai parlé, Rory ? Celui qui a réduit mon estime de moi en poussière… Sais-tu pourquoi il sortait avec moi ? Pour mon argent ! Il ne m'a jamais aimée et…

Elle prit une profonde inspiration dans l'espoir d'apaiser la panique qui se manifestait dans sa poitrine.

— J'avais peur, Joel. En cachant mon nom et ma fortune, je me suis protégée de tout cela.

— Tu crois que l'argent m'intéresse ?

— Non, je ne crois pas. C'est d'ailleurs pourquoi j'allais te raconter tout cela. Devant une bonne pizza.

Il scruta longuement son visage.

— Je te crois, Robbie.

— J'en suis ravie, parce que ce que je t'ai dit, c'est la vérité.

Elle leva les yeux au ciel.

— Le problème, reprit Joel, c'est que tu me l'as caché. Je ne peux pas accepter ça, Robbie.

— Pourquoi, si j'ai de l'argent dont tu te fiches éperdument ?

— Parce que l'honnêteté est primordiale pour moi. Je sais à quel point les mensonges et les secrets peuvent être dévastateurs. Combien de personnes savent qui tu es vraiment, à l'hôpital ? Je présume que tout le monde connaît ton père et que certains l'ont même rencontré. Est-ce qu'ils savent que c'est ton père ?

— Non, personne ne le sait. Cela ne regarde que moi.

— C'est bien ce que je dis. C'est *ton* secret mais tu voulais que *je* le garde. Et aux Coursiers de nuit, qui est au courant, à part Glen, que c'est toi qui finances l'association ?

— Personne non plus.

— Cela fait donc deux secrets que tu allais me demander de garder, dit-il, excédé. Je suis désolé, Robbie. Je comprends ton point de vue mais je ne peux plus garder de secrets. Je ne veux plus. Ni pour toi ni pour personne. Tu en as conscience, non ?

— Et toi, est-ce que tu as conscience que c'est à ton père que tu devrais dire tout cela, pas à moi ? Moi, je suis juste le réceptacle de la colère que tu portes depuis tout ce temps.

— Tu vois ce que tu es en train de faire, Robbie ? Tu essaies de contrôler tout et tout le monde, en choisissant ce que tu veux dire aux uns et aux autres. Je suis désolé, Robbie, je ne peux pas rentrer dans ce jeu. Je ne peux pas. Désolé.

Elle se retourna pour qu'il ne voie pas ses larmes.

— Arrête de dire que tu es désolé, veux-tu ? Parce que je ne suis pas certaine que tu le sois. Tu essaies juste de me faire du mal parce que tu es en colère.

Un lourd silence tomba dans la cuisine. Puis elle l'entendit sortir de la maison et sursauta quand il claqua la porte. Elle se précipita dans l'entrée, hésitant entre la colère et la consternation. Il avait pris son manteau et le sac dans lequel il apportait des affaires de rasage et de rechange. Elle posa la main sur la poignée de la porte et se ravisa. S'il était toujours sur le palier, à attendre l'ascenseur, qu'allait-elle lui dire ?

Ils étaient blessés tous les deux. Elle avait essayé de sortir de l'ombre de ses propres peurs, de se défaire des secrets qui la protégeaient mais elle s'y était mal prise et avait fait du mal à Joel. Et, à présent, c'est Joel qui la faisait souffrir parce qu'il ne parvenait pas à se débarrasser de la culpabilité et de la douleur d'avoir eu à porter un secret aussi destructeur.

Il ne fallait pas qu'elle pleure. Ce serait reconnaître que

c'était vraiment fini entre eux. Quand elle avait récupéré son sac de coursier et laissé sa moto sur le bas-côté de la route pour se mettre en sécurité, elle avait trouvé Joel. Il fallait désormais qu'elle trouve une autre forme de sécurité mais elle n'avait aucune idée de la manière dont elle allait s'y prendre.

12.

— Robbie ? Ça va ?

Glen était tout seul dans le local des Coursiers de nuit quand Robbie arriva ce soir-là et ce fut la première question qu'il lui posa. Et ce n'était pas la bonne, parce que ça n'allait vraiment pas.

— Jc suis un peu fatiguée. Je n'ai pas assez dormi, je crois.

Glen hocha la tête. Il avait deux enfants en bas âge et connaissait le problème des nuits trop courtes.

— Je suis au courant, pour Joel.

Son cœur se serra. Elle avait gardé l'espoir ténu que Joel viendrait travailler aux Coursiers de nuit ce soir, comme si rien ne s'était passé. Or, il s'était passé quelque chose et il était impossible que la vie reprenne son cours comme avant.

Elle retira son blouson lentement, en cachant ses larmes.

— Quoi, Joel ?

— Il m'a appelé, il y a deux heures, pour me dire qu'il ne viendrait pas ce week-end. Je ne sais pas ce qu'il avait de si urgent à faire mais ce devait être important parce qu'il m'a dit qu'il ne savait pas quand il reviendrait.

S'il ne savait pas *quand* il reviendrait, c'était qu'il allait revenir.

— Ah bon ? Qu'est-ce qu'il a dit, exactement ? demanda-t-elle en priant pour qu'il ne perçoive pas le chevrotement de sa voix.

— Qu'il ne reviendrait pas dans l'immédiat, en tout cas.

Joel n'envisageait pas que la situation s'arrange de sitôt pour qu'ils puissent se trouver dans la même pièce. Et elle, en serait-elle capable ? Elle en doutait.

Elle prit une profonde inspiration.

— C'est dommage. Nous avons besoin de bénévoles. Toutes les bonnes volontés sont les bienvenues.

Glen hocha lentement la tête et la regarda d'un air pensif.

— Je pensais que tu étais au courant, puisqu'il me semblait que vous étiez ensemble.

Le problème, quand on parlait aux gens d'une nouvelle relation, c'était que tout le monde savait aussi quand les choses tournaient mal.

— Il n'est pas toujours facile de savoir ce que Joel pense. Il est plutôt réservé.

— Hmm… Je l'appellerai dans la semaine. Juste pour savoir si tout va bien.

— Laisse tomber, Glen.

— D'accord.

Glen veillait toujours à ce que les membres de Coursiers de nuit qui traversaient un moment difficile ne se sentent pas seuls. Il était le ciment qui soudait l'équipe. Mais, cette fois, il était prêt à faire ce que Robbie lui demandait.

Elle déposa une tasse de café fumant devant lui et s'installa au deuxième bureau avec la sienne.

— C'est calme, ce soir ?

— On a reçu plein d'appels, il y a une heure, et tout le monde est parti livrer. Depuis, plus rien.

Il but une gorgée de café.

— C'est pour ça que tu veux changer d'horaires, à l'hôpital ?

Elle soupira. Qu'ils travaillent de jour ou de nuit n'avait plus aucune importance puisqu'il était probable qu'elle ne le reverrait plus. Il s'était retiré dans son coin, elle dans le sien.

— Je suis désolée, Glen. J'ai fait fuir l'un de nos bénévoles.

— Quelle idée ! Je regrette simplement que ça n'ait pas marché entre vous. C'avait l'air d'être un type bien.

— C'est un type bien. C'est moi qui fais n'importe quoi.

Glen la regarda en fronçant les sourcils.

— Ce n'est la faute ni de l'un ni de l'autre.

Cela lui laissait un peu d'espoir. Mais comment deux personnes non fautives parvenaient-elles à se faire autant de mal ?

— Veux-tu de la tarte Bakewell ? Je t'en ai gardé une part.

Il ouvrit le tiroir de son bureau et en sortit une boîte en plastique.

— Rien de tel qu'une part de tarte Bakewell pour réparer un cœur brisé ! dit-il avec compassion.

— C'est ma tarte préférée ! Merci, Glen. Mais je crois que je vais la garder pour plus tard, dit-elle en posant la boîte à côté de sa tasse.

Elle doutait qu'une part de tarte suffise à se remettre du départ de Joel.

— Il est presque 23 heures. Tu n'es pas censé rentrer chez toi bientôt ?

— Non, je vais rester encore un peu. Au cas où tu te décides à me raconter ce qu'il t'a fait pour que tu sois si malheureuse.

Robbie secoua la tête.

— Tu peux rentrer chez toi. Joel n'a rien fait de mal. Et, de toute façon, je n'ai pas très envie d'en parler ce soir. On discutera une autre fois.

Glen haussa les épaules et décrocha le téléphone qui sonnait. Robbie but une gorgée de café.

Joel n'y était pour rien, quoi qu'en pense Glen. Il n'avait jamais dit qu'il ne l'aimait pas. Juste qu'il ne pouvait pas porter un secret de plus dans sa vie.

C'était peut-être la réponse qu'elle cherchait. Il lui avait donné la force de se détacher de ce qui lui avait fait du mal et auquel elle s'était accrochée pendant trop longtemps. D'être la personne qu'elle était dans le fond. Il ne lui avait jamais demandé de changer, parce que ce n'était pas nécessaire. Il fallait simplement qu'elle croie un peu plus en lui.

Le téléphone se remit à sonner. Elle tendit la main.

— Les Coursiers de nuit, bonsoir. En quoi puis-je vous aider ?

Joel avait passé une bonne partie du week-end à scruter le plafond en priant pour que le monde s'arrête de tourner, parce qu'il n'en avait plus l'utilité.

Mais le monde continuait à tourner.

Glen avait été très compréhensif quand il lui avait annoncé qu'il ne pourrait pas venir ce week-end, et le prochain probablement pas non plus. Mais il devait tout de même aller travailler aux urgences, dont la salle d'attente serait sans doute pleine de gens qui avaient besoin de lui.

Il se demanda s'il croiserait Robbie, en espérant presque que ce soit le cas. Il imagina qu'elle lui sourirait et qu'il n'aurait d'autre choix que de lui sourire en retour parce qu'il n'avait jamais pu ignorer le sourire de Robbie.

Il avait beau tourner et retourner le problème dans sa tête, il lui était impossible d'accepter ce qu'elle lui demandait. Même s'il la comprenait et s'il l'aimait.

Mais il ne la croisa pas lorsqu'il retourna travailler à l'hôpital le lundi soir. Il avait fait en sorte d'enquêter discrètement pour ne pas éveiller les soupçons au sein de l'équipe. On lui avait dit que l'état de son épaule lui permettait de reprendre les consultations et qu'elle était donc retournée dans le service des urgences pédiatriques.

C'était sans doute mieux ainsi. Il prit rendez-vous avec son superviseur pour lui demander de le faire travailler de jour pendant un temps. Le superviseur accepta sans hésiter parce que Joel avait déjà fait plus de nuits qu'il n'était censé en faire.

Le premier week-end sans elle avait été le pire – jusqu'à ce que le deuxième arrive. Il fallait trouver de quoi remplir le vide qu'elle avait laissé mais c'était d'autant plus difficile que tout ce qu'il faisait lui rappelait Robbie.

Il laissa jaillir des larmes de rage. Puis, tout au fond, derrière les larmes, il finit par trouver des émotions. Du chagrin pour sa mère et de la culpabilité pour tout ce qu'il avait fait pour lui épargner la vérité. Mais plus il plongeait dans son cœur, plus Robbie lui manquait. Il regrettait ce qu'elle lui faisait éprouver quand ils étaient ensemble. Il regrettait son courage, sa détermination, son humour. Même sa cuisine lui manquait.

Le troisième week-end, le manque le conduisit à faire ce qu'il aurait dû faire depuis longtemps. Cela faisait presqu'un an qu'il n'avait pas vu sa tante Carrie et encore plus longtemps qu'ils n'avaient pas eu une vraie conversation. Il l'avait appelée pour lui demander s'il pouvait lui rendre visite.

« Tu es toujours le bienvenu, Joel » lui avait-elle répondu sur un ton chaleureux.

Il se rendit chez son oncle et sa tante le samedi matin. Son oncle était sorti en mer avec son club de voile et tante Carrie était seule à la maison. Quand il arriva, elle le serra dans ses bras, comme sa mère le faisait.

Mais il ne venait pas pour trouver le pardon qu'il aurait voulu recevoir de sa mère. Il était là pour voir sa tante, dans l'espoir de renouer le contact avec elle.

— Alors ? dit-elle en s'asseyant sur le canapé, en face de lui. Je suis contente de voir mon neveu préféré. Que me vaut l'honneur de cette visite ?

— Je suis désolé de ne pas être venu te voir plus souvent.

Pendant des années, il avait évité sa famille pour ne pas avoir à se confronter à ce qui faisait mal.

— Tu n'as pas de comptes à me rendre, Joel. Tu peux aller et venir à ta guise.

— Tu sais, j'ai souvent eu envie de venir te voir, parce que tu me manques beaucoup.

— C'est gentil, dit-elle, un grand sourire aux lèvres. Ta mère aurait aimé voir l'homme que tu es devenu. Elle était tellement fière de toi quand tu étais à la fac de médecine ! Elle en parlait tout le temps.

Une douleur familière lui coupa le souffle.

— J'aurais dû lui rendre visite plus souvent, à elle aussi.

— Ne dis pas n'importe quoi, Joel. Tu étudiais, tu construisais ta vie. C'est exactement ce que Theresa voulait que tu fasses.

C'était le moment de saisir l'opportunité qu'il attendait depuis longtemps.

— Je me demandais si… Cela te dérange si on parle un peu d'elle ?

— Non, bien sûr que non ! Je t'écoute, dit-elle en se calant sur le canapé avec la même expression que quand ils jouaient ensemble à des jeux de société, quand il était petit, et qu'elle le mettait au défi. *À toi de jouer, mon chéri !*

Le secret était là, prêt à être exprimé. Instinctivement, Joel le ravala et eut l'impression d'étouffer.

Mais Carrie fit preuve de moins de retenue.

— Je présume que tu n'as pas vu ton père depuis longtemps. La dernière fois que je suis tombée sur lui, ce qui fait déjà un certain temps, il m'a dit que vous n'aviez plus de contacts depuis la mort de Theresa.

Il secoua la tête.

— J'aimerais savoir pourquoi. Ton père dit qu'il n'en a pas la moindre idée mais je pense qu'il sait plus de choses qu'il ne veut bien l'admettre. Il est moins malin qu'il ne le croit.

Il prit une grande inspiration. Il allait essayer de répondre avec la même franchise.

— Pour plusieurs raisons. La raison principale étant la façon dont il a traité maman.

Le silence qui tomba dans la pièce lui pesa comme un brouillard oppressant. Ils se mirent à parler en même temps, s'arrêtèrent puis sourirent. Il lui fit signe de poursuivre.

— Je pense qu'il est temps d'être honnête l'un avec l'autre, tu ne crois pas ?

Il n'en demandait pas moins. C'était à lui de faire le premier pas.

— Il est parfois plus simple de laisser le passé derrière soi, dit-il.

— Je n'en suis pas si sûre. Je sais d'expérience que faire comme si les choses n'étaient jamais arrivées ne les fait jamais disparaître.

Elle avait raison et il eut l'impression qu'elle lui lançait un ultimatum. Quelles qu'en soient les conséquences, à présent, il fallait qu'il parle.

— J'ai découvert que mon père avait une maîtresse quand j'avais sept ans. Il m'a fait jurer de ne rien dire et m'a fait croire que je serais responsable si la famille se brisait.

Carrie le regarda d'un air choqué.

— Je suis désolé, Carrie.

Elle porta la main à sa bouche.

— Oh ! Joel ! Tu étais au courant ?

— Toi aussi ? demanda-t-il, tout aussi médusé qu'elle.

— Ta mère me l'avait dit. Tu sais qu'elle était tolérante avec tout le monde, en particulier avec ton père, mais elle n'était pas idiote. Quand elle venait boire le thé ici, elle me disait qu'elle aimait ton père et que ce n'était sûrement qu'une passade.

Joel eut soudain une vision claire de la situation. Une vision d'adulte, pas d'enfant.

— Mon père m'emmenait avec lui, certains après-midi, et me laissait seul au parc pendant des heures. Quand il revenait, il me faisait jurer de dire à ma mère que nous étions restés ensemble tout le temps. Je ne lui ai jamais dit la vérité. Et je m'en suis voulu toute ma vie. Je pense qu'Andrew ne l'a jamais su. Il avait deux ans à l'époque.

Une larme coula sur la joue de Carrie.

— Cela n'aurait jamais dû arriver. Je m'en veux de n'avoir rien fait pour l'empêcher.

— Tu ne pouvais pas savoir. Maman ne pouvait pas le savoir non plus, à moins de nous suivre jusqu'au parc.

— J'aurais dû réagir, comprendre qu'elle se berçait d'illusions. Tu n'aurais jamais dû porter un tel fardeau.

Joel se leva et alla s'asseoir sur le canapé à côté d'elle. Il la prit par le cou et essaya de la réconforter. Mais elle éclata en sanglots.

— Je suis désolée, Joel !

Il savait à présent quoi dire. Robbie le lui avait montré et lui avait donné la force d'emprunter ce chemin.

— Écoute-moi, tante Carrie. Ni toi ni moi ne sommes coupables. Ce n'est pas nous qui avons créé cette situation. Et il n'est pas trop tard pour faire la paix avec cette idée.

Ils parlèrent longuement puis son oncle les rejoignit pour le déjeuner. Lorsqu'arriva l'heure du départ, Carrie le prit dans ses bras et proposa de fixer une date pour qu'ils viennent déjeuner chez lui. Les paroles de son oncle le persuadèrent qu'il avait bien fait de venir.

— Merci d'être venu, Joel. Cela fait bien longtemps que Carrie avait besoin de parler de tout cela.

Robbie était nerveuse. Non, « nerveuse » n'était pas tout à fait le mot.

Glen l'avait aidée à rédiger le communiqué de presse en remplaçant les parties où elle se justifiait trop à son goût par une brève histoire de la fondation des Coursiers de nuit. Robbie, elle, avait ajouté un portrait de Glen et des membres du conseil d'administration, ainsi que des informations sur les projets d'expansion de l'association.

— On pourra toujours ajouter quelques études de cas au moment de le publier mais pour le moment, cela me paraît bien. Les gens veulent simplement savoir ce qui se passe.

Il tourna la tête vers elle.

— Tu peux être fière de ce que tu as construit, Robbie. Et il est temps que les gens le sachent. C'est le meilleur moyen de se développer, justement. Il faudra qu'on informe l'équipe avant qu'ils le lisent dans les journaux.

Elle se demanda si les bénévoles de l'association le verraient du même œil. Elle envoya par email une copie du communiqué de presse à chacun d'entre eux, en même temps qu'une invitation à une réunion dans les locaux.

Lorsqu'arriva la date de la réunion, elle était malade d'inquiétude. Carla lui avait dit qu'elle viendrait, ce qui signifiait qu'elle aurait au moins deux supporters. L'église turquoise s'emplit rapidement et Roy fit son apparition, annonçant qu'il était en pleine forme.

Quand Glen demanda le silence, tout le monde prit place sur les chaises qui avaient été alignées dans la salle.

— Je n'ai pas besoin de vous expliquer ce qui se passe, vous avez tous reçu un email et les plans de la structure d'Oxford sont affichés là-bas, sur le mur. Aussi je me propose de répondre à vos questions et commentaires, si vous en avez.

Il se rassit. Robbie aurait préféré qu'il parle un peu plus longtemps, pour retarder le moment qu'elle redoutait le plus.

Rosie se leva, brandissant une copie du communiqué de presse.

— J'ai une proposition à faire.

Rosie ne mâchait pas ses mots. Robbie et elle étaient amies depuis longtemps. Elle sentit son cœur se serrer à l'idée de la perdre, et de perdre tous les gens qui se trouvaient là.

— Je suis plutôt contrariée qu'on ne nous ait pas tenus au courant alors que Robbie savait manifestement ce qui se tramait.

Quelques têtes opinèrent et Robbie se sentit rougir de désolation. Rosie poursuivit.

— Alors je vais arranger les choses. Je propose un vote pour remercier Robbie de tout ce qu'elle a fait ici pour tout le monde. Et parce qu'au lieu de lever le pied et de se rendre compte qu'elle en avait déjà fait beaucoup, elle a mis la main à la pâte et travaillé autant que nous, si ce n'est plus.

Une multitude de mains se levèrent avec enthousiasme et Robbie sentit jaillir les larmes de soulagement. Glen se leva pour compter les mains levées mais capitula.

— La proposition a été votée à l'unanimité, moins Carla.

Il jeta un coup d'œil interrogateur à sa femme.

— Oh. J'ai le droit de voter, moi aussi ?

Un brouhaha s'éleva de l'assistance. Rosie reprit la parole.

— Carla compte pour deux voix. Pour tous les gâteaux délicieux dont elle nous a régalés.

Carla leva les deux mains en riant.

— Bien, reprit Glen. Robbie, te voilà chaleureusement remerciée et Rosie, merci pour cette première motion. Je présume que vous avez des questions concernant l'expansion de l'association…

Il y eut un débat animé sur la nouvelle branche des Coursiers de nuit, et quelques bonnes idées. Glen répondait aux questions et prenait des notes. Carla se glissa près de Robbie qui était demeurée silencieuse.

— Ça va, Rob ?

— Oui, je suis juste un peu émue.

Elle devait partir le lendemain dans le comté d'Oxford pour deux semaines, après quoi le communiqué de presse serait publié. Même si son histoire avec Joel était terminée, elle savait que leur amour y était pour quelque chose dans cette aventure. Elle y avait travaillé pour elle, pour lui et pour l'association. Si elle le croisait un jour, elle pourrait le regarder dans les yeux et lui dire qu'elle avait tout fait pour être digne de son amour.

Le contact était rétabli entre Joel et sa tante. Lors de l'une de leurs conversations téléphoniques, elle lui avait dit que son frère avait demandé de ses nouvelles. Il faudrait sans doute du temps pour qu'ils se retrouvent mais Joel sentait qu'un changement était amorcé.

Mais tous les changements de sa vie n'étaient pas aussi positifs. La nuit, il se réveillait souvent en sursaut et cherchait Robbie. Quand il se rendait compte qu'elle n'était pas là, c'était comme s'il la perdait une fois encore.

Il n'osait pas la contacter directement, mais les rumeurs allaient bon train à l'hôpital.

— J'ai entendu dire que les Coursiers de nuit allaient ouvrir une antenne dans le comté d'Oxford.

— Oui, il paraît. Je crois que David Hampton-Hall participe au projet. Tu savais que c'était le père de Robbie ?

— Non, je crois que personne ne le savait. Elle n'en a jamais fait cas. Jamais elle n'a abusé de son nom de famille. Au fait, tu savais que Josie est partie en pédiatrie, pour trois semaines ?

— Non, mais je savais qu'elle voulait le faire.

— Elle remplace Robbie pendant son congé. C'est bien, ça lui fera de l'expérience si jamais elle veut postuler là-bas…

Robbie allait de l'avant. Elle était sortie de l'anonymat et déployait ses ailes. Une vague de chaleur s'empara de lui et, dans un état second, il alla voir son superviseur pour lui demander une semaine de congé pour raisons personnelles. Elle lui fut accordée. Désormais, il savait ce qu'il lui restait à faire.

Il rentra chez lui et s'écroula sur son lit, éreinté par toutes ces nuits sans sommeil. Il dormit quatorze heures et se réveilla avec une détermination qu'il n'avait pas eue depuis longtemps.

Il avait besoin d'un bon café, de calories, d'une séance d'étirements et d'une carte routière du comté d'Oxford. Quatre-vingt-douze coups de téléphones plus tard, il atteignit sa cible.

— Hôtel des cloîtres, bonjour.

— Bonjour, je voudrais parler à Olivia Hampton-Hall, s'il vous plaît.

Il patienta comme il l'avait fait de nombreuses fois avant d'entendre la même réponse : « Désolé mais… »

— Est-ce que je peux lui laisser un message ?

Il se redressa d'un bond. Robbie était sortie de sa vie mais elle n'était jamais totalement injoignable, au cas où quelqu'un des Coursiers de nuit ait besoin d'elle.

— Je la rappellerai plus tard, merci.

Il scruta la carte sur son portable. Il savait où logeait Robbie. Il traça du doigt le trajet de Londres à Oxford. Cela paraissait si facile !

13.

Joel se leva tôt et prit la route avant 9 heures. À part quelques embouteillages dans l'ouest londonien, la route jusqu'à Oxford fut dégagée.

Le bien nommé Hôtel des cloîtres se trouvait juste à la lisière de la ville. La réception était une salle moderne et tout en longueur, qui contrastait avec les vieilles arches de pierre qui donnaient sur un patio. Un véritable havre de sérénité. Le genre d'endroit où l'on venait quand on avait besoin de se ressourcer. Il eut la sensation inconfortable que c'était justement ce que Robbie était venue chercher. Et qu'il ne serait peut-être pas le bienvenu.

— Est-ce qu'Olivia Hampton-Hall est là, s'il vous plaît ?

— Puis-je lui laisser un message ?

— Il faut que je la voie. Savez-vous à quelle heure elle sera là ?

— Je peux lui laisser un message…

C'était manifestement tout ce que la réceptionniste était autorisée à faire.

— Je vais l'appeler directement. Merci.

S'il l'attendait à la réception, il risquait d'y passer la journée. Il retourna à sa voiture et prit son portable en se demandant dans quel genre d'endroit Robbie pouvait créer un nouveau centre de Coursiers de nuit.

Un quart d'heure plus tard, il posa le téléphone sur le siège du passager et démarra. Il n'avait que dix minutes de trajet à faire et, dès qu'il quitta la route principale pour s'engager sur une petite route fraîchement goudronnée, il sut qu'il était au bon endroit.

Tin Chapel Field n'était pas une église en fer, comme celle de Londres, mais elle avait la même structure, avec des portes voûtées et des fenêtres en bois. Les murs et le toit étaient fait d'un matériau moderne qui ne risquait pas de rouiller. Mais, de loin, les deux bâtiments se ressemblaient étrangement, à la différence près que celui-ci était bleu ciel et non turquoise.

Joel se gara près de trois autres voitures. Il vit un homme en haut d'une échelle, qui peignait l'avant-toit en bois.

— Bonjour, est-ce que Robbie est là ? demanda-t-il, le cœur battant.

— Vous l'avez manquée de peu, répondit le peintre en ajoutant une dernière touche avant de descendre de l'échelle. Elle est allée chercher à manger. Elle n'en a pas pour très longtemps.

Robbie avait beau être le chef, elle se rendait utile dès qu'elle le pouvait. Il sentit le désir monter en lui et se mêler à la terreur que son entreprise hasardeuse échoue lamentablement. Mais il s'efforça d'ignorer les deux sensations.

— C'est un bel endroit.

— Oui, ça prend tournure, répondit l'homme avec fierté. Il nous a fallu trois jours pour la monter. On l'a reçue en kit, de l'usine.

— Il y avait déjà un bâtiment, avant celui-ci ?

— La vieille chapelle est tombée en poussière il y a des années. Elle était toute rouillée. Mais le nom est resté. C'est bien de voir la vie revenir dans cet endroit.

Joel jeta un coup d'œil autour d'eux. La chapelle était toute proche des axes routiers mais elle s'élevait au milieu des champs.

— Le terrain va jusque-là, dit l'homme en indiquant une clôture qui délimitait une grande étendue d'herbe, un bosquet, et ce qui ressemblait à un cours d'eau.

Ils se retournèrent en entendant une voiture approcher.

Joel déglutit, la gorge soudain sèche. Il était tellement concentré sur ses recherches qu'il n'avait même pas pensé à ce qui se passerait quand il la retrouverait. Il se trouvait à présent devant le plus grand défi de sa vie.

Robbie descendit de la voiture et avança vers eux, un plateau dans une main, un sac dans l'autre. Curieusement, son visage demeura impassible quand elle le vit. La présence du peintre y était sans doute pour quelque chose. Deux autres hommes sortirent de la chapelle à ce moment-là. Robbie leur tendit leur repas et les regarda marcher vers la vieille table de pique-nique qui avait été dépliée dans l'herbe. Elle se retourna enfin vers lui, le visage grave.

— Comment as-tu su que j'étais là ?

Il lui fit signe de s'éloigner un peu. Si elle devait lui mettre son poing dans la figure, il ne souhaitait pas qu'on vienne à sa rescousse, parce qu'il l'aurait bien mérité. Et, s'il devait supplier Robbie à genoux, il aimait autant ne pas avoir à le faire devant un public.

Elle marcha jusqu'à l'endroit qu'il avait indiqué et se retourna.

— Qu'est-ce que tu veux, Joel ?

En apercevant Joel devant la chapelle, Robbie n'en avait pas cru ses yeux. Non pas qu'elle ait oublié son existence, loin s'en fallait. Depuis des semaines, elle ne faisait que penser à lui, de jour comme de nuit. Un soir, elle avait frissonné en sentant son odeur mais elle s'était retournée et il n'était pas là.

En le voyant parler avec Dave, elle avait vite compris qu'il ne pouvait s'agir d'une hallucination. Elle avait reconnu sa carrure, son corps mince et musclé, sa façon de sourire. Le choc avait été à la hauteur de celui qu'elle avait ressenti en tombant de sa moto. Elle s'était garée, avait ravalé ses larmes, prit le sac et les boissons et s'était avancée vers lui. Mais elle tremblait de tout son corps.

Elle enfila sa veste et croisa les bras pour se donner une contenance.

— Qu'est-ce que tu veux, Joel ?

— Je suis désolé. Sincèrement désolé.

Elle l'était autant que lui mais n'avait pas l'impression que cela changerait quoi que ce soit à la situation. Le communiqué de presse n'avait pas encore été publié, si bien qu'il n'était pas au courant de ce qu'elle avait fait.

— J'accepte tes excuses.

— Pardon ?

De toute évidence, il ne s'attendait pas à cela. Et la chaleur qu'elle vit soudain dans son regard lui donna envie de pleurer.

— Moi aussi, j'ai dit des choses que je regrette.

Peut-être devrait-elle lui dire que ses secrets n'en étaient plus. Peut-être valait-il mieux le laisser dire d'abord ce qu'il avait à dire.

Il baissa la tête.

— Tu avais de bonnes raisons de les dire.

C'était plus difficile qu'elle l'aurait pensé. Comment pouvait-il être là, aussi beau, aussi touchant, et ne pas se rendre compte qu'elle était au supplice ?

— C'est tout ce que tu voulais me dire ?

Il serra la mâchoire.

— Même si c'était tout ce que j'avais à te dire, je serais quand même venu.

Elle le regarda, attendant la suite.

— Je suis allé voir ma tante. Tante Carrie. Nous avons longuement parlé.

Cette nouvelle lui mit du baume au cœur. Il avait fait un pas de plus vers la guérison. Elle aussi, de son côté. Encore que… Peut-être estimerait-il qu'elle n'en avait pas fait assez.

— J'ai compris quelque chose… On ne peut pas changer le passé, mais on peut choisir sa manière de vivre avec.

Elle ouvrit la bouche mais aucun son n'en sortit. C'était presque trop beau pour être vrai. D'un autre côté, Joel avait fait tout ce chemin…

— Je suis désolée, Joel. Je n'aurais pas dû te demander de garder mes secrets. D'ailleurs, je suis en train de m'en débarrasser.

Il sourit.

— C'est ce que j'ai cru comprendre. Les rumeurs vont bon train à l'hôpital, sur le fait que tu as créé les Coursiers de nuit et que tu es la fille de David Hampton-Hall. Robbie, je ne suis pas en train de te demander de revenir…

Voilà. Elle savait que c'était effectivement trop beau pour

être vrai. Elle sentit son cœur se briser. Puis elle sursauta en voyant Joel tomber à genoux.

— Robbie, je t'aime et je veux simplement que nous parlions. Je veux comprendre s'il y a une chance de rétablir le dialogue, parce que je suis persuadé que nous pouvons laisser le passé derrière nous et nous tourner ensemble vers l'avenir.

Elle sentit les larmes couler sur ses joues.

— Relève-toi, Joel.

— Tu veux que je m'en aille ?

Il secoua la tête.

— Non, Robbie. Pas cette fois. Si l'un d'entre nous décide de quitter l'autre, ce sera toi.

Son cœur se mit à tambouriner dans sa poitrine. Elle n'avait aucune intention de quitter cet homme. Le rencontrer était la plus belle chose qui lui soit arrivée.

Elle se jeta à son cou.

Joel tremblait aussi et il la serrait comme si sa vie en dépendait. Elle sentit ses jambes vaciller et s'agenouilla face à lui. Il scruta son visage et l'embrassa passionnément.

Puis il prit ses mains dans les siennes.

— Je t'aime, Robbie. Je vais tout faire pour te le prouver.

— Moi aussi, je t'aime, Joel.

Il sourit.

— Est-ce que je peux t'inviter à dîner quelque part ?

C'était parfait. Quoi de mieux qu'un dîner en amoureux pour célébrer leurs retrouvailles.

— Oui, mais…

La panique qu'elle lut dans son regard lui fendit le cœur.

— Non, ce n'est pas ce que tu crois, Joel. Mes parents doivent arriver tout à l'heure pour voir où en sont les travaux, prendre des photos. Mais cela ne change rien. Je suis sûre qu'ils vont t'adorer.

— Je pense que je peux faire face à une rencontre avec tes parents. Tant que tu m'aimes, toi.

— Mais si je te présente à mes parents, il ne faut pas que nous nous séparions dans deux jours.

Il la regarda avec un sourire en coin.

— Je n'ai aucune intention de me séparer de toi, Robbie. Ni dans deux jours ni jamais.

Ils s'étaient demandé s'il était envisageable d'aller passer une heure à l'hôtel avant l'arrivée des parents de Robbie mais Joel avait pensé qu'il valait mieux qu'il affiche une expression de désir frustré plutôt qu'un air béat de désir assouvi quand il leur dirait bonjour.

Son père sembla beaucoup apprécier Joel. Comment ne pas aimer cet homme affable et souriant capable de parler de toutes les maladies contre lesquelles son père s'était engagé par le biais des associations qu'il finançait ? Depuis la fenêtre de la chapelle, Robbie regarda les deux hommes faire le tour de la propriété en poursuivant leur conversation. Sa mère la rejoignit.

— Tu as l'air inquiète, Robbie.

— Tu crois que papa l'aime bien ?

— Qu'est-ce que ça change, qu'il l'aime ou non ?

— J'ai juste envie qu'ils s'entendent bien. Mais c'est vrai que cela ne m'empêchera pas, moi, d'aimer Joel.

Sa mère se mit à rire.

— Je vois ça. Et, oui, je pense que ton père l'aime bien. Regarde-les, ils sont en grande conversation.

Son père faisait de grands gestes, pour montrer comment serait le bâtiment terminé. Joel hochait la tête et posait apparemment des questions.

— Je commence à avoir faim, dit sa mère. Est-ce qu'il y a un endroit où on peut manger un morceau avant de partir ?

— Je croyais que vous restiez déjeuner avec moi ? dit Robbie, en essayant de ne pas sauter de joie à l'idée que ses parents partent plus tôt que prévu.

— Je crois que tu as mieux à faire qu'avoir tes parents sur le dos. Et loin de moi l'idée de te le reprocher. Joel est beau comme un dieu.

C'était la première fois qu'elle entendait sa mère parler de cette façon de l'un de ses petits amis. Mais Joel n'était pas n'importe quel petit ami.

— On déjeunera ensemble une autre fois. Bientôt. Promis.

Joel venait de passer une semaine idyllique. Il avait participé aux travaux de la nouvelle chapelle et passé des nuits torrides avec Robbie. Robbie avait l'air heureuse, c'était ce qui comptait pour lui. Lui l'était tout le temps qu'il passait avec elle.

Le samedi soir, ils avaient décidé d'aller dîner dans la jolie véranda du restaurant de l'hôtel. C'était la première fois qu'ils dîneraient en amoureux quelque part. Robbie était en train de se préparer dans la salle de bains. Joel faisait les cent pas.

— Qu'est-ce que tu fais ? demanda-t-elle en sortant de la salle de bains dans une robe sans manches bleue et blanche.

Elle avait arrangé ses cheveux en un chignon souple. Son sourire était la chose la plus belle qu'il lui ait été donné de voir.

— Je fais les cent pas. Comme un homme nerveux avant son premier dîner en amoureux. Tu es magnifique. Cette robe te va à ravir.

Le compliment lui alla droit au cœur.

— Tu es très beau aussi. Ça me donne envie de te déshabiller sur-le-champ. Tu n'as pas vu mes escarpins bleus ?

— Si, sous le lit. Je te les passe.

— J'adore la galanterie. Dis-moi, dit-elle en se laissant tomber sur le lit, tu as mis longtemps à me trouver ?

— J'ai passé quelques coups de téléphone…

Il se baissa et attrapa ses chaussures sous le lit.

— Je suis sûre que tu as ratissé le royaume pour me retrouver. Et contente que tu aies fini par trouver la chapelle.

Elle tendit le pied en souriant mais l'escarpin lui échappa des mains.

— Désolé, ce n'est pas la bonne taille, dit-il en riant.

Elle leva les yeux au ciel, ramassa la chaussure et l'enfila.

— Si, c'est la bonne taille.

— Ouf, nous avons eu chaud. Est-ce que je peux embrasser ma princesse, maintenant ?

Joel avait fait un aller-retour à Londres dans la semaine pour aller chercher quelques vêtements. Il en avait profité pour apporter à l'avocat des papiers que Robbie avait signés. Il avait aussi trouvé un bijoutier qui avait accepté de sertir les pierres de son choix dans un anneau en platine puis de faire livrer la bague à l'hôtel. Sur le chemin du retour, il avait réfléchi à ce qu'il dirait à Robbie.

Il n'avait pas prévu de lui offrir la bague à ce moment-là mais il était déjà à genoux devant elle et mourait d'impatience de lui déclarer son amour.

Il l'embrassa, un peu nerveux. Mais il savait que l'amour pouvait lui faire soulever des montagnes.

— Olivia Roberta Hampton-Hall…

— *Tous* mes noms ! Ce doit être sérieux. Je t'écoute.

— Je n'ai pas choisi de tomber amoureux de toi mais je fais aujourd'hui le choix de t'aimer chaque jour un peu plus. Veux-tu m'épouser ?

— Oui, Joel, je veux t'épouser, dit-elle avant de passer les bras autour de son cou.

Il glissa la main dans sa poche et en retira l'écrin, qu'il ouvrit devant elle. Il prit la bague et la passa à son doigt.

— Oh ! Joel, elle est magnifique. Des aigues-marines ?

— Pour la couleur de tes yeux au soleil.

— Des saphirs…

— Pour la couleur de tes yeux à la tombée de la nuit. Les diamants, pour les promesses que nous nous sommes faites et le platine pour symboliser la force de notre amour.

— Et l'anneau comme symbole d'éternité.

Elle tendit la main et contempla les différentes nuances de bleu à la lumière.

— Es-tu prête pour notre premier rendez-vous en amoureux ?

Robbie se leva vers lui, ses yeux étaient d'un bleu saphir emplis de promesses pour la nuit à venir. Et pour le reste de leur vie.

— Oui, je crois que je le suis.

Épilogue

Un an. Un mariage. Un bébé. Un amour sincère.

Robbie était assise dans le jardin de leur nouvelle maison, dans le comté d'Oxford, et regardait Joel et leur fils de huit semaines. Daniel grandissait de jour en jour. Elle n'avait jamais vu Joel aussi heureux.

— Ils vont bientôt arriver. Donne-moi Daniel.

— Attends…

— Tu l'as eu toute la matinée. Je n'ai pas eu mon soûl de câlins.

Joel vint s'asseoir à côté d'elle, sur le banc et la prit par le cou.

— C'est mieux, comme ça ? Je te rappelle que tu l'auras pour toi toute seule quand j'irai travailler.

— C'est vrai. J'espère que tu es tout de même content de ton nouveau poste.

— Oui, j'adore mon nouveau travail. Pas autant que Daniel et toi, et il est bien moins difficile.

— Moins difficile ? Un poste de chef du service des urgences dans un hôpital tout neuf ? Trois semaines avant la naissance de Daniel ? Je ne sais pas comment je dois le prendre, dit-elle en riant.

Une voiture se gara devant la maison.

— Le voilà ! s'écria-t-elle.

Joel hocha la tête.

— Je ne sais pas ce que je vais lui dire.

— Commence par dire bonjour. Puis présente-leur ta femme et ton fils et allez faire le tour du jardin pendant que je prépare le repas.

— J'avais envie de cuisiner, dit Joel. Je peux faire quelque chose de rapide pour aujourd'hui. Tu auras toute la journée, demain, pour mettre notre nouvelle cuisine à sac, si tu veux.

Robbie sourit.

— Dans ce cas, c'est moi qui irait leur faire visiter le jardin.

— Et ensuite ? dit Joel d'un air inquiet.

— Ensuite, tu verras bien. Tu n'as pas besoin de remuer le passé. Concentre-toi sur l'avenir.

— Tu as raison. Merci, j'avais juste besoin de me l'entendre dire encore une fois.

Il se leva et se dirigea vers le portail. Un homme et une femme descendirent de la voiture et avancèrent vers lui. Après un instant d'hésitation, la poignée de main entre les deux hommes se transforma en accolade affectueuse. Robbie poussa un gros soupir de soulagement.

— Tu as vu ça, Daniel ?

Mais Daniel n'avait pas vu grand-chose. Il était en train de s'endormir.

Robbie, elle, n'en avait pas perdu une miette. La diplomatie de tante Carrie et la détermination de Joel avaient porté leurs fruits. Joel pouvait de nouveau serrer son frère dans ses bras.

Retrouvez prochainement,
dans votre collection

BLANCHE

Le patron des îles, d'Amy Ruttan - N°1616

SÉRIE : L'HÔPITAL DES CARAÏBES - 1/2

Alors qu'elle se rend sur les paradisiaques îles Vierges pour participer à une opération domino, le Dr Victoria Jensen découvre avec horreur que le chef de la chirurgie n'est pas un inconnu pour elle. Durant leur internat de médecine, Matthew Olesen la rendait folle, et elle était folle de lui ! Pas question cependant de se rappeler les nuits merveilleuses qu'ils ont passées ensemble ni leur séparation houleuse. Ils sont réunis pour travailler, rien de plus !

Un mariage au paradis, d'Amy Ruttan

SÉRIE : L'HÔPITAL DES CARAÏBES - 2/2

Seule et enceinte, Alexis croyait avoir trouvé l'endroit parfait pour élever son enfant. Les îles Vierges, où elle exerce son métier de sage-femme, est un havre de paix – et elle y est heureuse. Hélas, elle sera bientôt expulsée… à moins qu'elle ne se marie ! Acculée, elle accepte bientôt la folle union de convenance que lui propose le Dr Marcus Olesen, qu'elle vient de rencontrer…

Princesse ou médecin, de Becky Wicks - N°1617

Depuis toujours, la princesse Adrienne subit la curiosité des médias. Or aujourd'hui qu'elle a troqué sa tiare contre un stéthoscope elle n'a qu'un but : se faire oublier ! Tout ce qu'elle souhaite, c'est honorer sa fonction de médecin en soignant ses patients. Fraîchement débarquée à Naples où elle travaillera sous l'égide du très respecté Dr Franco Perretta, saura-t-elle lui prouver qu'elle est bien davantage que l'héritière privilégiée d'un royaume ?

Une famille pour Morgan, de Traci Douglass

Ely. Ce prénom, murmuré sous les étoiles dix ans plus tôt, Morgan ne l'a jamais oublié. Pas plus que son ténébreux propriétaire… Le revoir sur l'île Whidbey où elle doit prendre son nouveau poste à la clinique locale lui cause un choc terrible. Il est toujours le même, ou presque. Devenu papa, Ely est aussi médecin – et son nouveau confrère !

ur mission : sauver des vies.
ur destin : trouver l'amour.

HARLEQUIN
www.harlequin.fr

BLANCHE

Seconde chance aux urgences, de Sue MacKay - N°1618

Quand Chloé croise le regard du Dr Devlin Walsh, le nouvel urgentiste de l'équipe, elle est projetée des années en arrière. Dans une autre vie, tous deux étaient fiancés, mais son grand amour l'a quittée parce qu'elle n'appartenait pas au même monde que lui, lui brisant le cœur au passage. Sauront-ils aujourd'hui oublier leurs différends pour travailler ensemble ? En infirmière chevronnée, Chloé s'en fait la promesse...

Le baiser du boss, de JC Harroway

Pour son premier jour au City Hospital de Londres, Darcy espère faire bonne impression sur son chef, le Dr Joe Austin. Hélas, ce dieu de la chirurgie se révèle hostile à son égard, comme s'il doutait de ses qualités de médecin. Qu'à cela ne tienne, Darcy est résolue à lui montrer la professionnelle accomplie qu'elle est. Et, pour cela, à ignorer l'élan de désir qui la pousse bien malgré elle vers cet homme insupportable...

Retour à Wildfire, de Meredith Webber - N°1619

SÉRIE : WILDFIRE, URGENCES MÉDICALES - 1/6

En revenant sur l'île de Wildfire, Caroline ne s'attendait pas à revoir Keanu Russell, celui qu'elle considérait comme son grand frère autrefois. Quelle n'est donc pas sa surprise quand elle apprend qu'ils travailleront dans le même hôpital ! Si Caroline s'en réjouit d'abord, cette collaboration s'avère vite délicate. Car, au fil des jours, elle sent naître pour Keanu des sentiments inédits. Serait-elle tombée amoureuse de son ami d'enfance ?

La petite fille du Pacifique, d'Alison Roberts

SÉRIE : WILDFIRE, URGENCES MÉDICALES - 2/6

Ainsi, Luke est de retour à Wildfire... Anahera est bouleversée : elle risque à tout moment de croiser l'homme qu'elle a follement aimé quatre ans plus tôt... et qui l'a trahie de la pire des façons. Cette confrontation, elle la redoute au plus haut point : elle craint de retomber sous le charme de Luke, mais surtout il lui faudra bientôt lui révéler qu'il est le père de sa petite Hana...

HARLEQUIN

Leur mission : sauver des vies.
Leur destin : trouver l'amour.

HARLEQUIN
www.harlequin.fr

Pour le bonheur d'Alfie, de Karin Baine - N°1620

« Maman… » Le jour où le petit Alfie l'appelle ainsi, Charlotte sent la panique la gagner. Certes, elle vient de partager des moments exquis avec Hunter, le père de l'enfant, mais ses priorités n'ont pas changé : seule sa carrière de médecin compte. Bouleversée, elle préfère alors couper tout contact avec Hunter et Alfie, qu'elle aime pourtant déjà comme sa famille…

Sept jours pour s'aimer, de Louisa Heaton

C'est folle de joie que Belle pénètre dans le parc de Yellowstone. Voilà des années qu'elle souhaitait participer à ce trek ! Mais soudain son cœur manque un battement. Dans le petit groupe de randonneurs qui l'attendent, elle aperçoit Gray Mc Gregor, l'homme qui l'a abandonnée devant l'autel le jour de leur mariage. Comment pourrait-elle vivre à ses côtés une semaine entière ?

BLANCHE

HARLEQUIN

…ur mission : sauver des vies.
…ur destin : trouver l'amour.

HARLEQUIN
www.harlequin.fr